PETER GERDES

Ebbe und Blut

OSTFRIESLANDKRIMI

So viel steht fest:
Dies ist ein Kriminalroman,
nicht mehr und nicht weniger.
Personen und Handlung sind frei erfunden.
Ähnlichkeiten mit lebenden oder toten Menschen
oder real existierenden Einrichtungen
sind Ansichtssache.

Peter Gerdes
Ebbe und Blut
Ostfrieslandkrimi

1. Auflage 2006
2. Auflage 2007
ISBN-10: 3-934927-56-4
ISBN-13: 978-3-934927-56-8

Leda-Verlag, Kolonistenweg 24, D-26789 Leer
info@leda-verlag.de
www.leda-verlag.de

Titelillustration: Andreas Herrmann
Druck und Gesamtherstellung: Aalexx Druck GmbH, Großburgwedel

1

Der bissige Ostwind jagte den Schneestaub in flachen Strudeln über die rissigen Betonplatten und ließ fransige Schleier um kleine, graue Trichter tanzen. Sieht aus, als ob die Straße kocht, dachte Toni Mensing. Behutsam steuerte er den alten Lieferwagen über den fleckigen Lichtteppich, den die Scheinwerfer auf dem schnurgeraden, welligen Wirtschaftsweg ausrollten. Wie weit noch? Bei dieser Dunkelheit war die Entfernung schwer zu schätzen.

Mensing fror. Er nahm die linke Hand vom Steuer, beugte sich hinunter, angelte den alten Schal aus der Werkzeugablage unter seinem Sitz und stopfte ihn in den Spalt zwischen Armaturenbrett und Fahrertür, durch den es wieder einmal erbärmlich zog. Jede einzelne Plattenfuge ließ die Tür in ihrem ausgeleierten Schloss scheppern, und das Knarren der nachwippenden Blattfedern mengte sich rhythmisch unter das Rasseln des Diesels.

Der alte Kapitän grinste herüber. Mit harten, hornigen Fingern kratzte er über die Schrammen des Handschuhfachdeckels und ergänzte die Fahrgeräusche des hinfälligen Lieferwagens um ein paar passende Wirbel. Melanie Mensing, die sich zwischen die beiden auf die Beifahrerbank des Ducato gequetscht hatte, begann mit suchenden Summtönen eine Melodie zu improvisieren.

Toni Mensing verlagerte sein Gewicht auf die letzten intakten Federn des durchgesessenen Fahrersitzes, der zur Türseite hin schräg abfiel. Es quietschte und kreischte disharmonisch. Die Melodie brach ab.

Vor ihnen auf der Straße bewegte sich etwas. Da stand der blaue Passat. Drei Türen wurden geöffnet, Fensterscheiben blitzten, drei Gestalten richteten sich auf, staksten unsicher im Scheinwerferlicht des näher kommenden Lieferwagens und hielten Handschuhe über die Augen. Toni Mensing ließ den Ducato ausrollen und schaltete das Licht aus. Einen Moment lang umgab sie massive Schwärze, dann stieß der Kapitän die Tür auf. Gleichzeitig mit der Innenbeleuchtung flammte draußen eine Taschenlampe auf. Sie stiegen aus.

Sie begrüßten sich schweigend, mit Handschlag, aber ohne die Handschuhe auszuziehen. Der eisige Wind fuhr ihnen unter die Pudelmützen und machte aus zehn Frostgraden gefühlte zwanzig. Es schneite immer noch leicht. Also keine Fußspuren, dachte Toni Mensing und tastete nach dem Arm seiner Frau. Melanie tänzelte unruhig. Ihre Steppjacken knautschten sich ineinander.

Die drei aus dem Passat gingen voran, überquerten den tiefen Abzugsgraben auf einer Plattenbrücke ohne Geländer, stapften bis zu einem hohen Weidetor. Sie trugen grüne Parkas, graue Fingerhandschuhe, Kapuzen über den Mützen, Hosenbeine in grünen Gummistiefeln. Alle drei sahen breit, füllig und entschlossen aus. Einer nach dem anderen stiegen sie über die glatten Torplanken, flink, geübt.

Der Kapitän kam als Nächster. Bis auf den Elbsegler, dessen eingeknickter Schirm aus seiner Kapuze lugte, war er genauso ausstaffiert wie die drei aus dem Passat. Er reichte etwas Längliches hinüber, ehe er loskletterte, ohne auf die helfend ausgestreckten Hände zu achten. Melanie Mensing, deren rote Jacke im Widerschein der abwärts gerichteten Taschenlampe glomm, packte die oberste Planke, drückte sich mit den Füßen ab und flankte elegant hinüber. Toni Mensing folgte vorsichtig, steif und ungelenk, ohne auch nur den Versuch zu machen, die flüssigen Bewegungen seiner Frau nachzuahmen. Dann sah er sich noch einmal um: kein anderes Licht weit und breit.

Die Weide war hart gefroren und bucklig. Sie fühlten, wie Gras und Schnee um ihre Füße raschelten, während ihnen der Wind in den Ohren heulte. Er war noch stärker geworden, dafür schneite es jetzt nicht mehr. Das diffuse, fahle Weiß des Schnees wurde plötzlich intensiver. Toni Mensing schaute hoch. Die Wolkendecke war aufgerissen. Und da stand das Ding.

Drei Arme langten in den Himmel, immer einer nach dem anderen, schienen nach den Sternen zu greifen, die plötzlich klar und hell und in überraschender Fülle zu sehen waren. Drei Sensen fahren zur Erde herab, schoss es Toni Mensing durch den Kopf: In steter Vergeblichkeit schlagen sie nach dem stoppeligen Weiß. Dann schüttelte er ärgerlich den Kopf und knurrte leise, wobei ihm der Wind durch die gebleckten Zähne fuhr. Warum drängten sich ihm nur immer solche Bilder auf, wenn er vor einer dieser Maschinen stand? Damals, als er sich in Brokdorf und Kleinensiel mit roboterartig ausstaffierten Polizisten geprügelt hatte, hatte er doch auch keine Reaktor-Lyrik abgesondert.

Allerdings war damals auch alles einfacher gewesen, klarer. Gut und Böse eben. Heute verliefen die Fronten anders, weniger eindeutig. Alles war viel verzwickter. Aber ein Fehler war doch immer ein Fehler, verdammt. Oder?

Er merkte, dass er stehen geblieben war, und stolperte den anderen hastig hinterher.

„Dreht ganz schöne Touren“, sagte der Kapitän, als sie nahe genug heran waren und die Köpfe zusammensteckten.

„Wenn uns das man nicht die Leine weghaut“, sagte der, der den Passat gefahren hatte. Er öffnete seinen Parka ein wenig und zog. Dicke Kettenglieder kamen zum Vorschein.

Der Kapitän winkte ab. „Da quäl ich mich nicht drum. Die Leine hält. Aber treffen ist das Problem.“

Das Ding in seiner Hand erinnerte an ein gestutztes Gewehr. Obendrauf steckte etwas Dickes, Zylindrisches. Eine dünne, orangefarbene Kunststoffleine hing herunter. Die verzinkte Kette schabte und rasselte beim Festknoten. Dann traten alle zurück. Der Kapitän zielte. Und drückte ab.

Der Zylinder war gut auszumachen, als er stieg und eine hyperbolische Kurve beschrieb, orange auf himmelschwarz. Der Scheitelpunkt der Kurve lag genau zweiundfünfzig Meter hoch, so hoch wie der Schaft der Windkraftanlage. Genau dort, von hinten und etwas seitlich traf die Kurve des Geschosses auf die Senkrechte, auf die Ebene des Rotors. Sie traf genau. Ganz genau. Zu genau – mitten auf ein Rotorblatt. Der Zylinder prallte zurück wie ein Tennisball nach einem präzisen Rückhand-Volley und taumelte zurück zur Erde.

Unten war Panik. Sie schrien, sie liefen durcheinander, ein paar Sekunden lang. Bis der Kapitän brüllte. Als alle wie angewurzelt standen, sprang Toni Mensing los, griff sich die Leine, schoss sie schnell und sorgfältig auf, klarierte sie für den nächsten Versuch. Als er fertig war und seine weggeworfenen Handschuhe suchte, zitterten seine Hände.

Inzwischen hatte der Kapitän den Stutzen neu geladen. Suchend und sichernd blickte er sich nach allen Seiten um. „Einmal noch", sagte er.

Diesmal wartete er, bis eins der Rotorblätter vor dem Schaft verschwand und genau nach unten zeigte. Wieder ein Knall, wieder ein Pulverbausch, der im Nu zerstob. Wieder die orangefarbene Kurve. Diesmal eilte sie über das aufstrebende Blatt hinweg, dicht an der Nabe entlang. Das Rotorblatt schob sich unter das Seil, fing es auf, der fallende Zylinder ruckte hoch und wirbelte um das Blatt herum. Das Seil hing fest, der Rotor drehte sich weiter und wickelte die Leine auf, um die eigene Achse herum.

„Kette frei!", schrie der Kapitän in den aufbrandenden Jubel hinein. Das Kettenstück glitt schon über den Schnee, wurde angehoben, pendelte, stieg. „Weg! Alle weg!"

Sie rannten, zurückschauend, strauchelnd, mit den Armen rudernd. Die Kette war oben, ehe sie die halbe Strecke zum Tor geschafft hatten.

Zu hören war nichts, der heulende Wind übertönte alles. Sie sahen, wie das Windrad langsamer wurde, als habe man es in Sirup getaucht. Wie es dann anhielt, plötzlich, mit einem deutlichen Ruck. Wie die Blätter zitterten. Wie ein Stück der Verkleidung von der Generator-Gondel abplatzte und davonflog. Und wie dann der Rotor herabstürzte. Senkrecht, einfach so. Wie das untere Rotorblatt in den harten Boden eindrang, zu einem Drittel verschwand, wie das ganze Rad dastand und im Griff des Windes federte. Wie es ihnen zunickte und mit einem Paar scharfer Hörner drohte.

Sie hasteten zu ihren Autos, warfen sich hinein, rasten in entgegengesetzten Richtungen davon. Die Sieger jubelten nicht. In ihren Augen stand blankes Entsetzen.

2

In den Sieben-Uhr-Nachrichten brachten sie noch kein Wort. Toni Mensing blieb im Wagen sitzen und wartete den Wetterbericht ab, um sich zu vergewissern. Durch die mühsam freigekratzte Scheibe musterte er kritisch die Fassade seines Geschäfts. Es hieß immer noch *Öko-Laden*, obwohl der Begriff „Öko" doch längst missbraucht und gründlich entwertet war. Von der hölzernen Tafel über dem breiten, beschlagenen Schaufenster blätterte schon wieder die Farbe, dabei hatte er sie letzten Herbst erst ausgebessert. Die schwarzen, bauchigen Buchstaben auf weißem Grund, flankiert von Graugans-Silhouette und Sonnenblume, sahen mehr denn je aus wie eine Kinderzeichnung auf einem Grünen-Plakat der frühen achtziger Jahre.

Seufzend stieg Mensing aus, der kaputte Sitz ächzte mit. Das weiße, eingeschmutzte Auto trug an den Seitenwänden den gleichen Schriftzug wie das Ladenschild, handbreit blank eingerahmt, dort, wo er letzte Nacht die Klebestreifenreste der Tarnabdeckung entfernt hatte. ‚Jetzt muss ich die Scheißkarre auch noch waschen', dachte er grimmig, während er die mehrfach geschweißte Seitentür in ihren knirschenden Rollschienen nach hinten riss. Negative Dialektik des Schmutzes: Wenn's irgendwo ein bisschen sauber ist, sieht alles andere gleich noch viel dreckiger aus. Am liebsten hätte er überhaupt kein Auto gehabt, aus Prinzip. Aber ohne ging es ja nun einmal nicht.

Er stellte die Kunststoffpaletten in den feinkörnigen Schnee vor der gläsernen Ladentür, die von innen dicht mit Plakaten, Flugblättern, Unterschriftenlisten, Mitfahrangeboten und Wohnungswünschen verhängt war, wuchtete die Milchkannen aus dem Auto, schloss dann auf und trug das Gemüse so schnell wie möglich aus dem Lieferwagen in den Verkaufsraum. Immer noch war es mindestens acht Grad unter Null. So kalt war es in Ostfriesland selten, und schon gar nicht wochenlang. Dieser Winter war noch kälter als sein auch schon grimmiger Vorgänger, und es hieß, er habe die Chance, als kältester seit 1969 in die Statistik einzugehen.

Jetzt allerdings hatte der Wind nachgelassen und man spürte die Kälte nicht so wie letzte Nacht.

Letzte Nacht. Er lächelte grimmig, als er die Kisten und Kannen hereinholte. Dann schloss er von innen ab.

Den Duft, den der Laden ausströmte, liebte er immer noch. Diese Grundierung aus Holz, Frucht und Erde, abwechselnd überlagert von frischem Brot, Teearoma, Kräutern, Milch und Käse oder Naturkosmetik. Jetzt gerade herrschte allerdings eine leicht modrige Note vor. Toni Mensing seufzte erneut und machte sich daran, die hölzernen Gemüsekisten durchzumustern.

Das Angebot an heimischem Obst und Gemüse war Anfang Februar naturgemäß dürftig. Daneben leuchteten Kiwis, Zitronen und Orangen in den Regalen. Importware, aus giftfreiem, naturnahem, kontrolliertem Anbau rund ums Mittelmeer. Jedenfalls hatte er sich angewöhnt, seinen Kunden das zu versichern. Zu kontrollieren war da natürlich überhaupt nichts. Und diese Transporte über Hunderte, Tausende von Kilometern, das war doch genau der Energie-Wahnsinn, den er bekämpfen wollte. Prinzipiell. Aber mit so einem Geschäft war es wie mit der Politik. Nach fünf Monaten damals war sein Prinzipienladen praktisch pleite gewesen, obwohl es doch in ganz Emden und Umgebung keine einschlägige Konkurrenz gab, und hatte nach Kompromissen verlangt. Kompromiss oder Pleite. So lief das nun seit Jahren.

Schon halb acht durch, und er musste noch das Brot holen. Er zog sich die Steppjacke wieder an, nahm Mütze, Handschuhe und Schal von der Heizung. Dann fiel ihm der Schnee wieder ein. Verdammte Räumpflicht. Er stopfte alles in die Jackentaschen und ging quer durch den Laden in den zweiten Verkaufsraum. Seit einem knappen Jahr wurden hier Schafwolle, giftfreie Farben, Flickenteppiche, Töpferwaren und dergleichen angeboten. Hinter dem Ladentisch war der Durchgang zum Innenhof, und dort stand der Besen. Als Toni Mensing das schmutzige Ding zurück durch die Geschäftsräume trug, ängstlich darauf bedacht, dass kein Tropfen auf die wachslasierten Dielen fiel, kam er sich wieder einmal schrecklich umständlich und unpraktisch vor. Obwohl er beim besten Willen nicht sagen konnte, wo der Besen denn sonst hätte stehen können.

Er fegte den Bürgersteig vor der Ladenfront bahnenweise frei, stieß den Besen im Vorwärtsgehen unnötig kraftvoll und ungeduldig nach links, immer zur Straße hin, wo die Autos inzwischen Stoßstange an Stoßstange vorbeikrochen. Beim Regenwasserrohr verlief die Grundstücksgrenze, das war leicht zu erkennen, weil der Nachbar das Schneefegen schon wieder früher besorgt hatte als er. Toni Mensing machte kehrt, fegte jetzt nach rechts, seine schmalhüftigen Einsneunzig leicht vorgebeugt. Wieder nahm er sich vor, endlich einen Besen mit längerem Stiel zu kaufen. Als er fertig war, konnte er sich nur mit Mühe aufrichten. Rund um den deformierten Lendenwirbel, der neulich auf den Röntgenbildern ausgesehen hatte wie ein abgetretener Stiefelabsatz, tat sein Rücken höllisch weh.

Eine Minute vor acht. Er rüttelte an der Ladentür, obwohl er genau wusste, dass er sie hinter sich abgeschlossen hatte, und stellte den Besen daneben. Dann stieg er in den Lieferwagen, steckte den Schlüssel ins Zündschloss und drehte das Radio an. Jetzt brachten sie es. „In der vergangenen Nacht hat sich von einer Windkraftanlage bei Visquard in der ostfriesischen Gemeinde Krummhörn der Rotor gelöst und ist zur Erde gestürzt. Verletzt wurde niemand. Nach Angaben eines Sprechers der Betreiberfirma kann die Schadenssumme noch nicht endgültig beziffert werden, es sei jedoch von einem Totalschaden an der 400 000 Euro teuren Anlage auszugehen. Auch die Ursachen des Unglücks sind noch unklar."

Toni Mensing startete den Diesel. Unglück! Konnte es sein, dass die *Bowindra* die Sache vertuschte? Unsinn. Ein Unfall würde gegen ihr eigenes Produkt sprechen. Wahrscheinlich haben sie einfach noch nichts gemerkt. Kommt schon noch, dachte er und ließ den Wagen anrollen.

3

Melanie Mensing blickte dem Lieferwagen nach, der sich in die Autoschlange Richtung Innenstadt gequetscht hatte und jetzt nach und nach vom diesigen Morgengrau verwischt wurde. Sie verharrte in ihrer Haltung, auch als der eckige weiße Kasten schon lange nicht mehr zu sehen war, die linke Schulter an der weißen Raufasertapete, den linken Unterarm in die Beuge des rechten gelegt, zwei Finger ihrer schmalen rechten Hand an der Gardinenkante. Alles an ihr war schmal. Lang, schmal, hell und fein. Ihr ganzes Äußeres signalisierte Zerbrechlichkeit. Dass sie bis vor kurzem eine ziemlich erfolgreiche Leichtathletin gewesen war, Kreismeisterin im Hochsprung sogar, hatte daran nichts geändert.

Der wabernde Jaulton des Telefons ließ sie zusammenzucken. Sie trat einen Schritt zurück ins Zimmer, so ansatzlos, schnell und fließend, dass sich die Gardine einen Wimpernschlag lang schwerefrei zu bauschen schien, wie von einem Windstoß getragen, ehe sie in die Senkrechte pendelte. Melanie Mensings Körper, gerade noch völlig gelöst und ruhend, war von einem Moment auf den anderen von Unrast erfüllt, wirkte plötzlich angespannt und fluchtbereit. Ihre Eigenart, sich selbst beim Stillstehen in jedem bewussten Moment und scheinbar mit jedem Körperteil, mit jedem einzelnen Muskel zu bewegen, minimal nur, aber deutlich wahrnehmbar, hatte ihr früher in der Schule den Spitznamen „Vollblut" eingetragen, ein Name, der in einem merkwürdigen Gegensatz zu ihrer fast albinohaften Blässe stand. Seit der Geburt ihrer Kinder hatten sich die Signale der Ruhelosigkeit noch verstärkt.

Sie starrte über das schwarze Telefon hinweg auf die Kinderzeichnungen an der Wand, bewegte beim Zählen der Klingeltöne lautlos die Lippen: dreizehn, vierzehn. Stille. Hartnäckig, dachte sie. Ja, das ist er. Dann ging sie in die Küche, mit langen, unhörbaren Schritten auf dicken, grauen Socken, und begann den Frühstückstisch abzuräumen.

Die Zwillinge hatte sie schon in den Kindergarten gebracht, dort würden sie bis nach dem Mittagessen bleiben. Sie hatte also ein paar Stunden relativer Ruhe, bis gegen Mittag, dann wollte Toni im Laden abgelöst werden. Jetzt, da die Kinder schon vier Jahre alt waren, wurde manches leichter. In den ersten Jahren hatte sie oft gezweifelt, ob sie das aushalten konnte. Es war einfach eine Lüge, dass Frauen zu Müttern wurden, nur weil sie Kinder bekamen. Als sie damals das Ausmaß ihrer Hilflosigkeit erkannt hatte, war die Folge ein Entsetzen gewesen, das seither zwar verblasst war, aber unauslöschlich schien. Dass Tonis Mutter geholfen hatte und das auch heute noch tat, im Haushalt und mit den Zwillingen genauso wie im Laden, hatte sie vor dem Zusammenbruch bewahrt, die Situation aber nicht grundlegend verändert. Die ewige Angst zu versagen lag wie ein gusseiserner Deckel auf ihrer Liebe zu den Kindern. Und zu ihrem Mann.

Sie spülte gerade, als das Telefon erneut anschlug. Wieder klingelte es vierzehnmal, dann war Stille. Er ist fest und konstant, dachte sie. Aber auch berechenbar? Die feinen, blonden Härchen auf ihren Unterarmen stellten sich auf. Für einen Augenblick wich der abwesende Ausdruck aus ihrem Gesicht. Sie tauchte die Hände ins heiße Wasser, aber die Gänsehaut blieb.

4

Rademaker schaltete herunter in den dritten Gang, scherte aus und beschleunigte. Hundertneunzig Pferdestärken rissen den BMW aus der freigefahrenen Spur, die breiten Vorderreifen trafen auf Schneeplacken, drehten durch, fanden wieder Asphalt und bissen sich fest, gerade rechtzeitig, um dem nachschleudernden Heck davonzueilen. Reent Rademaker murmelte leise vor sich hin, wie um ein scheuendes Pferd zu beruhigen. Aus den Augenwinkeln sah er gebleckte Zähne hinter dem Steuer des Überholten. Er grinste und stellte das Radio lauter. Neun Uhr, Nachrichten.

Das Windrad war jetzt die Top-Meldung: „Nach Aussage der Polizei ist die Zerstörung der Anlage eindeutig auf einen Sabotageakt zurückzuführen. Auskünfte dazu, wie der Bruch der Achswelle und damit der Absturz des Rotors verursacht worden ist, wurden nicht erteilt. Angaben zum Kreis der Tatverdächtigen lehnte die Polizei mit Hinweis auf die laufenden Ermittlungen ab."

Das Autotelefon läutete. „Kornemann", murmelte Rademaker und aktivierte die Freisprechanlage.

„Rademaker."

„Kornemann. Schon gehört?"

„Gerade eben." Rademaker machte den Rücken steif und bog die Schulterblätter nach hinten.

„So was gibt's ja wohl nicht. Unglaubliche Schweinerei."

„Ja, allerdings. Das sag man." Rademaker nutzte das Vorspiel, um seine Stimme einzupegeln. Er wusste genau, worauf das hier hinauslief.

„Wer steckt dahinter? Ich muss das wissen. Kannst du das für mich rauskriegen?"

„Tja, das stell dir man nicht so einfach vor." Rademaker zierte sich. „Wer sowas macht, der hält auch dicht."

„Blödsinn. Wer sagt denn immer: Hier passiert nichts, wo ich nichts von weiß? Wer denn? Bläst dich auf, und kaum ist mal was, schon willst du kneifen.“

Rademaker zog den Kopf ein und rieb sich die rechte Ohrmuschel an der Schulter. Mann, ist der sauer, dachte er und staunte. Verliert ja richtig die Fassung. „Ich hör mich mal ’n bisschen um. Soll sich wohl alles finden, schätze ich“, versuchte er abzuwiegeln.

„Du gehst jetzt los und kriegst das raus, klar? Oder glaubst du, ich füttere dich für lau durch?“ Kornemann war am Siedepunkt. Rademaker sah den Bauunternehmer direkt vor sich: Mitte vierzig, breitschultrig, unanständig blonde Locken, kräftige Hände mit dicken roten Fingern. Kornemann war gewöhnlich gerade so polterig, wie es sein beruflicher Umgang verlangte. Seine wirklichen Wutausbrüche waren selten und gefürchtet. Gerade jetzt schien sich einer anzubahnen.

„Alles klar. Werde alles anzapfen. Verlass dich auf mich.“ Militärische Knappheit kam in solchen Fällen immer gut an, Rademaker wusste das aus Erfahrung. Trotzdem war er froh, als Kornemann auflegte. Grußlos. Der will ganz schnell Ergebnisse sehen, dachte er.

Dabei war diese Sache doch so besonders schwierig, weil die Fronten einfach nicht stimmten. Mit schwarz, rot, grün war da nichts zu wollen. Rademaker runzelte die solariumsgebräunte Stirn, über der er seit einiger Zeit ebenfalls blondierte Locken trug. Früher war das einfacher gewesen. Durchschaubarer. Als es darum gegangen war, wer die Munitionszüge auf ihrem Weg nach Emden blockieren könnte, da hatte er gleich gewusst, wo man suchen musste. Oder wer dafür in Frage kam, die Emsvertiefung zu sabotieren. Oder die Europipe, diese gewaltige Gasleitung mitten durchs Naturschutzgebiet.

Immerhin saß er jetzt schon zwanzig Jahre im Gemeinderat und fast genauso lange im Kreistag, erst für die SPD, dann für die CDU, mittlerweile für die WGO. Und auch im restlichen Ostfriesland passierte kaum etwas, ohne dass er rechtzeitig davon Wind bekam. Nein, das war nicht geprahlt, überhaupt nicht. Jetzt, im Nachhinein, trieben ihm Kornemanns Worte die Zornesröte ins Gesicht. Er gab Gas und überholte wieder.

„Radaumaker" hatten sie ihn früher genannt. Das war vorbei. Jetzt war er „ganz Diplomat", so nannte er das selbst, mit allen gut Freund. Einer wie er wurde eingeladen. Zweiundfünfzig Jahre und Leiter des Grundbuchamtes. Geschätzt wegen seiner Geschicklichkeit in allem, was Mechanik und Motoren betraf. Geschieden. Sichere Basis und gesellschaftlich nach oben alles offen, dank Kornemann.

Aber der wollte eine Antwort. Wer ist gegen Windkraft, und zwar so, dass er zuschlägt? Tja, das war es eben. Die Naturschützer sollten dafür sein, von wegen saubere Energie. Aber viele von denen waren dagegen, weil die Windräder die Landschaft verschandelten und die Zugvögel bedrohten. Die Industrieverbände sollten dagegen sein, weil ihnen ins angestammte Geschäft gepfuscht wurde. Aber gerade in Ostfriesland boomte das Windrad-Geschäft, wurden florierende Firmen gegründet und Hunderte von Arbeitsplätzen geschaffen. Trotzdem konnte sich die Windkraft-Lobby nicht durchsetzen, weil die Tourismus-Lobby dagegen stand. Angeblich flohen die Touristen ja in Scharen, sobald sie nur ein Windrad zu Gesicht bekamen. Und die Tourismus-Industrie war mächtig in Ostfriesland. Und das war ja noch längst nicht alles. Je mehr man ins Detail ging, desto unübersichtlicher wurden die Frontverläufe. Viele Kleinbauern waren scharf darauf, so einen Quirl auf ihrem Land stehen zu haben und ein paar Hundert Euro Pacht monatlich einzusacken. Da hatte es viel Untergrundarbeit gegeben in den letzten Jahren, um an Baugenehmigungen zu kommen. Das wusste er ganz genau. Dass Neid und Rachsucht gute Motive waren, wusste er auch.

Etliche Landwirte mit mehr Klei an den Füßen, wie man so sagte, einflussreiche Großbauern darunter, hatten Windkraftanlagen in eigener Regie hochgezogen. Damit war es jetzt wohl vorbei. Der Trend ging zu größeren Parks mit fünfzig Anlagen und mehr, die natürlich von Großfirmen betrieben wurden. Zum Beispiel von Boelsen und seiner *Bowindra*. Wer da zu spät gekommen war, der konnte wohl neidisch werden. Und rachsüchtig.

Was die ganze Sache so lukrativ machte, war außerdem die Abnahmeverpflichtung. 8,7 Cent pro Kilowattstunde mussten die Energieversorger laut Gesetz an die Windrad-Betreiber zahlen, das waren fast viereinhalb Cent mehr, als der Strom aus anderen Kraftwerken kostete. Dabei würden knapp sieben Cent längst reichen, die technische Entwicklung war ja nicht zu stoppen, und die Windräder arbeiteten immer effektiver. Klar, dass die Versorger jetzt mit Strompreiserhöhungen drohten. Und damit war ja fast jeder Verbraucher ein potentieller Windrad-Gegner.

Rademaker dachte an all die Leute in Ostfriesland, die sich bis zum Hals verschuldet hatten für idiotisch große Häuser, im idiotischen Vertrauen darauf, dass sie auch im nächsten Jahr wieder genauso viele Überstunden machen und dass sie niemals krank werden würden. Tja, fleutjepiepen! Solchen Leuten könnte die Aussicht auf höhere Strompreise den Rest geben. Rademaker grinste. Früher hatte er selbst zu diesen Leuten gehört, heute hatte er sein Schäfchen im Trockenen.

Kornemann. Kornemann wollte Antworten. Rademaker nagte an seiner Unterlippe und gab Gas.

5

Ich bin übrigens ein sehr verschiedener Mensch", sagte Ewald Thoben.

Lächeln tut er nicht, überlegte Nanno. Ich soll mir also etwas dabei denken. Er legte den Kopf in den Nacken und musterte den kräftigen Mann, der die Schwelle zum Alter erreicht hatte, sich aber eindeutig weigerte, sie zu überschreiten. Thobens kantiges Gesicht schien nur aus eingebrannten Falten zu bestehen, vor allem um die schmalen Augen herum. Ein Eindruck, der sich verstärkte, wenn der Kapitän lächelte.

Was er gerade jetzt aber nicht tat.

Nanno Taddigs kannte das Spielchen: Wer anders ist als die anderen und außerdem selbstbewusst, der provoziert. Dadurch erfährt er viel über sein Gegenüber, schnell und direkt. Zum Beispiel über seinen neuen Untermieter.

Nanno kannte natürlich auch die Gerüchte, die über Thoben in Umlauf waren. Ein Einzelgänger, kauzig, unberechenbar. Gefährlich sogar. Angeblich hatte er damals, als seine Frau gestorben war, auf den Notarztwagen geschossen. Der Doktor hätte keine Anzeige erstattet, weil ihm der Mann leid getan hatte, hieß es. Außerdem wurde erzählt, der Arzt sei ein Kurpfuscher, dem gehörte längst mal eins auf den Pelz gebrannt. Gut zwei Jahre war das nun her. Wenn's denn so gewesen war.

„Genau genommen ist doch jeder verschieden", sagte Nanno. „Doppelt verschieden sogar. Verschieden von allen anderen und verschieden von sich selbst. Niemand ist immer ganz derselbe."

Thoben lächelte. „Seh' ich auch so. Aber gut gesagt, Sie!" Er stand auf. „Dann will ich Ihnen mal die Butze zeigen."

Nanno griff in die Räder, dirigierte sich hinter dem plüschdeckigen Esstisch hervor, gab Doppelschub und ließ seinen schmalen Sportrollstuhl schnell und exakt durch die aufgehaltene Tür sausen. Die Neunziggradkehre im Flur erzeugte ein leises Quietschen. Jeder hat so seine Methoden, dachte Nanno.

Falls der Kapitän von diesem Manöver beeindruckt war, so ließ er es sich nicht anmerken.

Von der Vorderküche, dem ostfriesischen Alltags-Esszimmer, ging es über den Flur, von dessen Wänden blau bemalte Kacheln leuchteten, Richtung Diele. Nirgendwo Türschwellen, registrierte Nanno. Und hinter der Tür, wo eigentlich die Diele hätte sein sollen, fing eine zweite Wohnung an. Komplett neu eingebaut oder höchstens ein paar Jahre alt. Extrabreite Türen. Nanno öffnete die erste rechts: ein Badezimmer mit sensationellen Abmessungen und allen Behinderten-Einrichtungen. Inklusive Wannenkran. Er kippte seinen Stuhl auf die Hinterräder, wirbelte herum und schaute den Kapitän an. Der wich seinem Blick aus. „Kommen Sie man mit nach achtern", knurrte er und ging voraus ins Wohnzimmer. Zielsicher öffnete er eine Klappe der niedrigen Anrichte und griff nach deren einzigem Inhalt, einer grünlich schimmernden Flasche und zwei kleinen Gläsern.

Dass er den Kräuterschnaps ablehnte, nahm Thoben nicht krumm. Ein Punkt für ihn, dachte Nanno. Sein komplizierter Tagesablauf vertrug sich nun einmal nicht mit Alkohol. Und seine Selbstachtung auch nicht. Er konnte nicht begreifen, dass viele Fußgänger ihre Privilegien einfach wegwarfen, dass es Leute gab, die soffen und soffen, bis ihre gesunden Beine lahm waren. Er hatte sich geschworen, dass er das niemals begreifen würde, ganz egal, welche Rolle der Alkohol in seinem eigenen Früher gespielt hatte. Ein saufender Rolli machte sich selbst zum Säugling.

Der Kapitän trank, dann stellte er die Flasche unter den Tisch des kleinen Wohnzimmers, drehte das tulpenförmige Glas auf der Stelle und blickte hinein, während er erzählte. „Vor sechs Jahren ging das mit meiner Mutter los. War ja schon eine alte Frau. Da haben wir das alles bauen lassen, Platz war ja genug in der riesigen Diele. Damit sie klarkommt. Hier sollte eine Pflegerin wohnen können, falls meine Frau das nicht mehr schaffte. Wohnzimmer, Schlafzimmer, kleine Küche. Na, und eben das Bad. Aber vor drei Jahren ist Mutter dann gestorben.“ Er schien nach der Flasche angeln zu wollen, legte seine linke Hand aber sofort wieder auf die Tischplatte und drehte weiter am Glas.

„Und dann ist meine Frau auch krank geworden, sofort hinterher. Musste auch in den Rollstuhl. Damals war ich ja schon zu Hause, bin nicht mehr gefahren. Ich wollte sie alleine pflegen. Da hab ich dann erst gemerkt, was das heißt, und wie das gewesen sein muss für sie, allein mit meiner Mutter, drei Jahre lang.“ Er räusperte sich und richtete seinen Oberkörper auf. Seine Stimme klang wieder fester. „Vor zwei Jahren ist sie dann auch gestorben, ganz schnell. Und ich glaube heute noch, es hätte nicht sein müssen. Na ja. Erst wollte ich ja von dem ganzen Kram hier nichts mehr wissen. Vermieten sowieso nicht. Aber das ist natürlich Unsinn. Und als ich dann gehört habe, dass Sie suchen, hab ich gedacht, kannst ja mal was sagen.“

Nanno hatte Übung darin, Gefühle zu deuten. In den letzten sechs Jahren hatte er genügend falsche serviert bekommen. Er nickte:

„Echt nett von Ihnen."
Die Räume lagen rechts und links vom Flur, an dessen Ende eine breite Holztür in den Garten führte. „Da haben Sie Ihren eigenen Ausgang", sagte Thoben. „Fester Plattenweg zur Auffahrt, da können Sie auch parken. Mein Wagen steht immer unterm Carport vorm Haus."
Nanno mochte es, wenn auf diese Art über seine Bedürfnisse gesprochen wurde. Immerhin war seine Behinderung Fakt, und sein Alltag war an Bedingungen geknüpft.
„Die Tür nach drinnen wird natürlich dichtgemacht", fügte der Kapitän hinzu. Daran hatte Nanno schon gar nicht mehr gedacht.
Die Zimmer schienen nach dem Ikea-Katalog möbliert zu sein. Alles in allem aber gut zu ertragen. Dort, neben der niedrigen Couch, konnte er seine Musikinstrumente aufhängen: Gitarre, Mandoline, Mandoloncello. Die Hängeschränke in der kleinen Küche, in die sein Stuhl gerade gut hineinpasste, waren natürlich unerreichbar, aber mit den unteren Stauräumen würde er leicht auskommen. Und es gab eine kleine Spülmaschine.
„Was soll's denn kosten?"
Thoben zuckte die Achseln. „Zweihundert?"
Das war fast geschenkt, selbst wenn man bedachte, dass dies hier ein Fehndorf war und nicht die Innenstadt von Leer.
„Ich muss da nicht von leben", sagte Thoben.
Scharfer Beobachter, dachte Nanno und nickte: „Alles klar von mir aus." Er drückte die ausgestreckte Hand des Kapitäns und verkniff sich die Frage nach einem Mietvertrag, weil er sie unpassend fand.
Hinter dem Haus war eine großzügige Terrasse mit Sonnenschirmständer, abgedecktem Grill und dem unvermeidlichen Windschutz. Straße und Haus lagen etwa drei Meter höher als der Garten und der Hammrich dahinter. Nanno genoss den Ausblick.
„Wie weit geht denn Ihr Grundstück?", fragte er, als ihm auffiel, dass es keinen Zaun gab.
„Bis da hinter dem Schuppen", sagte Thoben.
Das war allerdings gewaltig. Dieser Wellblechschuppen im Nissenhütten-Stil, halbrohrförmig und an die vierzig Meter lang, war

bestimmt zweihundertfünfzig Meter entfernt.
„Was ist denn da drin? Ackergeräte?“, fragte Nanno.
„Och, alter Kram.“ Thoben winkte ab. Dann ging er in Richtung Auffahrt, Nanno folgte. Die Vollgummireifen schmatzten leise auf den feuchten Waschbetonplatten.
„Früher hatten wir ja noch viel mehr Land“, erzählte der Kapitän, als er neben Nannos Golf Position bezogen hatte, wohlüberlegte anderthalb Schritt von der Fahrertür entfernt. „Ich stamme ja aus einer reinen Bauernfamilie. Witzig, was? Aber das ist ja nun lange vorbei.“
Nanno lächelte, während er seinen Rollstuhl zur Beifahrertür lenkte. „Viele Leute denken, sie tun mir einen Gefallen, wenn sie beim Parken auf meiner Fahrerseite besonders viel Abstand halten“, sagte er. „Dabei brauche ich den Platz auf der anderen Seite. Sonst könnte das ja mit dem Stuhl gar nicht klappen.“
Er hatte die rechte Tür geöffnet, den Rollstuhl neben den Beifahrersitz rangiert und die Räder blockiert. Jetzt stemmte er seinen Körper hoch, setzte sich auf die linke Seitenlehne des Stuhls, stützte den linken Arm auf den Autositz, drückte und schwang sich hinein. Nanno war jung, kräftig, schlank und geübt, daher hatte das Manöver eine gewisse Eleganz. Seine schlaffen dünnen Beine zog er mit den Händen nach, einzeln und vorsichtig. Es war unglaublich, wie schnell man sich an diesen leblosen Anhängseln verletzen konnte. Dann rutschte er weiter zur Mitte und bugsierte die Beine in den Fußraum auf der Fahrerseite. Als er saß, beugte er sich zurück, löste die Sitzsperren des Rollstuhls, klappte ihn zusammen, zog ihn hinein und stellte ihn vor den Beifahrersitz.
Der Kapitän klopfte zum Abschied aufs Dach: „Dann man bis morgen!“
Nanno grüßte mit dem Kopf zurück. Seine Hände brauchte er zum Fahren. Bis zur Durchgangsstraße ging es ein paar hundert Meter geradeaus. Im Radio begannen gerade die Elf-Uhr-Nachrichten. Immer noch nichts Neues über das Windrad-Attentat, nur das übliche Geschwätz von ein paar schrecklich empörten Politikern. Nanno schüttelte den Kopf. Als er an der Ecke kurz anhielt, sah er im Rückspiegel, dass auch Thoben in seinen Wagen stieg.

6

Mittlerweile war der Plattenweg an beiden Enden abgesperrt, trotzdem herrschte eine Völkerwanderung wie sonst nur am Emsdeich bei den Passagen der tiefgehenden Kreuzfahrt-Riesen aus Papenburg. Da pflegten viele Gaffer nach einer Katastrophe zu lechzen, hier war sie bereits eingetreten. Natürlich kam niemand durch das bewachte Weidetor, trotzdem standen die Menschen zu Hunderten um den kahlen, schlanken Stumpf und den sachte wippenden Rotor herum. Trampelpfade im dünnen Schnee der Nachbarweiden wiesen Nachzüglern den Weg zu den Löchern im Stacheldraht. Jetzt am Mittag war der Zustrom noch einmal angeschwollen. Dennoch versuchte niemand, in den sauber abgezirkelten Kreis vorzudringen, in dessen Zentrum die Spurensicherung gerade zusammenpackte. Die Leute, die dem Sog eines imposanten Unglücks nachgaben, hatten ein sicheres Gespür dafür, bei welcher Distanz mit Abwehrmaßnahmen zu rechnen war. So blieb das Gleichgewicht gewahrt, Polizei und Publikum schienen sich nicht umeinander zu kümmern.

Reinhold Boelsen stapfte eine Zickzacklinie nach der anderen in den auch hier schon längst zertrampelten Schnee. Die Hände hielt er hinter dem kerzengeraden Rücken verschränkt, den Blick seitlich an seine demolierte B-340 K geheftet. Seine schwarzen Halbschuhe waren durchnässt, sein heller, viel zu dünner Trenchcoat knatterte ihm um die Beine. Der beherrschende Ausdruck in seinem langen, durch die breite Stirn und das spitze Kinn dreieckig wirkenden Gesicht war Verständnislosigkeit. Aufgerissene Augen und ein gelegentliches Kopfschütteln zeugten von Lücken in seiner sonst so verlässlichen Selbstkontrolle.

Er bemerkte Kornemann erst, als der ihm in den Weg trat. Einen Moment lang standen sie Brust an Brust, Kornemann musste zu dem deutlich längeren und mit seinen siebenunddreißig Jahren auch deutlich jüngeren Ingenieur und Geschäftsführer aufschauen. Das passt ihm nicht, aber es macht ihm auch nichts aus, dachte Boelsen automatisch. Dann hob er die Konfrontation auf, indem er einen halben Schritt zurücktrat und sich dem Stumpf zuwandte. Jetzt standen sie Seite an Seite.

„Haben sie dir das Ding gezeigt?“, fragte Kornemann.

Boelsen nickte. „Nylonbändsel und Kette. Welle blockiert und mit der Schwungmasse des eigenen Rotors gesprengt. Clever.“ Er klemmte seine eiskalten Hände in die Achselhöhlen. „Wäre beim 345er aber schon nicht mehr gegangen, wegen der neuen Verkleidung. Dieser ringförmige Abweiser – da hätte sich der ganze Krempel höchstens außen drumgewickelt. Vermutlich aber wäre die Wurfleine gleich abgerutscht. So gesehen, haben die Burschen Glück gehabt.“

Kornemann schnaubte durch die Nase. „Von wegen Wurfleine. Das Ding ist da hochgeschossen worden, ganz professionell. Und so ein Abweiser hätte die Mühle auch nicht gerettet. Sowie die Kette am Flügel hängt, ist doch eine Unwucht da, und der ganze Apparat ist im Handumdrehen Schrott.“ Er stellte den Kragen seines Ledermantels hoch und stopfte die Enden des Schals hinein. Natürlich trägt er Handschuhe, dachte Boelsen. Und natürlich hat er Recht. Er kombiniert ja immer logisch. Und immer verdammt schnell.

Die Polizei rückte ab, die Einsatzleiter verabschiedeten sich per Handschlag, zuerst und beflissen bei Kornemann, dann, eher flüchtig und mit Kondolenzmiene, bei Boelsen.

„Dass die was finden, darauf brauchen wir nicht zu warten“, sagte Kornemann, ohne Rücksicht darauf, wie weit der Wind seine Worte trug. „Müssen wir schon selbst sehen, dass wir zu was kommen. Die sollen das jedenfalls kein zweites Mal machen.“

„Kennst du denn jemanden, der zu so etwas imstande wäre?“

Kornemanns Blick ließ Boelsens Ohren glühen. „Wo lebst du denn, Menschenskind? Die Leute hier sind nicht zimperlich, das müsstest du doch auch schon mitgekriegt haben. Wenn's ums Prinzip geht, dann gilt Gewalt gegen Sachen hierzulande nicht viel, ganz egal, ob die Sache nun hundert Euro kostet oder eine Million. Und wer diese Prinzipienreiter sind, das weiß ich genau.“

Boelsen schüttelte den Kopf. „Alles etablierte Leute, die meisten sind doch Geschäftsleute oder Beamte." Die führenden Windkraft-Gegner hatte er in den letzten Jahren bei den verschiedensten Anlässen getroffen und kennen gelernt. Jetzt ließ er ihre Gesichter Revue passieren. Ausgeschlossen. „Die setzen doch nicht so einfach ihre Existenz aufs Spiel."

„Das kapierst du nicht." Kornemanns Urteil klang unanfechtbar und vernichtend, und Boelsen, der schon seit über fünfzehn Jahren in Leer wohnte, kam sich für einen Moment wieder so fremd vor wie damals, ganz zu Anfang. „Überleg lieber, wer so was überhaupt kann. Ein paar Grundkenntnisse der Physik braucht man ja wohl dazu, oder?"

„Weiß nicht." Was ganz ist, muss kaputt, was hoch ist, muss runter, was sich dreht, muss gestoppt werden – die Grundregeln des Demolierens stellte Boelsen sich nicht sonderlich anspruchsvoll vor. „Frag doch mal, wer an so ein Leinenschießgerät herankommen könnte, so ein Ding, wie heißt das eigentlich genau?"

„Keinen Schimmer." Kornemann schüttelte unwillig den Kopf. „Aber gesehen habe ich so etwas schon. Die Dinger gibt's auf den Seenotrettungskreuzern, aber auch auf Schleppern. Die geben so ihre Schleppleinen rüber. Dünne Leine zum anderen Schiff schießen, dickere Leine nachholen, und dann so weiter, bis die Trosse kommt."

„Bei der Marine machen die das auch." Boelsen erinnerte sich an einen Werbefilm: Zerstörer und Versorger üben Materialübergabe auf See. „Quellen gibt es also. Und jetzt? Alle Soldaten und Seeleute filzen?"

Flapsigkeit ließ sich Kornemann nur gefallen, wenn er den Ton selbst vorgab. Sogar Boelsen hatte sich an diese Regel zu halten. Dass er sie gerade gebrochen hatte, ohne es zu wollen, ließ ihn schlagartig erkennen, wie verstört er war. Erschrocken blinzelnd beobachtete er Kornemann aus den Augenwinkeln, aber der reagierte gar nicht.

„Vergiss die Jäger nicht", sagte er stattdessen.

„Was hat denn das jetzt mit der Jagd zu tun?", fragte Boelsen, lebhaft und für den Augenblick erleichtert.

„Jäger interessieren sich grundsätzlich für alles, was schießt. Kannst ja mal einen Jäger nach Signalwaffen fragen, oder meinetwegen nach einem Leinenschießgerät. Wetten, die kennen sich aus? Und die kommen an alles heran."

Kornemann war Jäger, das wusste jeder. „Einer von deinen Grünröcken also? Ich dachte, ihr wärt so eine verschworene Gemeinschaft." Wieder hätte sich Boelsen am liebsten auf die Zunge gebissen.

Kornemann schaute geradeaus. „Sind wir auch, aber in punkto Windkraft gibt es einen Riss. Quer durch."

Der Menschenring um den schlanken Torso hatte sich inzwischen aufgelöst, die Menge flanierte jetzt ziellos, wie auf einem Rummelplatz. An den Rändern war schon eine deutliche Absetzbewegung zu erkennen.

Kornemann schlug Boelsen kurz mit dem Handrücken an die Brust. „Ich ruf dich an", sagte er. Dann marschierte er los und war nach wenigen Schritten im Gewimmel untergetaucht.

7

Auch Eilert Iwwerks verlor Kornemann schnell aus den Augen. Als er zurückblickte, war Reinhold Boelsen ebenfalls nirgends mehr zu entdecken. Also wandte er sich wieder seinem eigenen Gefolge zu.

Zwölf waren es diesmal, lauter Männer, die ihn von beiden Seiten bedrängten. Iwwerks strich sich über die graue Bartkrause und zupfte am Reißverschluss seiner Lammfelljacke, bis sein dunkelblaues Fischerhemd gut zu sehen war. Wieder hatte er den Spruch vom Menschenfischer Simon Petrus auf der Zungenspitze, diesmal aber verkniff er ihn sich. Die Leute erwarteten etwas anderes von ihm, eine Entscheidungshilfe, eine Bewertung. Und er wollte die Leute nicht enttäuschen.

Iwwerks wusste genau, dass er in Wirklichkeit kein Volkstribun war, aber er hasste diesen Gedanken, weil er es so sehr liebte, in dieser Rolle geliebt zu werden. Er liebte das große Wort und beherrschte es, er wusste genau, was mehrheitsfähig war und wann Opposition mit Sympathie belohnt wurde. Eigentlich war Iwwerks keinen Deut anders als die vielen, die niemandem Böses, Gutes aber vor allem sich selbst wollten. Das aber förderte seine Popularität eher noch, denn alles andere hätten seine Bewunderer als unnormal empfunden.

Bewunderung in großem Maßstab war seine Droge, und wie viele Abhängige war auch er eher zufällig darauf gestoßen. In den sechziger Jahren war er, der damals noch junge Greetsieler Fischer, gegen die Pläne der Holländer, ungeklärte Abwässer in den Dollart zu leiten, Sturm gelaufen. Alle seine Kollegen hatten um ihre Fänge gefürchtet, er hatte den Mund aufgemacht: „Duum drup op de Smeerpijp!“ Umweltschutz aus ökonomischen Gründen – das war etwas Neues gewesen, das hatte ihm plötzlich Beifall aus den verschiedensten Ecken von linksökologisch bis nationalistisch eingebracht. Eine Ur-Erfahrung.

„Fischer schmiedet Koalition quer durch alle Lager“, hatte eine Zeitung getitelt. Das war seitdem sein Markenzeichen. Das und sein Fischerhemd.

Eigentlich war er längst kein Fischer mehr. Seine beiden Kutter fuhren mit angeheuerten Besatzungen, und sie fischten auch nicht richtig, sondern fuhren Hobbyangler zu den Fischgründen. Das war zuverlässig einträglich, zumal die Kuttergäste überwiegend in seinen eigenen Pensionen und Hotels geworben wurden. Iwwerks hatte geerbt, Land vor allem, hatte gut dosiert verkauft und klug investiert. Sehr klug sogar. Sein Sinn für das Angesagte erstreckte sich eben auch aufs Geschäft. Kaum jemand wusste, wie reich er inzwischen wirklich war.

Aber jetzt wurde es Zeit. Seine Korona wollte etwas hören. Der Schwarm bestand aus Zufallsguckern und war doch typisch: Jagdfreunde vom Hegering, weitläufige Nachbarn, Gastwirte, Umweltschützer. Die meisten erklärte Windkraftgegner, die Iwwerks auf ihrer Seite wussten. Schließlich hatte er als pflichtbewusster Fremdenverkehrsgewerbler doch oft genug gegen den Verbrauch der einmaligen Küstenlandschaft gewettert, und bei mancher Protestaktion hatte er in der vordersten Reihe gestanden. Dort, wo man nicht übersehen wird.

Kontrovers war nicht die Stoßrichtung dieser neuen Aktion, kontrovers war der Sabotageakt selbst. Fünf der zwölf Männer sprachen sich offen und vehement dafür aus, fünf andere, die weit bedächtiger auftraten, eher dagegen. Nur die Buurmann-Brüder, zwei junge Landwirte aus Cirkwehrum, wetterten lauthals gegen „diesen Schweinkram“. In Cirkwehrum war ein großer Windpark in Planung, und die Buurmanns hatten Land an der richtigen Stelle. Jeder wusste das. Die Aussicht auf persönlichen Profit war eben ein Argument wie jedes andere auch.

„Ich will euch mal was sagen.“ Iwwerks brauchte seine Stimme kaum zu heben, die Diskussion war sofort wie abgeschnitten. Gewöhnlich genoss er diesen Moment, in dem alle Blicke erwartungsvoll auf ihm ruhten, genoss die Vorfreude auf seine Droge, den kleinen Rest prickelnder Unsicherheit, ob er wohl wieder den Punkt treffen würde. Diesmal aber war es anders. Ganz anders. Und er musste höllisch aufpassen, dass keinem das auffiel.

„Ihr wisst, wie ich zu diesen Windmühlen stehe“, sagte er. „Und ihr wisst auch, wie wütend ich auf die Politiker bin, die uns immer mehr davon hinstellen. Ich kann jeden verstehen, der sich darüber aufregt. Und ich kann auch jeden verstehen, der seinen Ratsvertretern, die so was beschließen, ’ne Fuhre Mist vor die Tür kippt.“ Jetzt erhob er seine Stimme, rief in das aufbrandende Gelächter hinein: „Aber das hier ist was anderes. Hier stecken Werte drin, Investitionen, da hängen Arbeitsplätze dran. Das kann man doch nicht einfach in Klump hauen.“

Augen wurden aufgerissen, Münder zum Protest geöffnet. Schnell sprach er weiter: „Wenn einer mit so was durchkommt, dann ist das, als ob ein Deich bricht. Und dann muss manch einer von uns damit rechnen, dass ihm der Laden angesteckt wird.“

Das saß. Viele Pensionsbetreiber, egal ob haupt- oder nebenberuflich, hatten ihre Gebäude in den letzten Jahren und Jahrzehnten aufgestockt und erweitert, ohne sich übermäßig mit den Bauvorschriften abzugeben. Streit und Anzeigen hatte es reichlich gegeben, aber nie mehr als ein Bußgeld. Der Gedanke an aktive, an handfeste Kritik per Sabotage ließ alle schaudern.

Der Kreis zerstreute sich. Iwwerks spürte die Seitenblicke. Keine Droge heute. Er musste die Sache endlich ins Reine bringen, so viel war klar. Dieser Spagat war nicht mehr lange durchzuhalten.

Nachbar Ihne Kröger blieb noch einen Augenblick an seiner Seite. „Was macht denn deine Tjalk?", fragte er. „Kommst du voran mit dem Ausbau?"

„Kein Stück." Iwwerks seufzte. „Liegt ja immer noch in Emden, im Jarssumer Hafen. Was soll ich da schon schaffen?" In Greetsiel besaß er eine Halle, die auch geheizt werden konnte. „Aber solange alles zugefroren ist, kann ich das Boot ja nicht holen. Kaum zu glauben, so viel Eis haben wir seit Jahrzehnten nicht mehr gehabt."

Iwwerks hatte sich das zwölf Meter lange Holzschiff selbst zum fünfzigsten Geburtstag geschenkt. Die Substanz war gut, der Zustand zwar nicht original, aber die entstellenden Umbauten hielten sich in Grenzen. Mit etwas Zeit und Geld ließ sich bestimmt ein Schmuckstück daraus machen. Und Zeit und Geld hatte er ja genug.

„Kannst du's denn nicht mit dem Trailer holen?"

„Hör bloß auf! Dreizehneinhalb Tonnen Gewicht und vier Meter Breite, da brauche ich doch 'nen Schwertransporter mit Sondergenehmigung und Polizeibegleitung. Nee, nee. Außerdem" – er blieb stehen, schob beide Hände in die Jackentaschen und streckte den Bauch vor – „außerdem dauert das keine zwei Wochen mehr, dann taut es rapide. In drei Wochen ist das Eis weg, und dann fahre ich das Schiff alleine rüber. Sollst mal sehen."

Kröger schaute den Wetterpropheten bewundernd an, ehe er sich verabschiedete.

Iwwerks atmete tief durch.

8

Die Autobahn zwischen Emden und Leer war zwar schon seit längerer Zeit lückenlos fertig, aber Boelsen benutzte sie nicht. Das tat er nie. Längere Strecken legte er mit der Bahn zurück, notfalls mit dem Flugzeug. Seinen Urlaub verbrachte er ohnehin auf dem Wasser, entweder auf einem gecharterten Segelboot irgendwo in der Ägäis oder auf der *Aeolus*, seinem Dreizehnmeter-Motorkreuzer, irgendwo in den hiesigen Revieren, auf den Flüssen Ems und Weser oder zwischen den Inseln.

Aeolus, der Herr der Winde – den Namen hatte er natürlich bewusst gewählt, und er passte zu ihm wie zu seiner Profession. Besser als das stählerne Schiff selbst mit seinen beiden großvolumigen Dieselmotoren. Irgendwann würde er sich eine Segelyacht zulegen, eine, deren Segel so geschnitten waren, dass er sie auch alleine beherrschen konnte. Herr der Winde. Aber vorerst brauchte er die alte *Aeolus* noch, denn sie diente auch als schwimmende Tagungsstätte für Geschäftspartner und potentielle Kunden. Mancher Vertrag, der zwischen Bürowänden auf Widerstände stieß, kam an der frischen Seeluft problemlos zur Unterschrift.

Sein Diesel-Golf fuhr mit Rapsöl, und er benutzte ihn fast ausschließlich im Nahbereich, zwischen seinem Haus in Leer-Loga, seiner Firma in Wiesmoor und den Anlagen und Baustellen überall in Ostfriesland. Wenn es in Diskussionen mit Umweltschützern um die Drosselung des individuellen Energieverbrauchs ging, führte er sich gern selbst als Beispiel an. „Wo es Wege zur Einsparung gibt, da müssen wir sie nutzen, und wo es diese Wege noch nicht gibt, da müssen wir sie schaffen." Boelsen nickte gedankenverloren. Für ihn gab es keine Kluft zwischen Überzeugung und Geschäft. Er gönnte sich eine kleine Dosis Selbstzufriedenheit.

In Oldersum, wo die Bundesstraße direkt am Innentor der Schleuse vorbeiführte, nahm er Fahrt weg und schaute durch das Brückengeländer auf den Ems-Seitenkanal hinunter. Weiter hinten spielten

Kinder auf dem Eis, das so dick war wie selten. Mehrere kleinere Yachten ragten aus der weißen Fläche, eine davon war steuerbords bis zum Gangbord weggesackt, vermutlich vom Eisdruck beschädigt und vollgelaufen. Boelsens eigenes Schiff stand sicher an Land, im Winterlager. Er wusste genau, was ihn diese Aktion gekostet hatte, trotz aller Beziehungen, und verbot sich daher jede Schadenfreude. Die Überholungsarbeiten waren beendet; sobald das Eis weg war, sollte die *Aeolus* wieder ins Wasser, so schnell wie möglich.

Noch aber war das Eis da, und darum beneidete er die Kinder: Schöfeln gehörte zu den ostfriesischen Grundsportarten. Boelsen hatte sich vor Jahren schon Schlittschuhe gekauft, in den letzten Wintern aber hatte es nie lange genug gefroren; entweder hatte er gerade keine Zeit gehabt, wenn das Eis freigegeben wurde, oder aber die Flächen waren so voll gewesen, dass er sich geniert hatte, sich vor so vielen Könnern als Anfänger bloßzustellen. Als vor einiger Zeit Pläne bekannt geworden waren, in Leer eine monströse Eishalle zu bauen, hatte auch er zu den Begeisterten gehört. Und jetzt dieser Winter. Ein Hohn. Aber auch ein interessantes Projekt, diese Eishalle, obwohl sie vermutlich nie realisiert werden würde. Ehrgeizig. Natürlich nicht so ehrgeizig wie seine eigenen Pläne. Seine *Bowindra* – „Boelsens windbetriebene Rotor-Anlagen" – war drauf und dran, ihren ersten wirklich bedeutenden Coup im Ausland zu landen, und zwar nicht irgendwo, sondern in den USA. Am liebsten hätte er sich die Hände gerieben. Zweihundert Anlagen auf einen Streich, das war ein Ding. Wenn das klappte, dann war ein gewaltiger Markt erschlossen. Gerade zur rechten Zeit, denn in Deutschland wurde die Konkurrenz stärker, und auch die Dänen schliefen nicht. Und warum sollte das nicht klappen? An ihm sollte es jedenfalls nicht liegen.

Kurz hinter Terborg bog er auf die Straße direkt unterm Deich ein. Für ihn als Logaer verlief die zwar eigentlich zu weit westlich, aber er wollte lieber den Mittagstrubel in Neermoor und die Käuferkolonnen beim Emspark vermeiden. Außerdem fuhr er gern dicht an der Ems entlang, auch wenn der Fluss hier gänzlich hinter dem hochragenden Deich verborgen war. Aber er wusste ja, dass der Fluss da war, und das war schließlich die Hauptsache.

Beim Sautelersiel nahm er wieder Gas weg, begutachtete den zugefrorenen Vorfluter. Es dauerte eine Weile, bis er merkte, dass er selbst für seine Verhältnisse zu bummelig fuhr. Boelsen streckte sich hinterm Steuer und gab Gas.

Den Schlag spürte er zuerst im Lenkrad. Hinter ihm knallte es, der Wagen zuckte leicht nach rechts. Boelsen glaubte, Schneegriesel an seinem Hinterkopf zu fühlen. Dann brauste es eisig herein. Er nahm den Fuß vom Gaspedal und fasste sich in den Nacken. Als der Wagen ausgerollt war, zog er die Handbremse mit der linken Hand an. Die rechte war blutig.

Er schaltete die Warnblinker ein und stieg aus, taumelte, hielt sich an der Dachkante fest. Zwei Autos fuhren vorbei, Boelsen registrierte missbilligende Blicke.

Die hintere Seitenscheibe seines Golfs war weg, Glassplitter bedeckten die Rückbank, einige steckten in der Kopfstütze. Wieder griff er sich an Kopf und Hals und zuckte zurück. Schmerz und Schock kamen gleichzeitig. Er lehnte die Unterarme an die Dachkante, legte seine Stirn darauf, drückte die zitternden Knie durch und atmete tief, bis sich der Schwindel legte.

Als er die Augen wieder öffnete, sah er die kleinen, runden Löcher im Seitenblech unter der gähnenden Fensterhöhle. Schrot, dachte er. Kornemann hätte das gleich gesehen. Dann überlief es ihn heiß. Er schaute zurück, drehte sich um, einmal ganz um die eigene Achse. Da war niemand. Oder? Auf der anderen Straßenseite waren Weiden, davor ein Graben, Büsche, krumme Bäume. Weiter hinten ein Haus, eine Einmündung. Die Straße kannte er, ein geschlängelter Betonplattenweg, der führte quer durch den Hammrich zur Bundesstraße, da hatte er auch schon Grundstücke inspiziert.

Ob der Schütze da gestanden hatte? Ob er da immer noch stand? Dann sieht er jetzt, dass ich noch lebe, dachte Boelsen. Er stieg ein, startete und fuhr los. Als er seine klebrige Hand vom Griff der Bremse löste, wurde ihm übel.

9

Der *Kulturspeicher* hatte nicht ausgereicht, bei weitem nicht. Also hatte man die Veranstaltung in die Turnhalle des Ubbo-Emmius-Gymnasiums verlegt, und auch die platzte fast aus den Nähten. Drei- bis vierhundert Leute, schätzte Sina Gersema. Im Schätzen war sie geübt, drei Jahre Lokaljournalismus hatten Früchte getragen. Der kleinere Teil der Leute hockte auf den Holzbänken vor dem Podium wie die Vögel auf der Stange, die weitaus meisten standen dahinter. Noch ging es nicht los, man unterhielt sich gruppenweise. Die allgemeine Erregung ließ die Halle brausen und dröhnen.

Die Diskussionsveranstaltung war schon vor Wochen angesetzt worden. *Wie viel Windkraft braucht das Land? – Podiumsdiskussion mit Vertretern der Parteien und Interessengruppen. Kulturprogramm: Nanno Taddigs (Lieder und Lyrik). Veranstalter: Initiative für Ostfriesland (IFO).*

Zwei bis drei Dutzend Leute höchstens, dachte Sina, mehr wären niemals gekommen. Trotz Nanno. Wenn das nicht gerade heute passiert wäre.

Wie fast alle anderen auch hatte sie aus dem Radio davon erfahren, im Auto, auf dem Weg zu ihrer Mutter, die jetzt ganz allein in Leer lebte. Erst der Sabotageakt an der Windkraftanlage in der Krummhörn, dann das Attentat auf Boelsen. Sie konnte sich keinen Reim darauf machen. Die vom Radio offenbar auch nicht. Kein Wort von den schematisierten Täter-Vermutungen, die sonst so leichthändig geäußert wurden. Politisch gibt das überhaupt keinen Sinn, hatte Sina überlegt. Ihre Neugier war stetig gewachsen und hatte sie schließlich hergetrieben. Wie wohl alle anderen auch. Dass sie außerdem ein bisschen gespannt auf Nanno war, wunderte sie selbst. Sie blickte sich um. Hier in Leer, an genau dieser Schule, hatte sie vor sieben Jahren Abitur gemacht, in dieser Halle hatte sie ihre Turnstunden absolviert. Alles hier war noch so wie früher, selbst die Flecken im ausgebesserten Putz neben und über der Heizung waren immer noch nicht übergestrichen. Sina lächelte. Und das linke Geräteraum-Tor schloss auch nicht richtig, genau wie früher. Wenn man sich mit der Schulter dranlehnte, wich es zurück, die untere Torkante schwang aus und schlug einem Knöchel und Waden grün und blau. Da, gerade war es wieder passiert. Sina sah den Mann auf einem Bein hüpfen und wandte sich schnell ab, weil sie ihr Grinsen selbst etwas unpassend fand.

Sie schlängelte sich durch das Gewühl, suchte nach bekannten Gesichtern, grüßte ehemalige Lehrer. Direkt vor ihr wurde erregt diskutiert, wollige Pulloverrücken bildeten eine Barriere. Eine schmale, ungeduldig tänzelnde Gestalt löste sich aus dem Kreis, der sich augenblicklich wieder schloss, drehte sich mit vor der Brust verschränkten Armen einmal um sich selbst, blickte wie abwesend über die Köpfe.

Sina strahlte, als sie die Hände ausstreckte: „He, Melli!"

Sie umarmten sich wie früher, als sie in der Oberstufe Tischnachbarinnen gewesen waren: leicht, ohne Druck, eher knochig als fleischig. Sina erinnerte sich noch gut daran, wie sie Melanie jahrelang hofiert, wie sie um ihre Gunst gebuhlt hatte, wie stolz sie gewesen war, als sie endlich neben ihr hatte sitzen dürfen. Freundlich, aber distanziert hatte Melanie auf ihre Herzlichkeit reagiert. Sina hatte diese Ungleichheit in ihrer damaligen Beziehung schnell erkannt, eigentlich von Anfang an. Böse aber war sie Melanie bis heute nicht, auch wenn es in den letzten Jahren praktisch keinen Kontakt mehr zwischen ihnen gegeben hatte. Gräfin Melli hatte sich anhimmeln lassen und die Vorzüge solcher Verehrung gern genossen, aber nie missbraucht. Auch eine Art von Fairness.

Verändert hatte sie sich kaum, sah mit sechsundzwanzig eher noch schöner aus als früher, beinahe unwirklich, fand Sina. Melanie überragte Sinas einsfünfundsechzig um eine gute Spanne, ihr weißblondes, langes Haar umrahmte ein schmales Gesicht, das immer noch völlig frei von Make-up war. Ihre betont rustikale Kleidung – grauweißer Wollpullover, hellblaue Jeans, schwarze Schnürschuhe – ließ sie aristokratischer denn je wirken. Sogar ihr Lächeln sieht huldvoll aus, dachte Sina. Mit ihrer dunkelbraunen Antiklederhose, ihrer

Seidenbluse, der Fransenweste und der leichten Rottönung in ihren schulterlangen feinen, kastanienbraunen Haaren kam sie sich unpassend aufgezäumt vor. Warum nur klammert sich der Mensch an Idole, wenn deren Gegenwart doch nur die eigenen Selbstwertmängel ins Licht zerrt? Lust an der Qual? Und wenn schon. Damals hatte sie das nicht so empfunden, und heute stand sie darüber.

Für ihre Verhältnisse war Melanie richtig aufgekratzt, ihre sonst fast weißen Wangen waren leicht gerötet wie von einem Spaziergang im Winterwind. Sina hatte von ihren Problemen mit dem Laden gehört und von den Sorgen um die Kinder, die zwar angeblich hochbegabt, aber schwierig und häufig krank waren. Melli musste unter einem wahnsinnigen Druck stehen. Aber heute war von all dem nichts zu spüren.

„Bist du beruflich hier? Als Journalistin? Extra wegen dieser Sache?“ Melanie schien Sinas Kopfschütteln zu übersehen. „Aus ganz Ostfriesland sind Leute gekommen. Ich bin ja mal gespannt, was jetzt passiert. Könnte ein Wendepunkt sein, was die Windkraftnutzung betrifft. Auf jeden Fall können die ja nicht so weiterwursteln wie bisher, sonst eskaliert das hier endgültig.“

„Du bist gegen Windkraft?“ Sina war völlig perplex. „Vom Umweltstandpunkt her sind Sonne und Wind zur Energieerzeugung doch das einzig Wahre, dachte ich immer. Hast du das Lager gewechselt, oder was?“

„Überhaupt nicht.“ Melanies Gesichtsausdruck wechselte vom Hoheitsvollen ins Missionarische. „Theoretisch stimmt das ja, was du sagst, aber was hier praktisch läuft, ist eine völlig andere Sache. Was uns als Nutzung der Windkraft verkauft wird, ist doch in Wirklichkeit eine Strategie, um sie zu diskreditieren.“ Mit Sinas sichtbarem Unverständnis hatte sie eindeutig gerechnet. „Erinnerst du dich noch an *Growian*? Diese einflügelige Experimental-Anlage. In dieses Projekt wurden damals Millionen an Steuergeldern reingepumpt. Hat natürlich nie richtig funktioniert, logisch. Damit hat man die Forschung jahrelang aufgehalten, verstehst du? Absichtlich! Um zu beweisen, dass Windkraft nichts bringt, während überall die Atomkraftwerke hochgezogen wurden. *Ein* Flügel! Dabei gibt es Mehrflügler seit Jahrhunderten. Ist das nicht eindeutig?“

Sina hatte von *Growian* gehört. Dieser Zusammenhang war ihr neu, er klang nicht unlogisch, wenn auch etwas zu einfach. „Aber die modernen Anlagen haben doch drei Flügel, oder? Und sie funktionieren."

„Sicher." Melanie blieb geduldig, auf ihre altbekannte Art, die ein wenig verletzend wirkte, ohne dass sich dieser Eindruck zum Vorwurf hätte verdichten lassen. „Aber solange diese Dinger einzeln oder in kleinen Gruppen wahllos überall aufgestellt werden, sind sie für die allgemeine Stromversorgung ohne echte Bedeutung. Sie verschandeln nur die Landschaft und bedrohen die Tiere. Außerdem ist der Strom überteuert und muss von der gesamten Bevölkerung bezahlt werden. Da entsteht Unmut, eine unheimlich breite Ablehnung, verstehst du? Und die richtet sich natürlich gegen die Windkraft selbst. Das meine ich mit diskreditieren. Gerade hier in Ostfriesland ist das besonders drastisch. Wenn dieser Unfug nicht schnellstens abgestellt wird, dann ist die Windkraftnutzung hierzulande unten durch, und zwar auf Jahrzehnte hinaus."

Einen Moment lang hatte Sina die Vision einer heiligen Melanie mit Brustpanzer, Krempenhelm und Breitschwert, mehr Karikatur als Idol. Konnte es sein, dass Melanie, einst eine Verfechterin der Gewaltfreiheit, die beiden Attentate befürwortete? Sina spürte, wie ihre Augenbrauen aufeinander zukrochen und dabei ihre Stirnhaut zu einer steilen Doppelfalte zusammenschoben.

„Dieser Anschlag auf Boelsen war absolut hinterhältig. Heimtückisch. Furchtbar. Dabei ist der doch nur einer, der die Situation ausnutzt. Kein wirklicher Verursacher." Ganz offensichtlich war Melanie immer noch eine exzellente Beobachterin. Da hätte ich sie auch gleich fragen können, dachte Sina. Die Frage nach Melanies Einstellung zu Gewalt gegen Sachen aber sparte sie sich für einen späteren Zeitpunkt auf.

Das bislang ziellose Getümmel begann sich plötzlich auszurichten, so wie sich Eisenspäne formieren, wenn sich ein Magnet nähert. Alles schaute zum Eingang. Dort nahm das Gewühl erst zu, dann bildete sich eine Gasse, durch die jetzt Eilert Iwwerks samt Gefolge Richtung Podium schritt. Einige Schritte dahinter gingen Kornemann und Boelsen. Als Dreifach-Magnet betraten sie die

Bühne. Langsam rückte die Menge vor, die Gespräche erstarben für einen Moment, setzten aber gedämpft wieder ein, als sich herausstellte, dass vorerst noch an der Mikrophonanlage gebastelt wurde.

Boelsen schien nicht ernsthaft verletzt zu sein; nur hinten an seinem Hals, unterhalb des Haaransatzes, waren Pflaster zu erahnen. „Der neben ihm ist Kornemann", raunte Melanie. „Dem gehören wesentlich mehr *Bowindra*-Anteile als Boelsen selbst. Ich glaube, das wissen die wenigsten. Sonst ..." Sie wurden angerempelt, Melanie sorgte mit einem Blick für Distanz. Der Satz blieb unvollendet.

„Boelsen hält angeblich nur fünf Prozent, dabei ist er der Firmengründer und der Fachmann", fuhr Melanie fort. „Aber Kornemann ist eben der Mann mit dem Kapital. Boelsen hätte seinerzeit nicht einmal die Patentgebühren aus eigener Tasche zahlen können."

„Kornemann – das ist doch dieser Tiefbau-Mensch? Der schon mit vierundzwanzig das große Geschäft geerbt hat?" Sina erinnerte sich dunkel an ein Zeitungs-Porträt. Überschrift: „Dynamik und Durchsetzungskraft"

Melanie nickte. „Und er hat's noch gewaltig ausgebaut. Ein echtes Energiebündel, ziemlich gefürchtet wegen seiner Rücksichtslosigkeit. Inzwischen gehört ihm noch viel mehr. Kiesgruben sowieso, jede Menge Bauerwartungsland, Reedereianteile und wer weiß was sonst noch. Na, und die halbe *Bowindra* außerdem."

Macht fünfundfünfzig Prozent, rechnete Sina automatisch: „Und der Rest?"

„Der gehört einer gewissen *Hoka-Invest*. Aber wer da nun dahinter steckt, das weiß ich auch nicht." Immerhin war das, was sie wusste, eine ganze Menge, fand Sina.

Hunderte von Händen zuckten hoch zu Hunderten von Ohren, als eine letzte, besonders heftige Rückkopplung durch die Halle peitschte. Dann ging es endlich los. Der Diskussionsleiter, Sinas ehemaliger Physiklehrer, der sich vor lauter Aufregung vorzustellen vergaß, verkündete die erwartete Abweichung vom geplanten Ablauf: Information über die Vorfälle des Tages, Stand der Ermittlungen, danach offene Diskussion, „und dann sehen wir weiter."

Kein Wort von Nanno, registrierte Sina. Sie hätte gern mal gehört, was der heute so dichtete und sang. Seit der Schulzeit hatte sie ihn völlig aus den Augen verloren, noch gründlicher als Melanie Mensing. Dabei hatte sie einmal mächtig für ihn geschwärmt. Aber dass Lieder und Gedichte unter diesen Umständen wohl nicht ganz ins Programm passen würden, sah sie natürlich ein.

Kornemann trat vor, griff sich das Mikrophon mit der Linken, ohne hinzusehen, und legte los, ohne Anrede und Begrüßung, aber zu Sinas Überraschung sehr sachlich. Seine Stimme klang tief, fest und befehlsgewohnt, unaufdringlich selbstsicher. Die Menge lauschte fast atemlos. „Laut vorläufigem Untersuchungsbericht der Polizei wurde die Tat zwischen Mitternacht und etwa fünf Uhr dreißig morgens begangen, beteiligt waren fünf bis zehn Personen, die mit mindestens zwei Pkw zum Tatort gefahren waren ..."

Sina fühlte Melanies Arm an ihrem und konnte spüren, wie sie erst erstarrte und dann stärker als gewöhnlich zu beben begann. Ihr Gesicht war wieder bleich, stellte Sina mit einem Seitenblick fest. Aber das war es ja meistens. Ihrer Schönheit tat das keinen Abbruch, eher im Gegenteil.

Kornemann sprach jetzt von der vermutlichen Schadenshöhe, vom Stromproduktionsausfall und von der geschätzten Dauer bis zur Errichtung einer Ersatzanlage. Das Attentat selbst hatte er offenbar übersprungen.

Vor der Bühne wurde Unmut laut. „Wor hebbt se dat denn nu maakt?", rief jemand. Aufmunternde Zurufe ertönten. Offenbar interessierte es eine Menge Leute, wie man solch einen Rotor herunterholen konnte.

„Details der Tat nenne ich wohlweislich nicht", sagte Kornemann. „Ich teile ganz die Auffassung der Polizei, dass irgendwelche Sympathisanten nicht auch noch zur Nachahmung angeregt werden sollen." Der Blick seiner dunklen Augen hatte den Zwischenrufer ausgemacht und gepackt. Lider und Gesichtszüge blieben unbewegt, lediglich die Brauen schienen sich ein wenig gesenkt zu haben. Die Rufe verstummten. Sina spürte Melanies Ellbogen. Sie hatte wieder die Arme verschränkt.

Kornemann trat zur Seite und gab das Mikro weiter an Boelsen.

Beifall brandete auf. Fast alle klatschten, auch Melanie, stellte Sina fest. Dieser Boelsen, von dem bei aller zur Schau getragenen Überkorrektheit auch ein Rest jungenhafter Ausstrahlung ausging, wirkte tatsächlich nicht unsympathisch. Sina hatte in ihrer eigenen Zeitung schon mehrmals über ihn gelesen, hatte seine Vorstellung von ökonomisch orientierter Ökologie zwar nicht unbedingt überzeugend, aber doch glaubwürdig gefunden. Klar, dass jeder, der nicht ganz und gar im anderen Lager stand, von ihm angetan war. Und auch dieses andere Lager klatschte. Wenn der Anschlag auf Boelsen ein politisch motivierter war, dann entpuppte er sich spätestens hier als Bumerang, überlegte Sina.

Boelsen schilderte das Attentat knapp und undramatisch. „Der Schrotschuss traf das linke hintere Seitenfenster meines Wagens, meine Verletzungen rühren ausschließlich von den Glassplittern her." Fehlgegangener Mordanschlag, gezielte Warnung oder verirrter Schuss eines Jägers – Boelsen ließ es offen, sparte sich jede Schuldzuweisung und kassierte damit weitere Pluspunkte auf der Gegenseite.

Diesen Kredit löste er sofort ein, indem er ein Plädoyer für die Windkraft anschloss: „Der heutige Tag hat wieder einmal gezeigt, wie viel Überzeugungsarbeit noch zu leisten ist. Wir werden uns nicht irremachen lassen, wir werden unseren Weg weitergehen, weil wir wissen, wohin er führt, und weil wir wissen, dass wir genau dorthin wollen."

Niemand unterbrach ihn, niemand pfiff, der Schlussapplaus war fast so laut wie die Begrüßung. Clever, dachte Sina.

Acht Personen hatten inzwischen an den zusammengeschobenen Resopaltischen hinten auf dem knapp achtzig Zentimeter hohen Podium Platz genommen, sieben Männer und eine Frau. Niemand rührte sich, als Boelsen sich umschaute und die Hand mit dem Mikrophon anbietend zur Seite reckte. Kornemann fuhr herum, ungehalten von einem Augenblick zum anderen. Fordernd zuckte seine linke Hand hoch. Da gab sich Iwwerks einen Ruck.

Er hatte sich gestylt wie immer zu solchen Anlässen. Die Bartkrause hatte er sorgfältig nach vorn gekämmt, die Elbseglermütze aufbehalten; das dunkelblaue Fischerhemd mit den dünnen weißen Streifen spannte sich leicht über seinem Bauch. Zur schwarzen

Manchesterhose trug er seine neuen, hinten geschlossenen Clogs, in denen er sich noch nicht ganz sicher fühlte. Daher fiel sein Gang noch seemännisch-rollender aus als gewöhnlich.

„Was hat der denn vor? Ein Shanty singen?“, entfuhr es Sina, als Iwwerks zum Mikro griff. Mehrere der Umstehenden drehten sich nach ihr um und lachten. Melanie lachte nicht.

Der Radau brach auf der rechten Flanke los, kaum dass Iwwerks den Mund geöffnet hatte. „Hol doch dien Muul, du Dööskopp!“, ertönte eine heisere, aber überraschend laute Männerstimme. Die weiteren Zurufe waren nicht mehr zu verstehen, sie flossen ineinander wie Bronzebäche, die zusammen eine Glocke erzeugten. Eine aus Gebrüll, die Iwwerks’ Worte vollständig zudeckte. Sina stellte sich auf die Zehenspitzen und sah geballte Fäuste, geschwungen von Männern, die ganz ähnlich, wenn auch nicht so perfekt ausstaffiert waren wie der verhinderte Redner.

„Die Guntsieter Fischer!“ Melanie schrie ihr direkt ins Ohr. In der Halle wurde es immer lauter; einige stimmten in den Fischer-Chor ein, andere brüllten dagegen an. Die Spaltung, die Boelsen so geschickt übertüncht hatte, war schlagartig wieder da.

„Was haben die denn gegen den?“, schrie Sina zurück.

„Die ostfriesischen Fischer hatten alle zusammen gegen die Emsvertiefung geklagt. Dann hat die Werft, die als Einzige von der Vertiefung profitiert, den Guntsietern neue Kutter versprochen, und da haben die ihre Klage zurückgezogen.“ Melanie stützte sich auf Sinas Schulter. Mehr und mehr geriet die Menge in Bewegung. Es knuffte und schubste von allen Seiten. „Iwwerks war stinksauer und hat mächtig auf die anderen geschimpft. Die haben geantwortet, er sei ja gar kein Fischer mehr, sie aber müssten schließlich vom Fischfang leben, also solle Iwwerks sich da raushalten. Und dann hat Iwwerks sie in einem Interview als Verräter bezeichnet. Vor ein paar Tagen erst.“

Klar, dachte Sina. Die Fischer haben nur auf die nächste Chance gewartet, um sich Iwwerks öffentlich vorzuknöpfen. Und haben voll ins Wesennest gestochen.

Das Getöse nahm immer noch zu. Irgendwo schrillte eine Trillerpfeife, gleich darauf stimmten andere ein. Offenbar waren nicht nur die Fischer mit festen Krawall-Absichten hergekommen. Durch einen Wald von gereckten Armen und fuchtelnden Fäusten sah Sina ihren Physiklehrer mit dem Mikrophon, hörte drei, vier beschwörende Worte, dann war der Ton weg. Das Podium wurde fluchtartig geräumt, die Leute rannten zum Hinterausgang. Kornemann, Boelsen und Iwwerks waren schon nirgends mehr zu sehen. Ein Teil der Menge drängte nach vorn, der andere nach links, zum Hauptportal.

„Nichts wie raus", schrie Sina. Jetzt begriff sie, was es bedeutete, das eigene Wort nicht verstehen zu können. Eine neue Erfahrung, dachte sie, während sie sich hinter Melanie her zum Ausgang kämpfte.

Etwas Hartes krachte gegen ihre Knie. Sie stoppte, wurde weitergeschoben, taumelte, kämpfte um ihr Gleichgewicht, klammerte sich an irgendwelchen Armen fest. Vor und unter ihr saß Nanno in seinem Stuhl. Sie schaute direkt in seine grauen Augen. Der Schmerz verging, als er lächelte. Was er sagte, konnte sie nicht hören. Er drehte sich nach vorn, seine Arme stießen auf die Räder hinab. In seinem Kielwasser passierte sie das Nadelöhr.

Draußen blieben sie erst hinter den Parkplätzen stehen. Sina spürte den Schweiß am ganzen Körper und fror plötzlich. Ihre Jacke hatte sie im Auto gelassen.

„Frostkötel", spottete Nanno, als sie sich in ihre eigenen Arme zu wickeln versuchte. „Hast dich wirklich kaum verändert."

Aber du, dachte sie. Ihre Zähne begannen zu klappern, und sie öffnete die Lippen, damit er es hörte.

Er lächelte zurück.

10

Bitter Lemon, wie immer?"

„Genau." Nanno nickte der Bedienung, die gerade den überflüssigen Stuhl mit routiniertem Schwung an den Nachbartisch geschlenzt hatte, freundlich zu. Hier im *Taraxacum* scheint er ja gut bekannt zu sein, dachte Sina und bestellte sich einen Bordeaux. In dem ziemlich voll besetzten Café, das in der Leeraner Altstadt hinter einem altertümlich anmutenden Buchladen lag und nach Ladenschluss nur durch eine schmale Seitengasse zu erreichen war, wurde ihr schnell wieder warm. Musik von Sting rieselte aus den Lautsprechern, gerade laut genug, um vom allgemeinen Stimmengewirr nicht verweht zu werden. Viele waren von der Turnhallen-Veranstaltung direkt hierher gekommen; entsprechend lebhaft war die Unterhaltung.

Unterwegs hatte Sina Gelegenheit gehabt, ihre Gedanken und Gefühle zu sortieren. Sicher, irgendwer hatte ihr seinerzeit erzählt von dem Motorradunfall, und dass Nanno „wohl etwas zurückbehalten" würde. Aber damals hatte sie so viele andere Dinge im Kopf gehabt, und irgendein anderer Junge – sie dachte von ihren Ex-Liebhabern nur als von „Jungen" – hatte das Bild des von ihr leidend, weil ohne echte Hoffnung angeschmachteten Nanno zum Verblassen gebracht. Der mit dem geheimnisvollen Blick, vom anderen Gymnasium, ein paar Klassen älter – Backfischkram. Sie hatte beruhigt registriert, dass er mit dem Leben davongekommen war, und angenommen, alles andere würde schon wieder werden.

Kein Gedanke an Rollstuhl.

Die Getränke kamen schnell, noch ehe ihr Gespräch in diesem schweren Geläuf Fuß gefasst hatte. Sie strahlte Nanno an, wohl etwas zu heftig, denn er lächelte nur nachsichtig zurück, und das tat weh. Sina senkte den Blick in ihr Weinglas. Der funkelnde Bordeaux war dunkel, fast schwarz.

Dann fing er einfach an zu erzählen, berichtete knapp von dem

Unfall – ein Trecker mit abgesenktem Frontlader, er hatte keine Chance gehabt – und von der Zeit danach. In Andeutungen nur, ohne so mitleidheischend ins Detail zu gehen, wie Sina das von ihrer Mutter kannte. Sie ahnte auch so, was für eine harte Zeit das gewesen sein musste mit Krankenhaus, Reha-Kliniken und unzähligen Therapiestunden. Eine verdammt lange Zeit.

„Mir war klar, dass ich mich entschließen musste", sagte er dann. „Jeder Rolli hat seinen Entschluss gefasst, das weiß ich inzwischen. Du hast die Wahl zwischen einem langen Tod und einem neuen Leben. Ich habe mich für das Leben entschieden." Sein Unterkiefer war hart, als er das sagte, wie von einer großen Anstrengung. Seine Wangen waren hohl und straff, und seine Augen glitzerten. Dann lächelte er wieder.

Sina weinte, kramte nach einem Papiertaschentuch, sagte: „Entschuldige bitte."

„Diesmal ja", sagte er. „Aber mach's dir nicht zur Gewohnheit."

Sie hatte sich schnell wieder unter Kontrolle. „Und wo lebst du jetzt? Und was machst du?" Was man eben so fragte unter alten Freunden, nach so langer Zeit.

Nanno erzählte, dass er sich eben erst wieder in Ostfriesland niedergelassen hatte. „Auch ein Stück mehr Unabhängigkeit, weißt du. Bis vor kurzem war ich noch auf die Großstadt angewiesen, wegen der vielen Fachärzte und Einrichtungen, die ich so brauchte. Jetzt kann ich schon wieder auf dem Dorf leben, wie andere ganz normale Menschen auch."

„Und da bist du so scharf drauf?"

„Mal 'ne Weile gucken." Er zuckte die Achseln. „Weißt du, in gewisser Weise habe ich ja auch Vorteile. Die Waisenrente, die Versicherung – ich bin einigermaßen versorgt. Und kümmern muss ich mich nur um mich selbst."

Sina spähte durch die gesenkten Wimpern, versuchte herauszubekommen, ob das jetzt sarkastisch gemeint gewesen war, konnte aber keine Anzeichen dafür entdecken. Was nichts heißen musste.

„Also wohne ich jetzt auf dem Fehn, als Untermieter beim alten Kapitän Thoben. Starker Typ irgendwie." Nanno erzählte von seinem Glücksgriff und ein bisschen von der ganz persönlichen Tragödie seines neuen Hauswirts. „Auf alle Fälle ist es da draußen sehr ruhig, da lässt es sich bestimmt prima schreiben."

Richtig, die Lyrik. „Kann mich nicht erinnern, schon mal etwas von dir gelesen zu haben", sagte Sina. „Ich war ganz gespannt, aber heute ist ja leider nichts aus deinem Auftritt geworden."

Nanno winkte ab. „Mit der Gitarre bin ich eigentlich ein Fossil. Politische Liedermacherei, ich bitte dich! Wird ja schon seit Jahren nicht mehr hergestellt." Jetzt lachte er endlich richtig, breit und mit großzügiger Präsentation prächtiger weißer Zähne. So wie früher eben. „Dabei ist es sogar von Vorteil, dass ich ein Krüppel bin. Da traut sich keiner zu pfeifen, und alle bleiben brav sitzen."

Mit dem provokanten Wort Krüppel, das wohl alle selbstbewussten Behinderten hin und wieder einsetzten, hatte Sina gerechnet. Sie lachte schallend mit.

„Na, so gute Laune hier?"

Toni Mensing stand plötzlich an ihrem Tisch wie aus dem Boden gewachsen. Ein halbwüchsiges Grinsen hing schief auf seinem Asketengesicht, ein für seine Verhältnisse schon richtig leutseliger Ausdruck.

„Ist es gestattet, dass ich mich zu euch setze? Ich kann Melanie nirgends finden, aber vielleicht taucht sie ja hier auf." Im Kneipenlicht wirkten die Höhlungen in seinen stoppeligen Wangen grundlos tief, und seine kohlschwarzen Augen schienen zu glühen.

„Klar, setz dich", sagte Sina und dachte: „Gleunig Oogen." Das stand im Plattdeutschen für Gier, auch für Verrücktheit. Oder Fanatismus. Ihr war Toni immer unheimlich gewesen.

Das Gespräch stockte, während Toni umständlich einen Stuhl zurechtrückte und sich vorsichtig darauf niederließ. Hexenschuss, vermutete sie, während sie sich daran erinnerte, wie Melanie damals von ihm geschwärmt hatte: „Das ist einer mit Idealen, verstehst du, mit richtigen Zielen. Der hat Tiefe, mit dem könnte ich tagelang reden." Das war so dick aufgetragen gewesen, da hatte sie natürlich fragen müssen, ob die beiden denn schon miteinander gepennt hätten und was er so drauf habe. Was ihr einen vernichtenden Blick eintrug: „Natürlich nicht. Das ist was Echtes zwischen uns, das hat doch damit nichts zu tun." Jetzt, mit so vielen Jahren Abstand, glaubte sie ihr aufs Wort.

Toni hatte damals an der Fachhochschule Emden studiert, was genau, wusste sie nicht, aber er hatte viel von alternativen Energien erzählt. Später hatte sie dann gehört, er habe sein Studium geschmissen und sich diesen Laden gekauft, um endlich etwas Konkretes tun zu können, etwas mit den Händen, etwas „unmittelbar Erfahrbares", so sagte man wohl.

Man hatte ihm ein schnelles Scheitern prophezeit, denn Toni war kein Kaufmann und alles andere als ein umgänglicher Typ, eine Fehlbesetzung hinter jeder Art von Theke. Dass es seinen Laden trotzdem noch gab, war wohl nur seiner Hartnäckigkeit zu verdanken. Man konnte auch von Besessenheit reden, und Sina kannte Leute, die das taten.

Er hatte sich Nanno zugewandt, und Sina konnte in Ruhe sein Profil studieren. Fast klassisch mit scharfer Nase und ausgeprägtem Kinn. Die Haut stark pigmentiert, die Haare fast schwarz, halblang, dicht und lockig. Äußerlich ein reizvoller Gegensatz zur lichten Melli, charakterlich zwei von einem Holz: zielstrebig, selbstbewusst, selbstverliebt, mit einem leichten Hang zum Fanatismus. Kreuzritter alle beide.

Sie erschrak, als sie plötzlich direkt in seine dunklen Augen schaute. „Und wie geht's dir bei der Zeitung? Kommst du zurecht?" Das war wieder typisch, und Sina spürte die Wut in sich aufsteigen. Klar, die kleine Sina fragte man nicht, ob sie denn Erfolg habe. Bei der war es schon was, wenn sie nur zurecht kam. Sie packte ihr Rotweinglas, das noch zur Hälfte gefüllt war, und leerte es hastig. „Kein Grund zur Klage", sagte sie dann. „Ich habe jetzt das Wochenend-Journal übernommen. Eigenverantwortlich. Jede Woche eine Reportage, Sonderseite, vierfarbig. Die von voriger Woche handelte übrigens von Wal-Strandungen, und nach meinem Urlaub will ich etwas über Windenergie machen."

Die letzten Worte schienen einen Funken Interesse bei Toni hervorzurufen, aber eigentlich hatte er nichts von dem verstanden, was sie da gesagt hatte. Zeitungmachen schien allzu weit außerhalb des Reservats derjenigen Gedanken zu liegen, für deren Lauf er Interesse aufbrachte. Verachtung, die in der Beschränktheit wurzelt, dachte sie wütend. Auch so eine alte Rechnung, die noch nicht beglichen ist.

Schon hatte er sich wieder Nanno zugewandt, und die beiden sprachen über Literatur. Nannos Gedichte schienen Gnade vor Tonis Augen zu finden, und Sina stellte verärgert fest, dass das diese Texte, von denen sie immer noch keinen Einzigen kannte, auch für sie selbst aufwertete. Sie ignorierte Nannos Versuche, sie in das Gespräch einzubeziehen, lehnte sich auf ihrem Stuhl zurück und winkte der Bedienung mit ihrem leeren Weinglas.

Das Café schien zu brodeln. Alle Tische waren dicht belagert, die Theke doppelreihig umstellt, und im Eingang ballte sich eine Traube von Platzsuchern. Wahrscheinlich wäre an einem Abend wie diesem auch der Biergarten besetzt gewesen, wenn man nur die Dreistigkeit besessen hätte, im Februar die Stühle rauszustellen.

Dass sich im *Taraxacum* die unterschiedlichsten Leute trafen, wusste sie; mit Kornemann hatte sie hier allerdings nicht gerechnet. Aber da schob er sich gerade herein, in seinem Kielwasser eine Frau, die wohl die seine war. „Sie: fruchtig-herb, er: wuchtig-derb", schlagzeilte sie im Kopf – ein Reflex aus ihrer Zeit als Gesellschaftsreporterin bei der *Regionalen Rundschau.*

Diese blonden Locken! Echt konnten die nicht sein. Oder? Jedenfalls verliehen sie Kornemanns Erscheinung etwas Unwirkliches. Lächerlich sah er aber nicht aus, o nein, nicht mit diesem Gesichtsausdruck, diesem Blick.

Ganz anders als der da, der eben gerade aufstand und Kornemann die Hand schüttelte. Älter war er und größer und hatte fast den gleichen Kopfputz. Der sah aus wie ein Clown, und er führte sich auch so auf. Nickte devot, wohl weil für eine Verbeugung kein Platz war, und bot Kornemann seinen Stuhl an. Kornemann setzte sich hin wie selbstverständlich, zog die Frau auf seine Knie und beherrschte augenblicklich die Tischrunde. Der andere Blondgelockte stand dahinter, grinste stolz und verlegen, wusste nicht wohin mit den Händen, griff sich schließlich sein Glas und wühlte sich zur Theke durch.

„Das ist Rademaker." Nannos Blick war Sinas gefolgt, und auch Toni hatte sich halb umgedreht. „Kornemanns Mann fürs Grobe.

Eine unglaubliche Zecke. Überall steckt der mit drin, und überall lachen sie über ihn. Allerdings nicht mehr ganz so laut, seit er für Kornemann den Laufburschen macht."

Sina fiel auf, das Toni nicht zu Rademaker schaute. Sein Blick war an Kornemann haften geblieben, und als er sich etwas später wieder zurück zum Tisch drehte, schienen seine Augen mehr denn je zu glühen.

„Eine von Kornemanns Stärken ist es, dass er immer die Konfrontation sucht", sagte Nanno. „Ich bin sicher, dass er auch nur deswegen heute hier ist. Er will's immer am liebsten ungefiltert. Und wer auf Gegenkurs geht, den nimmt er frontal. Ansonsten hat er ja Rademaker, zum Aufstöbern."

„Hört sich so an, als wolltest du was über ihn schreiben", sagte Sina.

Nanno lächelte. „Das könnte gut sein. Ich weiß nur noch nicht was. Entweder ich nehme ihn nur als Typus, verschlüsselt also, oder ich schreibe eine nette Enthüllungsgeschichte."

„Hast du da was?" Sina beugte sich vor: „Aufpassen, du sprichst mit einer Enthüllungsjournalistin übelster Sorte!"

„Ich werd's dir bei Gelegenheit mal enthüllen." Nanno ließ keinen Zweifel daran, dass er diese Gelegenheit hier nicht für gegeben hielt. Obwohl Toni äußerst interessiert schaute. Oder gerade deshalb? Toni Mensing kniff die Lippen zu einem Strich zusammen.

„Ohne Kornemann wäre Boelsen nie das geworden, was er heute ist." Nanno spann den Faden weiter. „Nicht nur wegen des Kapitals, das hätte er sich auch anderswo besorgen können, und alles Geld kam ja außerdem auch nicht von Kornemann."

„Von wem denn?"

„Keinen Schimmer, da wird ein ziemliches Geheimnis draus gemacht. Aber wie auch immer: Ohne Kornemann hätte Boelsen sich hier niemals so durchsetzen können, in der Öffentlichkeit wie in der Bürokratie. Kornemann hat ihm die Bahn freigemacht wie ein Caterpillar."

„Boelsen hat aber doch so eine nette Ausstrahlung. Müsste doch gut ankommen." Sina erinnerte sich an den Turnhallen-Auftritt kurz vor dem Tumult.

„Das kann man nicht vergleichen." Nanno argumentierte mit Eifer, so, als sei er soeben in sein wahres Fachgebiet eingestiegen. „Er ist nett, und er ist kompetent. Aber dieses gewisse Ausgefuchste, das hat er nicht, und das brauchst du, wenn du in Ostfriesland etwas Neues durchsetzen willst. Die Aura, dass du weißt, wie der Hase läuft, verstehst du? Das und die Volkstümlichkeit, die Basisnähe, den Stallgeruch. Kornemann hat das. Und darum ist er auch heute Abend hier und Boelsen nicht."

Mit einem Ruck stand Toni auf. „Macht's gut, man sieht sich", sagte er und drängelte sich Richtung Kasse.

„Was ist denn jetzt los?" Sina war über diesen plötzlichen Abgang nicht unbedingt traurig, hätte ihn sich aber gerne erklären können. „Ich dachte, er wollte hier auf Melanie warten?"

Nanno zuckte die Achseln.

11

Seine Finger öffneten sich, ohne dass er es wollte, und der Werkzeugkasten krachte auf die Stegplanken. Schraubenschlüssel sprangen heraus wie kleine silbrige Fische, hüpften über seine Schuhe, prallten vom Holz ab, klingelten aneinander, schlidderten, fielen über die Kante, plumpsten aufs Eis. Eilert Iwwerks bemerkte es nicht. Er blickte starr geradeaus, auf sein Schiff. Auf sein schönes, sein altes, sei frisch erworbenes Schiff. „Gottverdammich", sagte er leise.

Vrouwe Alberta hieß das Schiff, das er bei sich nur „die Tjalk" nannte, weil ihm der Name nicht zusagte und weil er noch nicht wusste, ob er sich trauen sollte, ihn zu ändern. Das brachte ja Unglück, hieß es, und wenn er selbst auch nicht daran glaubte, andere taten es.

Dabei war „Tjalk“ noch nicht einmal die korrekte Bezeichnung. Diese Plattbodenschiffe holländischer Herkunft waren eine Sache für sich, ein richtiger maritimer Mikrokosmos, in dem es neben verschiedenen Grundtypen auch alle möglichen Abweichungen und Abwandlungen gab, je nachdem, welchen Anforderungen das jeweilige Schiff und seine Erbauer gerade zu genügen hatten. Quasi die ganze Weltgeschichte des Schiffbaus noch einmal, nur eben in den engen Grenzen, die das eigenwillige Küsten- und Binnenrevier steckte.

„Seine Tjalk“ hatte den vorspringenden Steven und das rechts und links davon eingezogene Schanzkleid, wie es typisch war für einen Kanalfrachter. Der ganze Bug aber war viel zu schlank, die Bordwände waren nicht gerade, sondern nach allen Richtungen gewölbt, und das Heck war vergleichsweise hoch – wie bei einer „Hoogars“, was nichts anderes als „hoher Arsch“ bedeutete und ein besonders seetüchtiges Fischereifahrzeug war. „Seine Tjalk“ aber war auf gar keinen Fall ein Fischerboot, auch kein ehemaliges. Er würde schon noch dahinterkommen, was für ein Schiff das war. Aber diese Nachforschungen mussten jetzt wohl noch etwas warten. Iwwerks machte einen kleinen Bogen um seinen Werkzeugkasten herum und ging langsam weiter auf sein Schiff zu.

Das Eis rund um den schwarzen Rumpf war aufgehackt, dicke Schollen bildeten einen massiven, grünlichweißen Wall. *Vrouwe Alberta* lag in schwarzgrauem, offenem Wasser. Draußen die Ems und auch der größte Teil des Emder Hafens waren inzwischen eisfrei, aber in den Einschnitten, wie hier im Jarssumer Hafen, war die weiße Decke noch fest geschlossen. Und das am 21. Februar! Aschermittwoch, dachte Iwwerks. Seine leichtfertige Frühlings-Prognose war schon länger als die vorausgesagten vierzehn Tage her. Ich sollte wirklich vorsichtiger sein, dachte er. Dann schossen ihm Tränen in die Augen.

Das Schiff, sein Schiff war über und über mit Farbe besudelt. Dicke rote und silberne Placken klebten auf dem Kajütdach wie verwesende Quallen, geronnene Ströme griffen über die Bullaugen hinweg nach den Teakplanken der Seitendecks. Die Verzierungen am Bug waren mit Zickzacklinien übermalt, die Ankerwinde sah aus, als hätte sich jemand darauf übergeben. Überall an Deck, an der Schanz und an den Aufbauten waren Spritzer und Farbfäden. Die Seitenschwerter, in deren schmale obere Enden aufgehende Sonnen geschnitzt waren, hatte man regelrecht übergossen. Iwwerks' Blick folgte dem Farbstrom, dessen Oberfläche seltsam porös war und an einigen Stellen erstarrte Tropfen ausgebildet hatte. Tränen, dachte er und heulte, während er vorsichtig über die verschmierten Decksplanken tappte.

Von der Ruderpinne hatten sie den goldenen Löwen heruntergeschlagen, die bleiverglasten Fenster der Kajüttüren waren eingedrückt. Farbe auch hier, rot und silbern.

Eine kurze, harte Böe fiel über die Boote her und griff zwischen die winterkahlen Masten wie in die Saiten einer Harfe. Der ganze Yachthafen jaulte auf, vielstimmig an- und abschwellend wie ein gut gedrilltes Katzenorchester.

Iwwerks wandte sich ab, schaute über den Hafen, sah die anderen Boote am Steg, die hölzernen Dalben, die in den Tagen zuvor schon genug Wärme gespeichert hatten, um das Eis ein paar Spannen weit zurückzudrängen. Da lag das verrostete Passagierschiff auf der anderen Seite des Hafens, weiter rechts das blaue Stahlboot, aus dessen Schornstein sich Rauch kräuselte. Dort hinten waren die Sommertonnen vertäut, die großen roten und grünen Seezeichen, die wieder ausgebracht werden würden, wenn es ganz sicher keinen Eisgang mehr gab. Fast alle waren mit Sonnenkollektoren ausgerüstet und blinkten hilflos und wie anklagend vor sich hin.

„Wer kann mich nur so hassen", sagte Iwwerks und klang genau so.

Sein Blick fiel auf das Ufer, den Stegkopf, sein eigenes Auto; er hatte sich beinahe einmal um die eigene Achse gedreht. Jetzt vollendete er die Drehung, ganz der alte Dickkopf, zog sein Taschentuch, schnäuzte sich. Das wollen wir doch mal sehen, dachte er. Natürlich die Guntsieter Fischer. Die stecken mir nicht das Haus an, die kommen mir auf mein Schiff. Aber denen werd ich helfen.

Steifbeinig stakste er zum Bug, der zum toten Ende des Hafeneinschnitts wies. Hinter dem schmalen Straßenband gab es dort große überwucherte Brachflächen. Vor gar nicht so langer Zeit hatten dort noch die Ungetüme gestanden, diese Riesen-Monstren, die auch nach Jahren im Regen kaum hatten rosten wollen. Die hatten diesem Phantasten gehört, dem sie dann gründlich ...

Iwwerks blieb stehen, eine Hand auf die Schanz gestützt. Der alte Kapitän? Jetzt noch, nach all den Jahren? Er schüttelte den Kopf, setzte den rechten Fuß aufs Bergeholz und sprang zurück auf den Steg. Unsinn.

Er kramte nach den Autoschlüsseln. Die Wasserschutzpolizei war ganz auf der anderen Seite des Hafenbeckens. Da musste er hin, Anzeige erstatten. Was sollte er denen sagen, wenn sie fragten: gegen wen?

„Vandalen“, murmelte Iwwerks und fletschte die Zähne.

12

Das Brennholz lag in einem wirren Haufen zwischen Schuppen und Trockenplatz, genau so, wie es die Jungens von Bauer Ites vom Anhänger geworfen hatten. So lag es nun schon seit über einer Woche. Und seit über einer Woche maulte und schimpfte die alte Henrika, seine Haushälterin. „Musst nicht glauben, dass ich dir das aufstapel, Rademaker“, sagte sie jeden Tag ein paarmal. Auch heute Morgen hatte sie das wieder gesagt, als sie bei klirrendem Frost die Bettwäsche aufgehängt hatte. Aber vor dem Aufschichten musste das Holz erst einmal gehackt werden. Bei Kornemann waren schließlich auch keine Stämme gestapelt, sondern saubere Scheite. Also holte Rademaker das Beil aus dem Schuppen.

Der Holzhaufen war gleichmäßig mit Schnee eingestäubt und sah aus wie ein ungekämmter Riesenigel.

„Scheißschnee“, murmelte Rademaker, während er sich Jacke, Mütze und Handschuhe überzog. Er prüfte die Schneide des Beils:

eher rund als scharf. Das konnte ja heiter werden. Und wo war überhaupt der Hauklotz? Er hatte natürlich keinen mehr; den alten hatte er damals vor Jahren, als die Gaszentralheizung kam und die alten Öfen herausgerissen wurden, gleich mit zum Müll gegeben. Na klar, weg mit dem Plunder. Hatte ja keiner ahnen können, dass Kaminöfen wieder in Mode kommen würden. Kornemann hatte gleich zwei von den Dingern und einen richtigen Kamin dazu. Also hatte Rademaker sich jetzt auch so ein Kachelteil besorgt. Mithalten hieß die Devise, dranbleiben, nicht zurückfallen. Neue Trends beizeiten erschnuppern, in der Politik ebenso wie im Geschäftsleben. Und auch sonst.

Ites wollte doch einen Hauklotz mitliefern, erinnerte er sich. Lag wahrscheinlich ganz unten im Haufen. Er stapfte hin, bückte sich und zerrte an einem dicken Aststück, das an der Seite herausragte. Festgefroren, auch das noch. Rademaker spürte die ersten Schweißtropen am Hals und unter den Armen, als er das unbenutzte Beil auf den Boden fallen ließ.

Im Schuppen lagen zwei Balken; einen davon nahm er und rammte ein paar von den angefrorenen Holzkloben auseinander. Einen Hauklotz förderte er zwar nicht zutage, wohl aber ein Stück Birkenstamm. Das konnte es notfalls tun, obwohl es am einen Ende leicht schräg abgesägt war. Rademaker sah sich um. Zum gepflasterten Trockenplatz hin stieg der Boden leicht an. Dort stellte er das Holz vorsichtig hin. Es blieb stehen.

Er spreizte die Finger, griff sich das Beil und den ersten Kloben, setzte Holz auf Holz, holte aus und schlug zu. Die rostige Klinge traf seitlich auf, drang nicht ein, sondern federte zurück, der Kloben fiel nach rechts, der Hauklotz nach links, beide auf seine Füße. Das weiße Bettlaken an der Leine direkt vor seiner Nase schien ihm höhnisch zuzuwinken. Unterdrückte Wut im Bauch und heftiger Schmerz in den Zehen trieben ihm ein heiseres Fauchen aus der Kehle. Sofort ertönte die Antwort vom Zwinger her. Rademaker presste die Lippen zusammen.

Hauklotz aufstellen, Kloben drauf, Beine breit, Beil fest gefasst. Er musste das Holz nur mittig treffen, dann musste es sich doch einfach spalten lassen, ob die Klinge nun stumpf war oder nicht. Er peilte genau, hob die Arme, schwang den ganzen Oberkörper zurück. Und wieder nach vorn, immer das gemaserte Rundstück im Blick. Zuschlagen!

Etwas wischte durch sein Blickfeld, etwas Weißes. Wo war das Holz geblieben? Und warum steckte das Beil plötzlich auf halbem Wege fest, mitten in der Luft? Rademaker war zu perplex, um seinen mitschwingenden Körper abzubremsen. Der Rücken der Beilklinge sauste auf ihn zu. Dann sah er rote Fünkchen.

Richtig weggetreten war er wohl nicht, denn als er die Augen wieder aufschlug, stand er immer noch auf seinen Füßen. Rote Fünkchen aber sah er immer noch. Oder vielmehr rote Pünktchen. Es wurden sogar immer mehr.

Rademaker taumelte, suchte nach Halt, griff ins Laken. Natürlich! Das Laken war ihm vors Beil geweht, hatte es überraschend mitten im Schwung aufgehalten, und er war mit der Stirn aufs Beil geschlagen. Wieder so eine Sache, die er niemandem erzählen durfte. Aber was waren das für Pünktchen? Er beugte sich vor: Blut. Blutspritzer genauer gesagt, und sie kamen von seiner Stirn. Offenbar war eine Ader geplatzt.

Er ging ein paar Schritte weiter, zu einem weißen Bettbezug. Tatsächlich, auch hier erschienen die roten Pünktchen: spritz – spritz – spritz, immer im Rhythmus seines Pulsschlags. Er lief die Wäscheleine entlang Richtung Hintertür, von einem Wäschestück zum anderen: spritz – spritz, faszinierend. Fahrig suchte er nach der Türklinke: spritz – spritz – spritz, immer gleichbleibend. Er drehte langsam den Kopf, um sich davon zu überzeugen. Wölkchen erschien neben Wölkchen, bis er beim Rahmen angelangt war.

Er stieß die Tür auf und ging den geweißten Gang entlang, wandte sich kurz der Mauer zu – spritz, spritz – und stieß dann die Küchentür auf. Da stand Henrika neben dem Küchenschrank und machte große Augen: „Rademaker, was ist mit dir denn los?"

Als er den Mund aufmachte, spürte er plötzlich, wie ihm übel wurde. Er brachte kein Wort heraus.

Stattdessen beugte er sich vor zum Schrank: spritz – spritz – spritz erschienen die roten Wölkchen auf dem weißen Lack.

Henrika brach lautlos zusammen.

13

Es war schön, die Vibrationen zu spüren, einfach schön. Die schnellen Schläge des einen langen Kolbens in diesem einen großen Zylinder addierten sich zu einem Prickeln, das über den Lenker in die Arme fuhr und über den Sitz in den Körper. Und in die Beine. Es ist einfach schön, meine Beine zu spüren, dachte Nanno.

Dieser Gedanke schien das traumhafte Bild zu kippen und zu verzerren. Die Kurven der Landstraße, durch die er sich gerade noch in einem schläfrigen Rhythmus hatte gleiten lassen, zogen sich zusammen wie die Windungen einer Spirale, einer Schlange; die grünen Wiesen wölbten sich und formten eine Röhre, in die er hinein- und die er hinabzuschlingern begann, ohne Vorwarnung herumgewirbelt wie von einem Tornado. Seine Hände konnten den Lenker nicht mehr fassen, weil er auf dem Rücken zu liegen schien. Dann stürzte er endgültig hintenüber.

Als er erwachte, glaubte er den Nachhall seines Aufpralls noch zu hören; die Matratze, die seinen Sturz gedämpft hatte, schien unter ihm zu schwingen und zu vibrieren. Aber das war natürlich Einbildung. Er hatte diesen Sturz schließlich schon oft geträumt. Und noch viel öfter hatte er geträumt, dass er seine Beine wieder fühlen konnte. Er legte seine Hände auf seine Oberschenkel, auf zwei lange feste Klötze, in denen jedes Gefühl erstorben war. Er ließ die Hände zurück auf die Matratze rutschen.

Die Vibrationen waren noch da.

Nanno schlug die Augen auf. Die Dunkelheit in seinem Zimmer war nicht vollständig, aber es war eindeutig tiefe Nacht. Er tastete nach seinem Wecker und hob ihn hoch: Halb drei. Um diese Zeit sollte sich hier draußen eigentlich nichts und niemand rühren.

Er stemmte seinen Oberkörper hoch, setzte sich auf und lauschte. Einen Moment lang spürte er nichts, obwohl er den Atem anhielt, dann waren die Vibrationen wieder da, und jetzt war auch etwas zu hören. Es klang wie die Basspfeifen einer fernen Orgel. Oder war es ein Brüllen? Dann war der Ton wieder weg, nur die Erschütterungen blieben, leichter als zuvor, gerade noch zu erahnen.

Nanno machte Licht, schob seinen Körper zur Bettkante, griff nach den Armlehnen seines Rollstuhls, schwang sich hinein und brachte seine Beine in Position, eins nach dem anderen. Dann zog er Socken und dicke Pantoffeln über seine Füße, wickelte sich eine Wolldecke um die Beine und zog sich den Norwegerpullover über den Kopf. Er vergewisserte sich, dass der silberne Stock mit dem blauen Griff richtig in seiner Halterung saß, schnappte sich noch die Taschenlampe vom Nachttisch, steckte sie ein und fuhr los.

Im Haus war es dunkel und still und er bemühte sich, die Türen möglichst leise zu öffnen und zu schließen. Draußen auf der Terrasse war es nicht so kalt, wie er befürchtet hatte; das Haus bot ihm Schutz vor dem leichten Nordwestwind, der in Richtung Wellblechschuppen wehte. Dorthin, wo es jetzt wieder lauter grollte, gedämpft aufbrüllend und knurrig abschwellend. Wäre der Wind etwas stärker gewesen, hätte er vielleicht überhaupt nichts gehört. Die Vibrationen aber waren hier draußen ganz deutlich zu spüren.

Nanno hatte sich seiner Neugier noch nie geschämt. Die Frage war nur, ob er es riskieren konnte, zum Schuppen hinüberzufahren und nachzusehen. Das Haus stand leicht erhöht, thronte auf seinen Fundamenten ein paar Meter über dem feuchten Hammrich, und vom Rand der Terrasse fiel der Rasen doch recht deutlich ab. Schon das Herunterkommen würde schwierig werden. Und wenn er hier stürzte und der Kapitän seine Schreie nicht hörte? Curiosity kills the cat, dachte er und schauderte. Lange leiden würde er bei dieser Kälte wenigstens nicht.

Und der Rückweg? Nanno ließ seine Taschenlampe aufblitzen und den Lichtkegel über den grünweißen Hang wandern. Der Boden war gefroren, aber nicht glatt; das müsste zu schaffen sein. Wenn er nicht im Hammrich zu viel Kraft ließ. Aber auch dort war der Boden gefroren, einsinken würde er jedenfalls nicht. Drüben im Schuppen brüllte es wieder auf. Ich versuch's, dachte Nanno und spürte sein Herz pochen.

Die gefrorenen Grashalme raschelten unter den Gummireifen, als er seinen Rollstuhl den Hang hinab bugsierte, die Handflächen bremsend an die profilierten Schwungräder gepresst, den Oberkörper in Rücklage. Es ging besser als befürchtet und auch die büschelige Wiese unten war einigermaßen eben. Langsam arbeitete sich Nanno in Richtung Schuppen vor. Auf zweihundertfünfzig Meter hatte er die Entfernung geschätzt; jetzt kam es ihm weiter vor.

Und je näher er kam, desto größer erschien ihm diese gerippte Halbröhre. Hingegossen wie ein gestrandeter Superwal wölbte sie sich vor ihm auf, an der Stirnseite wie geköpft, mit notdürftig verschlossenem Halsloch, aus dem ein schmaler Lichtstreifen drang. Und dieses Geräusch, das jetzt wieder ein verhaltenes, sprudelndes Grollen war. Ein Dieselmotor, das hatte er längst erkannt, aber ein Riesen-Diesel, nichts, was in einem Auto stehen konnte. Hatte sich der Kapitän da einen Schiffsdiesel aufgebockt? Aber wozu? Blöde Frage. Nanno ließ das leichte Maschinenbeben durch seinen Körper kribbeln und dachte an sein Motorrad.

Der schmale Spalt zwischen den beiden Flügeln des Schiebetores lockte, und er ließ sich locken. Der Boden vor dem Tor war zerwühlt, er musste sein Gefährt vorsichtig über gefrorene Grate balancieren. Dann tauchte er sein Gesicht in das gelbe Licht, das durch die Ritze drang, und versuchte etwas zu erkennen.

Auf Anhieb gelang ihm das nicht. Da war wohl noch eine Wand, grau gestrichen, die ihm den Blick in die Halle verstellte. Aber sie war schräg und reichte nicht bis zum Boden. Seitlich war ein Rad zu erkennen, groß und grobstollig wie von einem Trecker. Also doch eine Landmaschine? Nanno drehte den Kopf. Da auf der anderen Seite war noch ein Rad. Die Dinger mussten ja riesig sein, viel größer als zunächst vermutet. Konnte das alles zusammen zu einem Fahrzeug gehören? Ein Fernsehbericht fiel ihm ein, etwas über einen Steinbruch, oder vielleicht Erzförderung im Tagebau. Da waren solche Giganten herumgefahren, träge auf ihren Gummiwalzen wippend, mit Hunderten von Tonnen in der Transportmulde und einer lächerlichen Warze von Fahrerkabine vorne dran. Irgendwo in den USA oder in Südamerika war das gewesen. Na schön, so was gab es also. Aber was hatte so ein Ding in Ostfriesland verloren?

Nanno erschrak, als plötzlich der alte Kapitän in sein Blickfeld trat, fast zum Greifen nah. Er trug einen fleckigen Blaumann, eine dunkelblaue Schirmmütze und ein blaues Halstuch; seine dicht behaarten Arme, die aus den aufgekrempelten Ärmeln ragten, waren ölverschmiert. Thoben sah zufrieden aus; durch das kraftvolle Wummern der immer noch laufenden Maschine hindurch glaubte Nanno Fetzen einer gesummten Melodie zu hören. Offenbar ist ihm irgendwas gelungen, dachte er; was, das lag ja auf der Hand. Und jetzt war der Kapitän fertig und rubbelte sich die öligen Hände und Arme mit einem ausrangierten Unterhemd ab und würde wohl gleich in sein Haus zurückkehren. Nichts wie weg also.

Hastig ließ er den Rollstuhl durch die tiefen Rinnen im Kleiboden holpern, deren Herkunft nun auch erklärt war. Die Sache selbst aber gibt überhaupt keinen Sinn, dachte er, während er mit kräftigen Schüben durch den Hammrich rollte. Was gibt sich ein Kapitän mit Baustellenfahrzeugen ab? Das ist es nicht, dachte Nanno. Das kann es nicht sein. Aber was dann?

Außer Atem erreichte er den Rand der Terrasse. Der Wind war völlig eingeschlafen, und so konnte er hören, wie die Maschine verstummte, wie das Rolltor quietschte, als es sich öffnete, und wie es schepperte, als es wieder ins Schloss fiel. Er ließ seinen Rollstuhl herumwirbeln, kippte ihn mit lange geübtem, genau dosiertem Schwung auf die Hinterräder und stemmte ihn rückwärts die Steigung empor, den Blick in die Dunkelheit gebohrt. Da irgendwo musste jetzt gerade der alte Kapitän kommen. Da stapfte er über die Wiese, zufrieden lächelnd und summend. Oder konnte er ihn sehen? Runzelte er gerade die Stirn, ballte er die Fäuste, entschlossen, diesen schamlosen Spitzel von einem Mieter zur Rede zu stellen? Nanno war sich nicht sicher. Mondsichel und Sterne waren hinter Wolken versteckt zu erahnen.

Schweißgebadet erreichte er die Terrasse, wendete, rollte zur Hintertür. Geschafft.

Da hörte er das Lachen.

Thoben musste stehengeblieben sein, mitten im Hammrich, denn so lachte man nicht im Gehen. So lachte man nur mit durchgedrücktem Kreuz und eingestemmten Armen, tief aus dem Bauch und mit weit offenem Mund, immer wieder Luft nachschöpfend und neu ansetzend. Laut. Bedrohlich.

Irre, dachte Nanno. Leise schloss er die Tür hinter sich.

14

Die Innenstadt von Leer hatte sich ganz schön gemausert, fand Sina, als sie zum ersten Mal seit Jahren – seit wie vielen eigentlich? – wieder ohne Ziel und Eile durch die Fußgängerzone bummelte. Allerdings hatte die Mühlenstraße, Leers Einkaufsmeile schlechthin, auch einiges an Originalität eingebüßt. Viel zu viele Filialen, dachte sie und fand die Formulierung überschriftsreif. Kam natürlich nie in Frage, würde ganz bestimmt zu viele Anzeigen kosten.

Überhaupt, dieser Job. Sina fand, dass sie sich ihren Heimaturlaub redlich verdient hatte. Die neue Position hatte ihr zwar etwas mehr Geld und Eigenverantwortlichkeit, vor allem aber viel mehr Stress und Ärger eingetragen. Außerdem war ihr Marian in den letzten Wochen ganz schön auf den Geist gegangen.

Ach ja, Marian Godehau, promovierter Weltverbesserer und Sportredakteur wider Willen – meistens konnte er ganz gut über sich selbst spotten. Tatsächlich aber gärte in ihm eine Unzufriedenheit, die immer mehr Platz griff und sich zuweilen so eruptiv entlud wie eine Regenböe. Dann traf es naturgemäß immer diejenige Person, die ihm am nächsten stand, und das war nun einmal Sina. Mittlerweile reichte es ihr, also hatte sie die Gelegenheit, vor dem Stichtag Ende März noch ihren Resturlaub abzufeiern, beim Schopfe gepackt.

Ihr fiel auf, dass sie nun schon zum dritten Mal an einem Schaufenster vorbeikam, das mit Eheringen dekoriert war, ein Anblick, der seltsam scharf zu ihren Gedanken kontrastierte. Goldene Ringe zumeist, dick wie Kettenglieder, immer ein kleiner einem großen bei- und untergeordnet. Lief sie etwa im Kreis? Aber dann erinnerte sie sich daran, dass es in diesem Bereich der Mühlenstraße ja schon immer ein Juweliergeschäft am anderen gegeben hatte.

Die Trauringe brachten sie auf Melanie. Von deren Ehe konnte sie sich kein rechtes Bild machen. Große Ideale und hochfliegende Pläne auf der einen Seite, ein schlecht gehender, von der Pleite bedrohter Laden und Ärger mit zwei schwierigen Kindern auf der anderen – eine Schere, die auch eine wirklich große Liebe kappen konnte. Und dass es diese Art von Liebe zwischen Melli und Toni wirklich gab, bezweifelte sie. Wahrscheinlicher war, dass sich da zwei Selbstverliebte in ihre eigenen Gegenbilder verguckt hatten wie in ein Paar Spiegel. Was natürlich auch zu einer gewissen Art von Abhängigkeit führen konnte.

Das Leben ist ein Scheuersack, hatte Sinas Vater früher gerne gesagt. Einer seiner Sprüche, die man so oder so deuten konnte. Ein Scheuersack bringt Grobes zum Glänzen, Zerbrechliches wird zerstört; war es das? Und wenn: Gab es zwischen den beiden etwas, was durch Belastung erst zur Geltung kam? Oder war ihre filigrane Beziehung längst kaputt, wirkten nur noch die äußeren Zwänge fort, Kinder und Laden eben? Ganz schön bescheuert, dachte Sina.

Plötzlich stand sie vor einem Schaufenster mit Waffen. Messer vor allem, Taschen-, Fahrten-, Schnapp- und Butterfly-Messer. Dazu die ganze Kollektion für den kleinen Ninja, Wurfsterne, Schwerter und all das Zeug. Weiter hinten Elektroschocker und Gaspistolen. Gewehre gab es auch, aber nur Luftgewehre. Sina schaute auf das Ladenschild: eine Eisenwarenhandlung, kein Waffengeschäft. Dafür war die Kollektion schon mehr als beachtlich.

Der Gedanke an diesen Anschlag auf Boelsen ließ sie einfach nicht los. Auch Boelsen strahlte etwas von dieser idealistischen Beseeltheit aus, die Melanie und Toni zu Eigen war. Auch er war ein Kreuzritter, im Auftrag welches Herrn auch immer. Eine frappierende Ähnlichkeit, die auch durch einen gravierenden Unterschied zwischen diesen dreien kaum abgeschwächt wurde. Boelsen nämlich war erfolgreich. Er hatte sein Ideal konkretisiert, hatte es der Realität ausgesetzt und angepasst und es umgesetzt. Melanie und vor allem Toni Mensing waren beim ersten Versuch, ihren Ideen und Worten auch Taten folgen zu lassen, gründlich und nachhaltig gescheitert. Was sie natürlich nicht zugaben, o nein, schon gar nicht durch Aufgabe. Aber sie mussten ganz einfach darunter leiden.

Sina stand inzwischen vor einer Bäckerei, vielmehr vor der Filiale einer Großbäckerei, und starrte auf die Kuchenplatten im Schaufenster. Blätterteig mit Puddingfüllung. Unauffällig strich sie sich mit der flachen Hand über den Bauch; das Röllchen über dem Hosenbund war immer noch da. Trotzdem gab sie ihrem Verlangen nach, ging in den Laden und ließ sich vier Stück einpacken. Immerhin hatte sie Urlaub, und Urlaub und Diäthalten vertrugen sich einfach nicht.

Ob Melanie und Toni Mensing in Reinhold Boelsen auch so eine Art Gegenentwurf zu ihrer eigenen Existenz sahen? Schließlich kannten sie ihn ja, und in einigen Grundfragen waren sie durchaus einer Meinung.

Überzeugte Umweltschützer gab es in Ostfriesland noch weniger als anderswo, das war für Sina eine gesicherte Erkenntnis. Was verschiedene Ursachen haben konnte. Der Glaube an die Selbstheilungskräfte der Natur, vor allem der mächtigen, fast allgegenwärtigen See war hier noch kaum getrübt, das war das eine. Das andere war, dass die Menschen hier schon immer in die Natur hatten eingreifen müssen, um leben zu können: Deiche bauen, Land entwässern, Moore kultivieren. Das hatte sich als Grundhaltung in den Köpfen festgesetzt und wurde von den Profitmachern gerne ausgenutzt. Ja, erklärbar war es allemal, warum der Umweltschutz hier kaum ein Bein auf den Boden bekam. Aber deshalb nicht weniger ärgerlich.

Boelsen hatte einen Kompromiss gefunden und – mit Kornemanns Hilfe – umgesetzt. Umweltfreundliche Energie gleich Fabrik gleich Arbeitsplätze gleich Subventionen gleich Profit, das kam an, und Boelsen konnte seinen Traum im wahren Leben leben. Was mochte das bei Melanie und Toni auslösen? Bewunderung vielleicht. Oder Hass.

Sina blieb so abrupt stehen, dass sie von hinten angerempelt wurde und fast ihre Kuchentüte fallen gelassen hätte. War das denkbar?

Bewunderung hier, Hass dort? Melanie und Boelsen? Ihre so platonisch entflammte Liebe zu Toni Mensing damals war ja auch in erster Linie Bewunderung gewesen.

Sina stand jetzt vor der grell dekorierten Auslage eines Optikers, sah dadurch aber auch nicht klarer. Hatte Melanie nicht gesagt, sie lehne die Windkraft-Politik vehement ab? Ja, die Politik, aber doch nicht die Windkraft. Also auch nicht unbedingt den geistigen Vater ihrer metallenen Verwirklichung. Ein schiefes Bild, schalt sie sich, schließlich war Boelsen wenn schon Vater, dann doch auch der weltliche Erzeuger dieser Riesenquirls. Aber für diese Rolle konnte ja auch noch der Kornemann herhalten. Oder dieser andere Geldgeber, wer immer das war.

Aber wenn nun Melanie, nur mal angenommen, mit Boelsen ... was würde Toni dann machen? Macht kaputt, was euch kaputt macht?

Sina hatte die gefrorene Pfütze nicht gesehen, so sehr war sie in ihre Spekulationen vertieft, und fast wäre sie lang hingeschlagen. Gute Reflexe und der fest einbetonierte Haltepfahl des Papierkorbs bewahrten sie vor einem bösen Sturz. Dafür klatschte die Kuchentüte hin, zum Glück ohne aufzuplatzen. Glatteis, Mädchen, dachte sie, während sie die Tüte aufhob und vorsichtig befühlte. Gleunige Oogen machen noch keinen zum Mörder. Noch nicht einmal zum Schrot-Schützen. Da gibt es bestimmt ganz andere Kandidaten. Und es hatte sicher nichts zu bedeuten, dass ihr auf die Schnelle keiner einfiel.

Die Lust zum Einkaufsbummeln war ihr vergangen, außerdem hatte sie ihre erste Schlender-Runde fast vollendet, und dort drüben bei der Hauptpost stand ihr Fahrrad. Am besten, sie fuhr jetzt nach Hause zu ihrer Mutter und widmete sich dem Blätterteig samt Puddingfüllung. Dazu ein paar Tassen Tee ... Sinas Stimmung hob sich wieder. Schnell noch in die Bank, etwas Bares abheben, und dann nichts wie los.

Die Schalterhalle war fast leer. Eilig füllte Sina das Formular aus und ging zur Kasse. Dort blickte sie in ein bedauerndes Lächeln: „Im Moment können wir nicht auszahlen, die Zeitschaltuhr vom Tages-Tresor ist defekt.“ Ob sie nicht vielleicht beim Geldautomaten abheben könne?

Konnte sie nicht. In einigen Dingen war Sina ziemlich altmodisch, und dies war eins davon. Für sie war jeder Gang zum Bankschalter eine arbeitsplatzerhaltende Maßnahme, und außerdem hatte ihr Freund Marian schon böse Erfahrungen mit einer dieser Geldkarten gemacht. Oder auch nicht so böse, letzten Endes. Viermal hatte er die Karte benutzt – abgebucht wurde neunmal. Irgendjemand hatte sich Nummer und Namen notiert und dann telefonisch auf Marians Kosten bestellt. Für die Kreditkartenfirma war das offenbar nichts Ungewöhnliches gewesen. Auf Marians Beschwerde hin hatte sie die Abbuchungen sofort storniert. Erst die fünf falschen, später dann auch noch die vier echten. Dieser unverhoffte Geldsegen war für Marian endgültig Grund genug gewesen, die Karte zurückzugeben.

Ein Techniker tauchte hinter dem Tresen auf; die Sache schien sich hinzuziehen. Ob sie doch einmal eine Ausnahme machen sollte? Sina durchwühlte ihre Taschen. Natürlich hatte sie ihre Geheimnummer nicht im Kopf, so etwas gelang ihr nie, also hatte sie sie irgendwo notiert. Aber wo? Sie förderte unglaubliche Mengen von Papierfetzen zutage, stieß auf lang vermisste Visitenkarten und namenlose Telefonnummern, aber auf nichts, was wie eine Codenummer aussah.

Schließlich gab sie es auf. Bargeld aber brauchte sie unbedingt, also musste sie wohl oder übel warten. Zwischen der Schalterfront und den bildschirmbewehrten Tischen der Kundenberatung stand eine braunlederne Sitzgruppe auf dem weißen, rot geäderten und bis an die Grenze der versuchten Körperverletzung polierten Marmor. Sina ließ sich in einen knarrenden Sessel sinken. Wohin mit der Kuchentüte? Sie schnupperte daran; die Teilchen dufteten immer noch frisch und verlockend, trotz Sturz und Kälte. Ob sie hier wohl eins davon essen konnte? Gehörte sich das? Besser nicht. Tratschtechnisch gesehen war Leer ein Dorf, ihre Mutter hatte ihr Konto auch bei dieser Bank, und irgendwer würde es ihr bestimmt stecken, wenn ihre Tochter jetzt hier anfing rumzukrümeln.

Also irgendwie ablenken. Da auf dem Tischchen lagen ein paar Broschüren, lauter Tipps für das günstige Anlegen von Geld, das sie sowieso nicht hatte. Dazwischen ein dicker Wälzer, der ihr bekannt vorkam. Sie angelte sich das breitrückige, labberig gebundene Ding: *Wer gehört zu wem?* Dieser Führer durch die Verstrickungen der Wirtschaft stand wohl in jeder Zeitungsredaktion. Ein Nachschlagewerk, das nichts anderes im Sinn hatte als Hilfestellung und Service für den Umgang mit dem realen Kapitalismus; trotzdem empfand Sina die hier widergespiegelte Monstrosität wirtschaftlicher Verflechtungen als eine sehr massive Form von Gesellschaftskritik. Die schlichte Wahrheit war eben doch am wirksamsten.

Ziellos blätterte sie herum. In ihrer Volontärzeit hatte ihr Ausbilder Suchspiele mit ihr und ihren Mit-Azubis gespielt. „Verdeckte Beteiligungen" galt es zu finden; meistens ging das recht einfach, man arbeitete sich Schritt für Schritt von Firma zu Firma vor und hatte irgendwann den, der wirklich dahinter steckte und das gern für sich behalten wollte. Der Ausbilder nannte das „Wegschachteln": Zwischen den eigenen Namen und den des betreffenden Objekts einfach ein paar nichtssagende andere packen wie Pappkartons um ein Überraschungsgeschenk.

Da war der Branchenschlüssel, und bei Ziffer 200 fiel ihr wieder die *Bowindra* ein: „Energiewirtschaft". Aber die stand hier nicht, schließlich handelte Boelsen nicht mit Energie, sondern baute Anlagen zur Energiegewinnung. Aber hier, Ziffer 302: „Maschinen- und Anlagenbau". Tatsächlich, *Bowindra*, eine GmbH & Co. KG. Von diesen Gesellschaftsformen verstand sie nun gar nichts, aber irgendwer hatte ihr mal erzählt, eine GmbH & Co. KG sei am allerbesten gegen sämtliche denkbaren Verantwortlichkeiten abgesichert. Wie auch immer.

Nach dem, was hier stand, hielt Firmengründer Boelsen tatsächlich nur fünf Prozent der Anteile. 47,5 Prozent gehörten der *KOBAG*; das war eine von Kornemanns Firmen, da brauchte sie nicht extra nachzuschlagen. Und den Rest, noch mal 47,5 Prozent, besaß eine gewisse *Hoka-Invest*. Richtig, das war der Name, den Melanie neulich in der Turnhalle genannt hatte. *Hoka-Invest*, ein richtig schöner Anonymus. Mal schauen, wer dahinter steckte. Sie begann zu blättern.

Da: *Energy-Invest*, Firmensitz Liechtenstein. Sina musste grinsen; deutlicher konnte man seine Verschleierungs-Absicht wohl nicht bekunden. Und diese *Energy-Invest* wiederum war, trotz des englisch klingenden Namens, die Tochter einer deutschen Mutter: *Immo-Pro Immobilien*, Hamburg. Klang das nicht wieder nach Kornemann? Konnte es sein, dass er praktisch Alleinbesitzer der *Bowindra* war, aber aus irgendeinem Grund nicht wollte, dass das bekannt wurde?

Sina blätterte weiter. Da, *Immo-Pro*: Im Alleinbesitz der Friesenheim KG. Und die gehörte – gab's das? – Eilert Iwwerks. Unglaublich. Dem Vorzeige-Fischer und Umweltschützer aus ökonomischen Gründen, dem Hotelbesitzer und Brandredner gegen den Landschaftsverbrauch durch Windkraftanlagen. Iwwerks, dem Pharisäer.

„Wir können jetzt wieder auszahlen." Die freundliche Schalterdame lächelte auf sie herab, und Sina rappelte sich aus den weichen Lederkissen hoch. Fast hätte sie das dicke Buch eingesteckt, aber es fiel ihr noch rechtzeitig ein, zu wem dieses *Wer gehört zu wem?* gehörte, und sie legte es ordentlich auf den Glastisch zurück.

15

Der Kapitän hatte Tee gemacht, auf die ostfriesische Art, bei der die Blätter bis zum Schluss in der Kanne schwimmen und der braune, immer dunkler und gerbstoffreicher werdende Sud von Zeit zu Zeit mit heißem Wasser verdünnt wird. Nanno hatte sich eigentlich an einen anderen Tee-Typ gewöhnt, einen hellen und dünnen, bei dem der Teestrumpf nach zweieinhalb Minuten aus der Kanne genommen wird und den man aus dickwandigen Steingutbechern trinkt, mit etwas Honig drin. Im Vergleich dazu war ostfriesischer Tee eine Power-Droge. Zu seiner eigenen Überraschung spürte Nanno eine nostalgische Vorfreude.

Thoben hatte schön gedeckt. Auf den Esstisch lag ein Tischtuch aus dunkelrotem Samt, fast so dick wie ein Teppich; darüber hatte er ein kleines Tuch aus weißem Leinen gebreitet, das gestärkt war und gebügelt, mit Stickereien weiß auf weiß verziert und diagonal drapiert, so dass die roten Samtecken frei blieben. Nanno rollte näher heran und passte höllisch auf, dass sein Stuhl keines der gedrechselten und polierten Mahagoni-Tischbeine berührte.

Auch das Porzellan war eindeutig das beste, das es im Hause gab: Zarte, schalenförmige Tässchen mit winzigen Henkeln und mattsilbernen, reich verzierten Löffelchen auf den feinen Untertassen. Das Dekor war einheitlich und gefiel Nanno nicht. Rote Rosen. Er verstand nicht, warum dieser Kitsch in Ostfriesland so hoch im Kurs stand. Das klassische Blau war doch viel passender.

Die Kluntjes knisterten, als Thoben den Tee durch die Maschen eines silbernen Schwenksiebes in die Tassen rinnen ließ. Kaum ein Geräusch war besser geeignet, das Gefühl von Wärme und Behaglichkeit auszudrücken. Das leise Rumoren des Windes hinter der Klappe des kalten Stubenofens, der die Arbeit des Heizens zwei modernen Gasöfen überließ, unterstrich diesen Eindruck noch.

Der Kapitän stellte die bauchige Kanne aufs Stövchen zurück und strahlte, ganz Gastgeber, ungeübt zwar, aber bemüht und durchaus nicht untalentiert, wie er durch das gelungene Auftragen eines wolkigen Sahneteppichs auf den dunkel funkelnden Tee-Spiegel in beiden Tassen bewies. Dann griff er nach dem Löffel und rührte um. Nanno tat es ihm nach, erleichtert, dass hier nicht die lupenreine Lehre des ostfriesischen Teetrinkens gefragt war: Sahnig, bitter und süß, in Schichten, nacheinander und unvermischt genossen, so wurde es von Puristen propagiert. Ihm aber war die Mischung lieber.

Der Tee war gut, und Nanno konnte reinen Gewissens nach dem ersten Schluck anerkennend die Brauen heben, wie es sich gehörte. Sein Blick glitt forschend über das zerfurchte Gesicht seines Gegenübers, suchte nach Veränderungen und fand keine. Hatte Thoben ihn nun gesehen in dieser Nacht? Nichts in seinem Verhalten ließ darauf schließen, aber darauf mochte Nanno sich nicht verlassen. Er blieb beunruhigt und wachsam.

Thoben war gut gelaunt, viel besser als in den Tagen zuvor, schob ihm den Teller mit den Keksen herüber, schenkte Tee nach und begann zu erzählen. „Ehe ich richtig Seemann wurde, war ich ja Maschinist", sagte er. „Das war ziemlich ungewöhnlich damals und ist es wohl heute noch. Technisches und seemännisches Personal, das sind eigentlich verschiedene Welten. Aber ich hatte ja Elektriker gelernt, so ergab sich das dann."

Und dann hat er auf Schiffsmaschinen umgeschult, dachte Nanno. Kein Wunder, dass er diesen Koloss da draußen wieder zum Laufen bringen konnte. Wieder versuchte er, von diesem Stück grauen Stahls, das er durch den Türspalt gesehen hatte, auf irgendetwas zu schließen. So, wie sich ein Paläontologe, der einen einzigen Knochen gefunden hat, ein Bild von dem ganzen Saurier macht. War das etwa ein Schiff da in dem Schuppen? Ein Schiff mit Rädern? Die Finger seiner rechten Hand zupften an den Speichen des Rollstuhls, zwischen denen heute rot-gelb geflammte Zierscheiben aus Kunststoff steckten. Das gab doch alles keinen Sinn.

„Und ehe ich mich umgucken konnte, war ich bei den Saudis. Abgeordnet von meiner Reederei, das ging ganz schnell damals. Ich mutterseelenallein unter Arabern, konnte natürlich kein Arabisch, nur ein bisschen Englisch, aber das konnten die meisten da auch nicht. Junge, Junge. So allein wie in der ersten Zeit da unten habe ich mich nie wieder gefühlt."

Thoben stockte kurz, und Nanno konnte direkt sehen, wie sich Gedanken an seine verstorbene Frau hinter seiner Stirn formten. Aber der Kapitän sprach weiter, und bald stand wieder die alte Stimmung im Raum. Thoben konnte gut erzählen, und Nanno ließ sich mitreißen.

„Erst sollte es ein Vierteljahr sein, aber dann wurde es doch mehr als ein halbes, weil sie einfach keine Ablösung für mich fanden. Ich musste kombinierte Schaltungen installieren und reparieren, verzwickte Dinger, mehr verwoben als integriert, Vorstufen der heutigen Elektronik. Darauf verstanden sich damals nur wenige. Na, und die Saudis, die hatten vor allem Geld. Diese Sachen wurden von Deutschen und Amis erledigt. Für den Service waren Ägypter zuständig, und sie selbst, tja, was haben die eigentlich gemacht außer Öl-Dollars zählen? Ich habe Saudis eigentlich nur als Händler erlebt, in den Suks. Sonst hatten die für alles ihre Leute."

Thoben hob den Kannendeckel, schnupperte am aufsteigenden Dampf, goss heißes Wasser nach, nahm mit einer kleinen Zange neue Kluntjes aus der Porzellandose, ließ sie in die Tassen fallen und schenkte nach. Das Ritual wiederholte sich.

„Ein echtes Problem war das Wasser. Bei der Arbeit habe ich einfach nie so viel bekommen, wie ich hätte trinken können. Vom Waschen ganz zu schweigen. Nicht, dass die Leute mir nichts geben wollten, nein, die waren furchtbar nett zu mir; aber es gab einfach nicht genug. Den ganzen langen Tag habe ich Durst gelitten, man kann sich's gar nicht mehr vorstellen."

Sie tranken beide.

„Abends im Hotel wurde dann natürlich nachgeholt, so gut es ging. Ziemlich zu Anfang habe ich mir mal einen riesigen Eisbecher bestellt und ratzeputz aufgegessen. War ja keiner da, der mich hätte warnen können. Kurz danach kamen die Koliken, aber wie!" Thoben verzog das Gesicht und rieb sich den Unterbauch. Selbst die bloße Erinnerung an die erlittenen Schmerzen schien ihn nach all den Jahren noch zu beeindrucken. „Sie haben dann meine Zimmertür aufgebrochen, weil ich so gebrüllt habe, und mich ins Krankenhaus geschafft. Der Arzt hat einen Dolmetscher holen lassen, und der hat's mir erklärt: Blinddarmentzündung, akut, musste sofort operiert werden."

Nanno konnte sich den Schock vorstellen. Öl hin, Dollars her, in den sechziger Jahren dürfte ein arabisches Krankenhaus auf einen Deutschen nicht sehr einladend gewirkt haben. „Nach Hause fliegen ging nicht?", fragte er.

Thoben schüttelte den Kopf. „Es gab ja keine direkte Verbindung. Und über Riad und Kairo, das hätte sechsunddreißig Stunden oder länger gedauert, selbst wenn ich überall sofort einen Platz bekommen hätte. Das hätte ich wohl nicht durchgestanden."

„Dann haben Sie der Operation also zugestimmt?"

Thoben schmunzelte. „Sonst würde ich ja hier nicht sitzen, was? Der Arzt war übrigens erstklassig, es gab keine Komplikationen, nichts. Das war auch nicht mein Problem, dem Arzt habe ich schon vertraut, nur die Zustände in dem Krankenhaus, die waren zum Weglaufen."

„So schlimm?“ Nanno runzelte die Stirn. Er war in seiner Kranken-Karriere schon oft von ausländischen Ärzten, Schwestern und Pflegern behandelt worden. Auf die ließ er nichts kommen.

Thoben hob abwehrend die Hände; seine feinen Sensoren reagierten sofort. „Es war eben so anders, verstehen Sie? Nur zwei Beispiele. Erstens der Sand. Klinische Sauberkeit, das ist für uns hier ein stehender Begriff, richtig? Und da war einfach überall Sand in diesem Krankenhaus. Auf dem Boden, in den Betten, auf dem Verband und darunter, vermutlich auch auf den Instrumenten und ganz bestimmt im Essen. Das ließ sich einfach nicht vermeiden, so viel Wüste und ständig dieser Wüstenwind, das meine ich. Keiner hat sich mehr daran gestört, bloß ich natürlich. So. Und zweitens die Schwestern.“

Thoben lehnte sich in seinem Stuhl zurück und grinste wohlig. „Alles Ägypterinnen, wirklich tolle Frauen, vor allem eine, die hatte es auf mich abgesehen. Und was macht die, als sie mir die Infusion abnimmt und sieht, dass sich die Einstichstelle ein bisschen entzündet hat? Reißt den Mund auf, beugt sich darüber und lutscht!“

Nanno konnte nicht anders, er musste in das schallende Gelächter des Kapitäns einstimmen. „Klarer Fall“, sagte er dann, „Speichel wirkt entzündungshemmend. Darum heißt es ja auch sprichwörtlich *Wunden lecken.* Bei unseren Altvorderen war das üblich.“

„*Sich* die Wunden lecken heißt das. *Sich!* Aber doch nicht von einer wildfremden Krankenschwester lecken lassen!“ Thoben wischte sich die Lachtränen aus den Augenwinkeln.

„Das war doch sicher eine hohe Ehre. Das hat die bestimmt nicht für jeden gemacht.“

„Möglich.“ Thoben hatte sich wieder so weit beruhigt, dass er noch einen Schluck Tee trinken konnte. „Ich sage ja, die hatte es auf mich abgesehen. Tolle Frau. Wenn ich damals nicht so schüchtern gewesen wäre, wer weiß?“

„Kannten Sie Ihre Frau damals schon?“ Nanno fand den Übergang hart, aber vertretbar.

„Nein“, sagte Thoben, „aber kurz darauf habe ich sie dann kennen gelernt. Auf Heimaturlaub, sozusagen. Drei Monate war ich danach noch bei den Saudis. Das war dann erst richtig eine harte Zeit.“

„Und trotzdem sind Sie anschließend Kapitän geworden und auf große Fahrt gegangen?" Nanno wusste selbst nicht genau, worauf er eigentlich hinauswollte. Aber er musste einfach wissen, was das war da draußen im Schuppen, und da erschien es ihm ganz erfolgversprechend, dem Kapitän so viel wie möglich von dessen Lebensgeschichte zu entlocken.

„Dafür musste man das eben in Kauf nehmen, das hat man damals gar nicht anders gekannt." Thoben spann seinen Faden bereitwillig weiter. „Ich stamme ja aus einer Bauernfamilie, wie schon gesagt, einziger Hoferbe, aber geh mir weg mit Landwirtschaft. Tja, kann gut sein, dass meine Liebe zur Seefahrt so etwas wie eine Trotzreaktion war, eben das Gegenteil von dem, was mir geboten wurde, sozusagen. Und wenn schon Seefahrt, dann auch Kapitän. Und das heißt eben: Lange weg von zu Hause."

Thoben beugte sich vor und legte die Unterarme ausgestreckt vor sich auf den Tisch, so als wollte er Nanno näher zu sich heranziehen: „Das sollte ja nicht ewig dauern. Ich wusste doch, dass ich eines Tages erben würde, und zwar nicht wenig. Mit diesem Kapital und mit meinem technischen Wissen und mit meinem Patent, da wollte ich dann hier in Ostfriesland eine große Sache aufziehen. Seefahrt von zu Hause aus."

Er schniefte kurz und laut, rieb sich die Nase, lehnte sich wieder zurück: „Hätte ja auch beinahe geklappt, beinahe. Aber dann bin ich dabei einigen Leuten etwas auf die Füße getreten. Die haben zurückgetreten. Und das nicht zu knapp."

„Verstehe ich nicht." Jetzt ist er ganz dicht dran, dachte Nanno. Da ist etwas, worüber er mächtig verbittert ist. Wenn er nur etwas deutlicher werden würde.

„Was war das denn für ein Projekt?", fragte er. „Und wen hat das gestört und warum?"

„Ach, alte Geschichten. Noch Tee?" Thoben hob die Kanne und schwenkte sie kreisend; viel schien nicht mehr drin zu sein.

Nanno schüttelte den Kopf. Jetzt macht er dicht, dachte er.

Dann sagte der alte Kapitän: „Um es kurz zu machen: Das Projekt ging den Bach runter, ich war mein Erbe los, Land, Geld, alles, jedenfalls fast alles, und musste weiter zur See fahren. Und als ich endlich damit durch war, war's mit meiner Frau auch bald vorbei. So ist das. Kein schönes Thema."

„Das ist wahr", sagte Nanno. Es war warm und gemütlich in der guten Stube, aber als er an das Riesending da draußen dachte und an die Verbitterung des Kapitäns und an dieses Lachen in der Nacht, fröstelte er.

16

Rademaker konnte es im Hintern spüren, wie ihm der Wagen wegdriftete. Er fluchte und gab zu viel Gas. Auf einem schneebedeckten Feldweg waren diese Breitreifen weiß Gott nicht das Richtige, und aufgesetzt hatte sein BMW auch schon zweimal. Eines Tages würde er sich auch einen Geländewagen kaufen. Aber jetzt noch nicht. Schließlich sollte es ja nicht irgendso ein Japs sein, sondern ein Mercedes, einer wie der von Kornemann.

War er hier überhaupt richtig? Eigentlich hätte doch längst der Parkplatz kommen müssen. Aber er hatte sich doch genau an die Wegbeschreibung gehalten. Oder war er vielleicht doch einen Weg zu früh links abgebogen? Rechts war eine Weide, dahinter lag ein Gehölz, vielleicht dreihundert Meter entfernt. Das musste es sein. Umkehren? Ach was. Kurz entschlossen stellte er seinen Wagen vor einem Weidetor ab, zwängte sich in die Rucksackgurte und griff das Futteral mit der Drillingsflinte. Zweimal rutschte er von den überfrorenen Torbalken ab, beim dritten Mal legte er sich bäuchlings aufs Holz, stieß sich höchst schmerzhaft die rechte Kniescheibe, fiel auf der richtigen Seite hinunter und war froh, allein zu sein.

Grimmig stapfte er los.

Kornemann und Breitscheidt würden schon auf ihn warten. Unwillkürlich schritt er schneller aus. Jagdpächter Breitscheidt war Getränkegroßhändler, schwerreich und immer auf der Suche nach neuen Anlagemöglichkeiten. Klar, dass der ihn nur eingeladen hatte, weil Kornemann neulich im *Preußischen Adler* ganz beiläufig eingeflochten hatte: „Der Rademaker hat jetzt übrigens auch den Jagdschein. Ich meine natürlich, er ist jetzt Jäger."

Gebrüllt hatten sie vor Lachen, Rademaker selbst am lautesten. Und als Kornemann dann noch gesagt hatte: „Passen Sie nur auf, dem juckt's schon im Zeigefinger", da hatte Breitscheidt gar nicht mehr anders gekonnt.

Was hatte Boelsen neulich gesagt? „Kornemann ist ein richtiger Schotte, der macht sogar seine Witze nur auf Kosten anderer." Blöder Kerl, dieser Boelsen. Lackaffe. Schmeichelte sich bei Kornemann ein und machte dann dumme Sprüche hinter seinem Rücken. Rademaker konnte Boelsen nicht ausstehen. Trotzdem lachte er vor sich hin, als er im Bogen um ein Gebüsch herum lief.

Das Gebüsch antwortete.

Rademaker stand stocksteif. Das hatte doch wie „muh" geklungen, dachte er und schluckte hart. Aber irgendwie rauer, schnaubender, so – so – viehisch irgendwie. Er begann zu schwitzen. Waren jetzt überhaupt Kühe auf der Weide? Das Gras guckte immerhin durch den Schnee. Er war zwar auf dem Dorf geboren und aufgewachsen, aber nichts, was mit Landwirtschaft zu tun hatte, hatte ihn jemals interessiert.

Rademaker überlegte. Hatte er denn heute auf der Herfahrt irgendwo anders Kühe auf der Weide gesehen? Nein. Wenn das also eine Kuh war, dann war sie irgendwo ausgebrochen. Brachen Kühe nicht manchmal aus ihren Ställen aus? Nein. Gehört hatte er jedenfalls noch nie davon. Kühe machten so was nicht. Außer …

Da waren noch andere Geräusche, dumpfe. Hufschläge wohl. Jetzt prasselte es im Gebüsch, so als ob sich ein mächtiger Körper hindurchdrängte, hierher, auf ihn zu. Der Bulle kommt, dachte Rademaker. Oder heißt das Stier? Er begann am ganzen Leib zu zittern. Dann rannte er los.

Er keuchte schon nach wenigen Schritten, kurz darauf setzte das Seitenstechen ein, und unter seinem Stirnpflaster begann es zu pochen. Hinter ihm prasselte es weiter. Der vollgestopfte Nato-Rucksack pendelte auf seinem Rücken hin und her, riss an seinen Schultern und versuchte ihn aus dem Gleichgewicht zu bringen. Er zerrte an den Riemen, um ihn abzuwerfen, aber die saßen zu stramm. Außerdem war ihm dieses verdammte Gewehr im Weg.

Das Gewehr. Verdammt, warum hatte er nicht gleich daran gedacht? Im Rennen riss er die Hülle auf, schleuderte sie weg. In den beiden oberen Läufen steckten Vollmantelgeschosse, schließlich sollte es auf Wildschweine gehen. Ob die Kugeln auch für einen Bullen reichten? Wohin musste er wohl schießen? In die Stirn sicher nicht, er hatte schon davon gehört, dass im Hornansatz alles Mögliche stecken bleiben konnte. Durfte man das überhaupt, auf ein Nutztier schießen? Das war doch sicher Sachbeschädigung. Aber das hier fiel ja wohl unter Notwehr.

Er stoppte, schlitterte, fuhr herum, riss die Flinte hoch. Fast hätte er gleich abgedrückt. Aber da war kein Stier. Da war überhaupt nichts hinter ihm. Weiter hinten war das Gebüsch, und davor stand ein Pony, und darauf saß ein Kind. Es rief irgendwas und zeigte in seine Richtung. Auf etwas Dunkles, das da im Schnee lag.

Das Futteral.

Er hob den Arm, winkte, dann machte er auf dem Absatz kehrt und stapfte weiter.

„Auch schon da."

Kornemann wandte sich ihm zu, was erstaunlich genug war, aber wohl daran lag, dass er Breitscheidt, der mit vorgerecktem Schädel auf ihn eingeredet hatte, ein wenig auf Distanz bringen wollte.

Auch Breitscheidt sah zu Rademaker herüber, ziemlich mürrisch. „Hat ja ganz schön gedauert. Mussten Sie noch irgendwo mit dem Kopf durch die Wand?" Er zeigte auf das Pflaster an Rademakers Stirn und grinste gehässig. „Also, dann mal los. Was wollen wir jetzt machen, Drückjagd oder Ansitz?"

Kornemann entschied sich für Ansitz. „Hab keine Lust, durch die Büsche zu tapern. Hauptsache, wir frieren da oben nicht ein."

Breitscheidt lachte grölend. „Keine Sorge, so was kommt bei mir nicht vor."

Die beiden waren mit ihren Autos weit über den Parkplatz hinaus bis fast an den Hochsitz herangefahren. Rademaker konnte den Benz und den Jeep durch schütteres Geäst hindurch erkennen. Das kann ja Stunden dauern, bis sich die Schwarzkittel hier wieder hertrauen, dachte er.

Breitscheidt ging zu seinem Wagen und holte etwas aus dem Laderaum. Als er zurückkam, trug er in jeder Hand zwei Plastiktüten. „Dann wollen wir die Bande mal 'n bisschen ankirren", sagte er und lachte fett.

„Ist ja nicht die feine Waidmannsart", entfuhr es Rademaker. Kornemann blickte ihn scharf an. Eine olivgrüne Mütze verbarg seine blonden Locken und betonte die breite Boxerstirn mit den ausgeprägten Augenwülsten, die breite Nase, den breiten Mund und das breite Kinn.

„Red keinen Unsinn", sagte er leise und scharf. „Wildschweine sind Schädlinge, die darf man bei der Fütterung schießen. Gilt jedenfalls nicht als unfein." Er drehte ab, blickte sich dann aber noch einmal um: „Denk doch mal 'n bisschen nach, ehe du losquatscht."

Während er zusah, wie Breitscheidt Mais, Kartoffeln und matschige Bananen ausstreute, spürte Rademaker Wut in sich aufsteigen. Das überraschte ihn. Kornemanns Protektion, seine vertraulichen Aufträge, seine gesellschaftliche Hilfestellung – all das hatte seinen Preis, und den zahlte er seit Jahren. Murren oder Aufbegehren war seine Sache nicht. Was machte es schon, hin und wieder für Kornemann den Clown zu spielen? Wahrscheinlich hatte ihn das Erlebnis auf der Weide stärker aufgewühlt als vermutet. Er kämpfte das ungewohnte Gefühl nieder, spürte aber, dass es blieb. Wie der leise Schmerz von einer Stachelspitze, die irgendwo zwischen den oberen Hautschichten steckte. Dumpf pochend, knapp unterhalb der bewussten Wahrnehmung zwar, aber eindeutig vorhanden.

Sie kletterten auf den Hochsitz, nahmen ihre Plätze ein: Kornemann und Breitscheidt vorne auf einer gepolsterten Bank, Rademaker dahinter auf einem Klapphocker. Breitscheidt bot Weinbrand aus einem silbernen Flachmann an. Dann wärmten sie sich die Hände an ihren Taschenöfen, während um sie herum dürre Zweige im leichten Wind aneinander scharrten, trockene Blätter raschelten und die Gespräche langsam erstarben.

Warum macht er das, grübelte Rademaker, warum geht es so mit mir um, er braucht mich doch. Viel mehr als diesen Boelsen, beispielsweise, wenn er ehrlich ist. Und was habe ich nicht schon alles für ihn getan. Da kann er doch nicht andauernd seine Launen an mir auslassen.

Aber brauchte Kornemann ihn wirklich? Rademaker neigte nicht zu Zweifeln und Bedenken, schon gar nicht, was seine eigene Person anging. Und er war Kornemann doch schon überaus nützlich gewesen, keine Frage, das war Fakt. Sehr nützlich sogar. Neulich erst wieder, bei der Sache mit diesem Badesee. Ha, von wegen Badesee! Eine Giftmülldeponie, eine ehemalige Kieskuhle, in die Kornemann jahrelang seinen Baustellendreck gekippt hatte. Oder vielmehr: hatte kippen lassen. Von seinen Subunternehmern und Spediteuren. Kornemann denkt eben an alles, dachte Rademaker anerkennend, und zwar vorher.

Dann wollte Kornemann die verdreckte Kieskuhle loswerden, und zwar nicht irgendwie, sondern mit Profit. Ja, so war er. Aber ohne mich hätte er das nie geschafft, dachte Rademaker, innerlich aufbrausend vor Ärger über den bisher ausgebliebenen verdienten Dank. Unwillkürlich straffte er Rücken und Schultern, so ruckartig, dass der Hochsitz leise knackte.

„Stillsitzen da hinten“, raunte Breitscheidt über die Schulter.

Rademaker machte den Buckel wieder krumm.

Ohne mich, knüpfte er die Gedankenfäden wieder zusammen, hätte er den Gemeinderat nie dazu bekommen, ihm den ganzen Krempel abzukaufen. Und schon gar nicht zu diesem Preis! Clever hatte er das angefangen. Erst den Mangel an Freizeitmöglichkeiten allgemein in der WGO zum Thema gemacht, dann die weiten Wege zum nächsten Freibad ins Spiel gebracht, wobei ihm zugegebenermaßen der extrem heiße Sommer in die Karten gespielt hatte, und schließlich gezielt einen Badesee als die optimale Lösung angepriesen: „Vielseitig, preisgünstig, umweltnah!“ Und dass die Mehrheitsfraktion sich dann auch noch toll vorgekommen war, weil sie den Kaufantrag zuerst eingebracht hatte, war die Kirsche auf der Sahne gewesen.

Jetzt, wo die Umweltheinis nachgewiesen hatten, dass das Kieskuhlenwasser so verseucht war, dass da wohl niemals ein Mensch gefahrlos drin schwimmen konnte, war die WGO fein raus. Und Kornemann sowieso. Was konnte der denn schon für seine Spediteure?

Rademaker lockerte seine Hände, die sich zu Fäusten verkrampft hatten. Ja, er braucht mich, dachte er. Klar gibt es jede Menge Leute, die nur darauf brennen, ihm einen Gefallen zu tun. Aber er weiß doch, dass er keinen zweiten findet, der sich so gut auskennt und der so zu ihm hält wie ich. Mich braucht er ja meistens gar nicht zu fragen, ich weiß schon so, was er will. Und bei jedem anderen müsste er doch Angst haben, dass der was ausplaudert. Mensch, wenn ich von dem, was ich über ihn weiß, nur die Hälfte erzählen würde, ach was, ein Zehntel! Hochgehen würde er wie eine Leuchtrakete. Vielleicht, überlegte Rademaker, sollte ich ihm das mal sagen.

In diesem Moment bewegte sich etwas im Unterholz, am anderen Rand der kleinen Lichtung. Fast synchron rissen Kornemann und Breitscheidt ihre Gewehre hoch, drückten die Schäfte an ihre rechten Schultern, visierten kurz und schossen, jeder zweimal. Vier Schüsse dröhnten wie die Salve eines Exekutionskommandos. Dann drang von unten das Prasseln brechender Zweige herauf: Fluchtgeräusche.

„Scheiße“, sagte Kornemann. Er drehte sich zu Rademaker um, der nicht geschossen, der nicht einmal sein Gewehr in Anschlag gebracht hatte. Abwarten, ruhig und sorgfältig zielen, einen sauberen Schuss setzen – das hatten sie ihm beigebracht für die Jägerprüfung. Von Deutschuss nach dem ersten Laut war da nicht die Rede gewesen.

„Ich dachte …“, setzte Rademaker an. Weiter kam er nicht.

„Siehst du“, sagte Kornemann, „das ist es eben.“

Breitscheidt wieherte vor Lachen, ohne sich umzudrehen, und auch Kornemann schaute längst wieder nach vorne. Dass Rademaker dunkelrot angelaufen war und vor Zorn bebte, sah er nicht.

Ich werd’s dir zeigen, dachte der. Du wirst schon sehen, was du an mir hast. Dann machst du mich nicht mehr zum Kasper. Dann hört das auf.

Wenig später zogen dicke Schneewolken auf, und es fing an zu dämmern, noch früher als ohnehin üblich in dieser Jahreszeit. Sie brachen ab und kletterten vom Hochsitz, durchgefroren und unzufrieden. „Nicht mal ein Küchenhase“, schimpfte Breitscheidt. „Das ist mir hier noch nie passiert. Unglaublich. Wir müssen unbedingt noch mal zusammen herkommen, es kann ja nur besser werden.“

„Machen wir auch“, sagte Kornemann. Kein Wort zu Rademaker, der deutlich spürte, dass die beiden ihren Misserfolg in stiller Einigkeit auf ihn schoben. Na klar, dachte er, warum auch nicht. Er spürte schon wieder diese Wut, die ihn jetzt so leicht und schnell überspülte, als sei irgendwo ein Damm gebrochen.

„Wo steht denn dein Auto?“, fragte Kornemann.

„Da hinten, einen Parkplatz weiter.“ Rademaker machte sich auf die nächste Gehässigkeit gefasst, aber Kornemann sagte nur: „Steig ein, ich fahr dich hin.“

Während Kornemann schon einstieg, zögerte Rademaker einen Moment. Wenn er sich jetzt fahren ließ, war die Gewehrhülle endgültig futsch; gleich würde es anfangen zu schneien. Wenn er aber ablehnte, musste er wohl oder übel den Grund nennen, und das wollte er sich auf keinen Fall antun.

Während er noch unschlüssig an der Beifahrertür stand, sah er plötzlich eine Bewegung am Lichtungsrand. Ein Hase hoppelte zwischen den Büschen hervor wie direkt aus einem Bilderbuch. Küchenhase, schoss es Rademaker durch den Kopf. Ein Hase für den eigenen Kochtopf, den ein Jäger praktisch überall und immer erlegen darf. Den hol ich mir, dann werden sie gucken, Rademaker macht als Einziger Beute, ha! Er hob sein Gewehr, nicht zu ruckartig, stützte den linken Arm an der Dachkante ab, visierte und machte den Zeigefinger krumm.

Die Fahrertür wurde wieder aufgestoßen. „Worauf wartest du noch, Rademaker, zum Teu…“ Auf der anderen Seite des Autos tauchte Kornemanns Kopf auf. Rademaker sah seine Augen über Kimme und Korn, erst ärgerlich zusammengekniffen, dann entsetzt aufgerissen. Er stellte fest, dass ihm dieser Anblick Genuss bereitete. Und dass ihn irgendetwas daran hinderte, seiner rechten Hand Einhalt zu gebieten.

Dann waren Kornemanns Augen verschwunden, und der Schuss krachte. Fast gleichzeitig.

Rademaker reckte den Hals und holte Luft wie ein Ertrinkender. Ihm gegenüber richtete sich Kornemann wieder auf. Seine Augen funkelten, und seine Lippen stülpten sich leicht vor, so als wollten sie ein W formen. W wie Wahnsinniger. Aber er sagte nichts.

„Was war das denn?“, rief Breitscheidt. Er saß schon in seinem Auto und hatte das Fenster heruntergekurbelt. Der Motor lief.

„Überhaupt nichts. Wir fahren“, rief Kornemann. Zu Rademaker sagte er nur: „Los jetzt.“ Schweigend stieg er ein.

Warum auch nicht. Der Hase war sowieso weg.

17

Dieser Sitz, dieser vermaledeite Sitz. Toni Mensing drehte seinen Hintern ein weiteres Mal um einige Winkelgrade auf dem maroden Polster, um eine halbwegs bequeme Position zu finden. Sein Körper rutschte auf dem glatten Kunststoff leicht nach links, Richtung Fahrertür, dorthin, wo seine vielen und offenbar viel zu schweren Vorgänger beim Ein- und Aussteigen aus dem Fahrersitz des Ducato eine abschüssige Rutschbahn gemacht hatten. Das Aufkreischen der kaputten Sprungfedern fiel mit dem Stöhnen von Toni Mensing zusammen, dem der Schmerz bei dieser unkontrollierten Bewegung ins lädierte Kreuz gefahren war wie ein heißes Messer.

Es war stockdunkel, und die Autobahn 31, die westlich der Ems von Leer in Richtung Meppen und Ruhrgebiet zielte, war wie ausgestorben. Der Motor des uralten Lieferwagens, reichlich unkultiviert, jedoch sehr zuverlässig, dröhnte ohrenbetäubend, aber das merkte Mensing nach all den Jahren schon nicht mehr. Und er hatte auch aufgehört, sich darüber zu beklagen, dass er als Öko-Kaufmann fast so viel Zeit hinter dem Lenkrad verbrachte wie in seinem Laden. Jedenfalls schnitt er das Thema nicht mehr an, wenn Melanie in der Nähe war. Sie gab ihm sowieso schon viel zu oft das Gefühl, ein Versager zu sein.

Waren holen, Waren liefern. Von den entferntesten Erzeugern an die abseitigsten Kunden. Einen Sinn konnte das doch niemals ergeben, jedenfalls nicht so, weder ökologisch noch ökonomisch. Was er hier trieb, war bestenfalls ein Beispiel, eine Orientierungshilfe. Normalerweise wurden solche Projekte subventioniert, so wie Boelsens verflixte Windräder. Seinen Laden aber subventionierte nur er selbst, mit seiner Kraft und mit seinem Rücken. Und natürlich Melanie. Letztlich lebten sie davon, mehr schlecht als recht, natürlich. In Wahrheit aber zahlten sie beide mächtig drauf. Und wenn seine Mutter nicht immer wieder mit zufassen würde, wären sie längst an ihre Grenzen gestoßen.

Er ruckte wieder mit dem Hintern, es kreischte und schmerzte, er fluchte. Es reichte ja nicht einmal für einen neuen Fahrersitz! Vierhundertzwanzig plus Mehrwertsteuer, ein Wahnsinn. Das war fast die Hälfte von dem, was ihnen im Monat zum Leben blieb, und das sah er einfach nicht ein. Warum er nicht gefeilscht habe, hatte Melanie ihn gefragt, so von Händler zu Händler, eine Hand wäscht die andere. Pfui Teufel. Da hatte er lieber die Schrottplätze abgeklappert, bis jetzt aber noch nichts Passendes gefunden. Und seither traute er sich nicht mehr, Melanie von seinen Rückenschmerzen zu erzählen.

Die dichte Wolkendecke war ein wenig aufgerissen, und rechts voraus und schon ziemlich hoch war der Mond herausgekommen. Dreivierteldick. Nichts Halbes und nichts Ganzes. Mensing lachte bitter. Blödes Selbstmitleid! Zum Weitermachen gab es einfach keine Alternative, also machten sie weiter, Punktum. Irgendwann würden sich die Leute der Wahrheit schon nicht mehr verschließen können. Irgendwann würde sich ihr Lebensstil durchsetzen, und dann würde das alles auf einmal doch noch einen Sinn machen. An einem bestimmten Punkt der Entwicklung schlägt Quantität in Qualität um. Was im Moment ein teurer Gesundheits-Luxus war, den sich nur eine Minderheit leisten konnte und wollte, würde dann angesagter Standard sein. Dann würde es sich auch rechnen. Und dann war er, waren sie beide im Geschäft, ganz weit vorn. Dann war er der Erfolgreiche, erfolgreich mit einer richtigen Sache. Er und nicht dieser Kompromissler. Dieser scheinheilige Scheißer. Dieser Verfluchte.

Boelsen. Konnte es sein, dass man ihn mit dem Anschlag auf Boelsen in Verbindung brachte? Es hatte mal eine Zeit gegeben, da hatte Toni Mensing Gewaltbereitschaft gepredigt, aber das war nun schon ein paar Jahre her. Inzwischen war er vorsichtig, auch eine von diesen Rücksichtnahmen. Außerdem wusste ja niemand etwas von der Schrotflinte. Bauer Groothuis, der ihm den Schießprügel damals geliehen hatte, als ihm die Ratten das Hühnergehege verwüstet hatten, war kurz darauf gestorben. Von seinen Jagdwaffen war keine Einzige registriert gewesen, und niemand hatte geahnt, dass eine fehlte.

Melanie wusste natürlich davon.

Toni Mensing hörte seine eigenen Zähne knirschen, und als er die verkrampften Fäuste vorsichtig löste, war das Plastiklenkrad zwischen seinen Fingern nass und glitschig geworden. Überhaupt war sein ganzer Körper klebrig, und er konnte mehr spüren als riechen, wie er nach Schweiß stank. Er musste unbedingt duschen, sowie er abgeladen hatte. Hoffentlich lief er nicht vorher Melanie über den Weg.

Melanie. Benahm sie sich anders ihm gegenüber, seitdem? Gesagt hatte sie natürlich nichts, gefragt schon gar nicht. Melanie fragte nicht, sie konfrontierte ihr Gegenüber mit Erkenntnissen. „Du hast auf Boelsen geschossen!“ – das hätte sie gesagt, und das hatte sie eben nicht gesagt. Noch nicht?

Wie sehr liebte Melanie ihn noch? Unsinn, dachte Toni Mensing, in der Liebe darf es kein Viel oder Wenig gegen. Liebe ist ein Entweder-Oder. Oder? So ganz konnte das nicht stimmen, schließlich hatte er selbst schon seine eigenen Gefühle als Entwicklung, als Prozess, als abhängig von der Tagesform erlebt. So ein Entweder-oder-Ideal war eher romantisch als realistisch, aber es lag ihm eben, so zu denken, weil er meistens so dachte. Liebte er sie noch? Entweder oder, dachte er. Ohne sie bin ich nicht vorstellbar. Also muss ich sie wohl lieben.

Ein Lichtblitz huschte über die Scheibe.

Toni Mensing rieb sich die Augen, schüttelte dann kurz und heftig den Kopf, aber das war es nicht. Der nächste Lichtblitz war ebenso deutlich wie der erste.

Eine Radarfalle konnte das nicht sein, erstens fuhr er kaum über hundertzwanzig, und zweitens würde eine Radarfalle weder den zweiten Blitz erklären noch den dritten, der eben gerade aufleuchtete. Er schien genau von vorne zu kommen, aber es war keine Lichtquelle zu sehen, darauf hatte Toni Mensing diesmal genau geachtet. Was denn dann, zum Teufel?

Weitere Blitze folgten. Er konzentrierte sich auf die Intervalle: Genau gleich, entschied er. Aber schon im nächsten Augenblick wurden die Abstände zwischen den Blitzen kürzer, und auch die Intensität änderte sich. Aus den deutlich unterscheidbaren Lichtwischern wurde ein Blinken, nein, eher ein Wabern, einer Stroboskopleuchte nicht unähnlich, aber weicher. Das Leuchten erschien jetzt vor allem im oberen Viertel der Windschutzscheibe, aber woher es kam, war noch immer nicht zu erkennen.

Toni Mensing hatte den Fuß vom Gas genommen, die Kupplung durchgetreten und den Wagen ausrollen lassen, ein paar Augenblicke lang. Dann ließ er die Kupplung wieder kommen und gab Gas, als der Motor unwillig krächzte. Wenn's das jetzt ist, dachte er, dann soll's das jetzt sein. Dann werden sie schon wissen, was zu tun ist, und dann werden sie auch wissen, wie sie es mir mitteilen können. Die von da oben, die Mächtigen aus dem All, die Allmächtigen. Vielleicht war das ja der Ausweg, die Bestätigung, der Neuanfang. Ein glatter Schnitt, zugleich der Ritterschlag: Mich, mich haben sie ausgewählt. Ich werde euch nicht enttäuschen. Und ihr anderen, ihr werdet Augen machen.

Dann sah er sie, schräg links voraus, wie sie mit ihren langen Armen in den Himmel griffen und ihn zurück auf den Boden holten. Na klar, etwas weiter da vorne musste der Schlund des Emstunnels sein, und da standen sie halt, diese Strommühlen, und reflektierten mit rotierenden Blättern das weiße Licht des Dreiviertelmondes, erst eins, dann mehrere gleichzeitig: Blitz, Blitz, Blitzblitzblitz. Verfluchte Dinger, dachte Toni Mensing, der Auserwählte,

und die Hitze der Scham ging in der Hitze des Hasses unter.
Ihr, dachte er, ihr seid als Nächste dran.

18

Nanno parkte abseits der Tanksäulen, wuchtete den Rollstuhl aus dem Auto, klappte ihn auf und stemmte sich hinein. Ein paar Schübe weit rollte er über das hellgraue Betonsteinpflaster auf das weiß-rote Dorftankstellengebäude zu, dann zögerte er. Die Erinnerung war überwältigend, und sie war brutal. Erinnerungen nehmen keine Rücksicht. Hier hatten sie sich immer getroffen, damals, er und seine Freunde. Hier hatten sie an ihren Maschinen gebastelt, hatten getankt und dann bei ein paar Büchsen Bier stundenlang im Verkaufsraum zwischen der Kasse und dem Ständer mit den Wischerblättern gestanden.

Gestanden. Verloren, vorbei.

Das waren genau die Gefühle, die Nanno nicht mehr hatte zulassen wollen. Darum hatte er diesen Ort auch so lange gemieden. Diesen und einige andere. Aber das war auch kein Weg, das wusste er, und darum fuhr er jetzt entschlossen auf die Eingangstür zu. Kurze Windstöße zausten ihm die Haare. Er fand es erfrischend, weil sich in seiner regendichten Jacke die Wärme zu stauen begann. Aber er fröstelte doch.

Die Glastür mit dem abgestoßenen Metallrahmen öffnete sich genau im richtigen Moment, zu genau, als dass das ein Zufall sein konnte.

„Moin, Nanno." Der Tankstellenpächter in seinem verwaschenen roten Overall grüßte auffallend beiläufig, so als wäre der andere nur ein paar Tage nicht hier gewesen statt ein paar Jahre, und hielt ihm die Tür auf.

„Moin, Theo." Nannos Rollstuhl hoppelte über die Schwelle.

Die Kühltruhe schnarrte noch genauso wie damals, und auch die

Pyramide aus Bierkästen verschiedener Marken war immer noch an derselben Stelle aufgetürmt. Und da, wo er und seine Kumpels früher gestanden und getratscht hatten, stand auch jetzt eine Gruppe Männer. Sie unterhielten sich, rauchend und trinkend, und es war genau derselbe Anblick wie früher, wenn er durch diese Tür gekommen und zu der Gruppe gestoßen war. Nur die Perspektive war eine andere, ein Umstand, der ihm inzwischen nur noch auffiel, wenn er an Orte kam, die er aus seiner Fußgänger-Zeit kannte.

Die Männer drehten sich zu ihm um. Genau wie früher. Und es waren auch die von früher.

Fünf waren es, und jeder einzelne von ihnen stand an seinem Lieblingsplatz und hatte seine Lieblingshaltung eingenommen: Holger mit dem Hintern am Kassentisch, Bernd mit einem Arm im Öldosenregal, Ernst und Friedhelm betont lässig bei den Zeitschriften und Jan-Uwe mitten dazwischen, als Einziger ohne Rückendeckung, kerzengerade und ständig auf den Fußballen wippend.

Nanno musterte die Gestalten. Wirklich verändert hatte sich keiner. Und doch jeder ein bisschen. Bis auf Jan-Uwe sahen sie alle etwas fülliger aus, alle trugen die Haare kürzer und keiner eine Motorradkluft. Nanno konnte sich nicht erinnern, draußen irgendein Motorrad gesehen zu haben. Alles vorbei. Und trotzdem kamen sie offenbar immer noch hier zusammen. Freunde? Eigentlich nicht, dachte Nanno, während er langsam näher kam. Kumpels eher. Und doch eine sehr enge Gemeinschaft. So wie eine Mannschaft eben. Die Interessen berühren sich in einem ganz bestimmten Punkt, und daran hält man sich. Der Rest ist verschieden und egal. Aber man vertraut sich, und das ist irgendwie schon besonders und alles andere als egal.

Nanno wollte grüßen, aber er wusste nicht wie. Damals hatten sie sich auch nie gegrüßt. Unterwegs auf dem Bock, klar, mit erhobener Hand, bei jeder Geschwindigkeit und Schräglage. Aber sonst nicht. Nur ein Blick, und einfach da sein. Das war cool. Er schloss den Mund wieder. Dann fixierte er einen nach dem anderen, und die fünf starrten zurück.

Dann sagte Friedhelm: „Und? Wie liegt er?"

„Wie 'n Bügeleisen." Das kam völlig automatisch heraus, ein alter Reflex, der plötzlich wieder ansprach. Und genauso selbstverständlich öffnete sich der Kreis, und er rollte in Position. Bei den Süßigkeiten. Nur dass er jetzt auf einen Ständer mit Überraschungseiern guckte statt auf die uralte Dr.-Hillers-Werbung.

„Auch mal wieder im Land.“ Holger hielt ihm eine Bierbüchse hin, ungeöffnet.

Nanno schüttelte den Kopf: „Gib mir mal ’ne Cola.“ Und das war es dann auch schon, die Unterhaltung plätscherte weiter, anscheinend genau ab dem Punkt, an dem sein Eintreten sie unterbrochen hatte. Vielmehr sein Einrollen. Aber das hatte er selbst schon fast vergessen. Er pustete den Staub von der Oberseite der Büchse, riss die Lasche ab und trank. Das Prickeln in seiner Kehle und das Knistern in seinen Ohren bildeten eine vertraute Einheit. Er hörte nicht zu, er fühlte nur hin. Fast hätte er die Augen geschlossen.

„Jetzt wohnst du also bei dem alten Kapitän.“ Jan-Uwe zog ihn ins Gespräch und wippte dabei mit den Augenbrauen wie mit dem Rest seines Körpers. „Ziemlich schräger Vogel, was? Aber auch irgendwie cool.“

„Weil er damals auf den Doktor geballert hat?“

„Das auch.“ Jan-Uwe gluckste immer noch ganz weit hinten im Hals, wenn ihn etwas freute. „Aber nicht nur. Da ist noch ganz was anderes im Busch.“

„Ach.“ Nur nicht zu interessiert erscheinen. Ebenfalls genau wie früher.

„Alte Rechnungen, verstehst du. Der Kapitän ist so einer von der Elefanten-Sorte, der vergisst nichts. Irgendwann kommt der Tag, und er geht auf den Kornemann los. Da warte ich ja nur drauf, dann ist hier Hullygully.“

„Bahnhof.“ Nanno zuckte die Schultern und Jan-Uwe gluckste noch lauter.

„Logo, kannst du ja nicht wissen. Als das alles rauskam, warst du ja nicht hier. Obwohl, richtig rausgekommen ist das eigentlich gar nicht. Mehr so Buschfunk.“

„Es gab damals Krach um die Dinger, die seit Jahren in Emden im Jarssumer Hafen rumstanden“, schaltete sich jetzt Friedhelm ein. „Die brauchten den Platz für irgendwas und wollten, dass die

Klötze da wegkamen. Erst wusste keiner, wem die nun eigentlich gehörten. Hatte sich ja seit Ewigkeiten keiner mehr drum gekümmert."

„Was für Dinger denn?", fragte Nanno. Ihm schwante etwas, aber er wollte es hören.

„Weißt du doch, da sind wir doch oft genug langgebrettert damals, immer um den Emder Hafen rum", sagte Friedhelm. „Diese Amphibienfahrzeuge, diese silbergrauen Monster, die da standen. Musst dich doch erinnern."

„LARC 60", sagte Bernd und verdrehte die Augen nach oben, wie er es immer tat, wenn er irgendwelche technischen Daten aus seinem Hirnspeicher abrief: „*Lighter Amphibious Resupply Cargo*. Achtzehn Meter sechzig lang, acht Meter zehn breit, fünf achtzig hoch, achtundneunzig Tonnen, vier Sechszylinder von General Motors mit hundertfünfundsechzig PS pro Stück." Jetzt klappten die Augen wieder nach vorne, und sie glänzten: „Junge, das muss ein Sound gewesen sein!"

„Stimmt", sagte Nanno. Das wusste er genau. Die Riesenreifen, der glatte, vorne schräge Stahl – ein Amphibienfahrzeug, na klar. Und eins von den größten. Vielleicht hatten die Russen noch größere, möglich. Aber die Nato jedenfalls nicht.

„Acht Stück davon", fuhr Friedhelm fort, „und dazu noch zwei etwas kleinere, LARC irgendwas, wie war das noch, Bernd?"

„LARC römisch fuffzehn." Bernd brauchte die Augen kaum zu rollen: „Dreizehn sechzig lang, vier dreißig breit, siebzehneinhalb Tonnen, also Federgewichte vergleichsweise. Aber zwei Cummings-Achtzylinder drin, jeder zweihundertsiebzig PS. Im Wasser haben die bestimmt zehn Knoten gemacht. Und mehr."

„Woher weißt du denn das alles?", fragte Nanno.

„Typenschilder, ja?", fragte Friedhelm. „Zeig her."

Diesmal war das Lachen beinahe zu hören.

„Und wem haben die nun gehört?" Ungeduld war uncool, aber Nanno hatte keine Lust mehr, den Desinteressierten zu spielen. „Dem Thoben?"

„Eben nicht", sagte Friedhelm. „Nicht mehr. Der hatte die Fahrzeuge längst nach Holland verkauft. *Aquatec* Amsterdam. Viel mehr als den Schrottpreis wird er nicht bekommen haben. Die wollten die Dinger als Arbeitspontons einsetzen, hieß es. Dann war ihnen aber die Überführung zu teuer, und sie haben sie einfach stehen lassen. Tja. Als das Emder Hafenamt dann irgendwann anfing Druck zu machen, mussten sie die Fahrzeuge schließlich doch holen."

„Alle?", fragte Nanno.

„Alle, die da standen", sagte Friedhelm. Er trank.

Nanno trank ebenfalls.

Friedhelm nahm noch einen Schluck, leckte sich die Lippen, zuzelte durch die Zähne. Das alte Spielchen: Frag mich doch, wenn du mehr willst als den Brocken, den ich dir hingeworfen habe. Wer gefragt wird, ist wichtig und rückt eins rauf.

Nanno grinste: „Sag schon. Was wollte Thoben mit diesen Boliden anfangen? Ich meine, ursprünglich?"

„Jaaa, das war schon eine tolle Sache. Ein Wunder, dass das damals so unterm Deckel geblieben ist. Aber da haben die natürlich für gesorgt, Kornemann und die anderen." Friedhelm zwängte seine rechte Hand durch die Knopfleiste seines blau und rot karierten Oberhemds und kratzte sich genüsslich am Bauch. „Die Idee klang nicht schlecht. So ein Amphibienfahrzeug fährt ja bekanntlich im Wasser und auf dem Land, nicht wahr."

Ein mühsam unterdrücktes Stöhnen in der Runde zeigte dem Erzähler, dass er seine Rolle vielleicht doch ein wenig überspielte. Friedhelm straffte sich und die nächsten Sätze. „Das kann nicht nur im Krieg von Vorteil sein, sondern zum Beispiel auch für eine Fährlinie. Diese Fahrzeuge brauchen ja keine Kaianlagen, sondern nur Betonrampen am Ufer. Sie brauchen auch keine Einrichtungen zum Be- und Entladen bei unterschiedlichen Wasserständen. Die belädst du einfach an Land, und dann ab dafür. Und du brauchst auch nichts mehr umzuladen auf Lkw oder auf die Inselbahn, verstehst du? Mit so einem LARC lieferst du direkt an die Haustür. Oder jedenfalls vors Lager."

Die Inseln. Natürlich, darum musste es Thoben gegangen sein. Plötzlich fügte sich alles zusammen, ergab einen Sinn. Eine eigene Fährreederei, eine echte Seemannsaufgabe. Und zwar wirklich und wahrhaftig vor der eigenen Haustür.

Der Fährbetrieb zu den Ostfriesischen Inseln war eine ebenso schwierige wie lukrative Sache. Die Fahrwasser im flachen Watt änderten ständig ihren Verlauf und verschlickten schnell. Immer wieder mussten sie ausgebaggert und vertieft werden. Eine Tour zur Insel ähnelte einem Slalom mit eingebauten Schikanen. Das dauerte, und immer wieder gerieten Fährschiffe auf Grund. Der Gedanke, mit Amphibienfahrzeugen all diesen Problemen aus dem Weg zu gehen, einfach die gerade Route zu nehmen, sich den Teufel um den Erhalt von Fahrrinnen, Anlagen und Bahnen zu kümmern, direkt über den Strand ins Dorf zu brackern, war genial einfach. Einfach genial.

„Schade bloß, dass der Kuchen schon verteilt war", sagte Friedhelm. „Natürlich ging es Thoben weniger um Passagiere, klar. So ein LARC ist ja auch keine Komfortsänfte. Er wollte ins Gütergeschäft. Lebensmittel vor allem. Direktlieferung an Hotels, an größere Pensionen und Restaurants. Langfristig sollten sogar eigene Läden auf den Inseln aufgebaut werden. Einen Partner dafür hatte er schon." Friedhelm trank seine Büchse leer, knüllte sie zusammen, peilte kurz und warf. Der Weißblechklumpen verschwand im Mülleimer, der rosa Schwingdeckel rotierte. Jahrelange Routine. „Aber Eilert Iwwerks hat ihn dann ja auch hängen lassen."

„Iwwerks? Der Öko-Iwwerks?" Nanno war nicht wirklich erstaunt. Unter Iwwerks' ererbten und erworbenen Liegenschaften waren auch einige auf den Inseln. Er wäre tatsächlich kein schlechter Partner für solch ein Projekt gewesen. Zumal er sich ja meistens recht streitlustig gab. Denn hier ging es um eine Art Geschäft, die erst durch Verdrängung der Konkurrenz eins wurde. Schließlich waren die Fährlinien zu den sieben ostfriesischen Inseln fest in der Hand bestimmter Reedereien, von denen einige den Inselgemeinden selbst gehörten. Verdrängung war existentiell und immer haarig. Hier an der Küste ganz besonders. Und wer sich mit Insulanern anlegte, musste schon sehr genau wissen, was er tat.

„Ganz genau." Friedhelm lachte leise, und es klang ein bisschen verächtlich. „Der hat's ihm dann gezeigt, was für ein Öko er ist. Der Judas." Er klopfte seine Jackenbrust nach Zigaretten ab, ließ die Hände aber wieder sinken und zog stattdessen ein Päckchen

Kaugummi aus der Hosentasche, das er schweigend weiterreichte. Es langte gerade für alle.

„Also, um es kurz zu machen: Die drei größten Insel-Reedereien waren sich einig, dass Thoben auf keinen Fall ins Geschäft kommen durfte. Und weil Kornemann an allen dreien beteiligt ist, hat der das dann in die Hand genommen."

Diese Verflechtung war Nanno neu. „Aber der muss doch noch ein ganz junger Spund gewesen sein damals", sagte er, „so Mitte zwanzig."

„Stimmt", sagte Friedhelm. „Aber er war trotzdem praktisch schon Chef. Sein Vater war schwer krank und hatte seinen Junior als Geschäftsführer eingesetzt. Als der dann später auch Eigentümer wurde, hatte er den Laden längst in der Hand."

Nanno musste an Kornemanns Hände denken und an seine Augen. Was für eine Kraft.

„Jedenfalls hat er gleich gewusst, wo er ansetzen musste. Erstens Küstenschutz, zweitens Umweltschutz. Für ihn war es kein Problem, die richtigen Gutachter aufzutreiben. So ein Tiefbau-Riese vergibt eine Menge Aufträge, nicht wahr, und Wissenschaftler essen auch Brot. Und so hatte Thoben kaum seine Anträge auf dem Tisch, da waren auch schon die Gegenanträge da. Gefährdung von Küstenschutzbauten, Bodenverdichtung, Gefährdung der Tier- und Pflanzenwelt. Klang so, als würde sich jede Insel direkt in Matschepampe auflösen, sowie das erste LARC anrollt. Eine massive Kampagne. Und Eilert Iwwerks als Galionsfigur immer vorneweg."

Darum also Judas, dachte Nanno. „Und warum hat der sich um hundertachtzig Grad gedreht? Oder war er wirklich so überzeugt, dass das Projekt nicht umweltverträglich war?"

„Möglich", schaltete sich Jan-Uwe ein. „Aber das war bestimmt nicht entscheidend. Allein aus Überzeugung macht der Iwwerks keinen Finger krumm. Bei dem dreht sich alles ums Geld. Hat er ja sogar zugegeben."

Richtig. Umweltschutz als Geschäftsgrundlage, für diese Haltung hatte man Iwwerks sogar gefeiert, erinnerte sich Nanno. Aber Umweltschutz als Schutz vor Konkurrenz, das war noch wieder etwas anderes.

„Thoben ging vor Gericht", sagte Friedhelm. „In zwei Instanzen hat er verloren, dann war er pleite. Gerichtskosten, laufende Kosten – er musste verkaufen. An die Holländer. Und das war's dann."
Nanno nickte. „Aus der Traum von der eigenen Reederei. Darum musste er wieder zur See, um Geld ranzuschaffen. Darum war er nicht da, als seine Frau krank wurde und es nicht wahrhaben wollte. Darum ist sie so plötzlich gestorben."
„Und darum ist er jetzt so biestig", sagte Jan-Uwe. „Eines Tages knöpft er sich den Kornemann vor, da bin ich ganz sicher. Irgendwas heckt er noch aus. Hat er bestimmt schon." Er grinste, als teilte er die unterstellte Vorfreude.
„Und Iwwerks?", fragte Nanno. „Knöpft er sich den auch vor?"
Friedhelm zuckte die Achseln. „In der Bibel muss sich Judas selbst aufhängen", sagte er. „Aber ich glaube nicht, dass du Thoben mit der Bibel kommen darfst."
In der Runde hoben sich die Mundwinkel ein Stück. Nur Jan-Uwe erlaubte sich ein verklärtes Strahlen: „Wer sagt denn, dass er nicht schon angefangen hat? Denkt doch an Boelsen. Wäre ja keine schlechte Taktik: Erst dem wichtigsten Partner eins verpulen, so als Warnung, damit Kornemann Schiss kriegt, ohne so recht zu wissen, wovor. Der Nächste wäre dann Iwwerks. Tja, und das Beste zuletzt." Tatsächlich, Jan-Uwe leckte sich die Lippen.
„Du spinnst", sagte Friedhelm.
„Quatsch", sagte Ernst.
„Zu viel Krimis", sagte Holger.
„Lass dich durchchecken", sagte Bernd.
Mehr sagte keiner dazu. Nanno sagte gar nichts.
Dann sagte Bernd: „Komm mal eben mit nach hinten." Sie gingen alle zusammen, Nanno fuhr voran. Er kannte den Weg. Hinten, das war ein alter Schuppen, den ihnen Theo Janssen, der Pächter, damals überlassen hatte. Sie hatten das Dach geflickt und den Raum als Motorradwerkstatt hergerichtet. Wieder begegnete ihm Theo in der Tür, und wieder hielt er sie ihm auf. Draußen war es noch windiger geworden, und sie beeilten sich.
Im Schuppen stand seine alte Maschine, seine SR 500, und sie war wie neu. Keine Schramme, keine gestauchte Vordergabel, kein zer-

splitterter Scheinwerfer. Nanno ließ seine Tränen laufen, rollte zur rechten Seite der Maschine, dorthin, wo der Kickstarthebel war. Er griff über den Sitz hinweg nach dem Choke, schaltete die Zündung ein, zog dann den Dekompressionshebel, klappte den Kickstarter heraus und stellte den oberen Totpunkt ein. Den Starthebel drückte er mit der Hand herunter, ohne übermäßigen Kraftaufwand, aber zügig und bis ganz nach unten. Der Motor sprang an.

Zuerst vibrierte das Motorrad so stark, dass es auf seinem Hauptständer zu wandern begann, aber Nanno warf sich über die Sitzbank und regelte den Choke zurück, bis der Motor langsamer und trotzdem rund lief. So blieb er eine Weile, mit dem Oberkörper auf dem Sitz, unter sich den wummernden Einzylinder, und ließ sich vom Zittern der Maschine liebkosen. Er dachte an den alten Kapitän.

19

Kornemann." Er sagte es so, als wüsste er nicht, wer da am Telefon war. Natürlich wusste er es genau. „Schotten dicht bis vier", hatte er seiner Sekretärin nach dem Mittagessen zugerufen, und das hieß unter anderem: keine Anrufe durchstellen. Bei einigen wenigen Leuten wurde – natürlich nach Rückfrage – eine Ausnahme gemacht. Unter anderem bei Iwwerks.

„Moin, ich bin's, Iwwerks."

Kornemann registrierte sofort den anderen Klang. Nur vordergründig selbstbewusst, nur gedämpft bollerig. „Irgendwas passiert?", fragte er.

„Ja, nee", sagte Iwwerks.

Kornemann wartete. „Ja, nee" war ihm wohlvertraut, eine durchaus gebräuchliche Formel dafür, dass die Dinge etwas komplizierter lagen. Eben irgendwo zwischen ja und nein. Er hörte es im Hörer rascheln. Der windet sich ja richtig, dachte er.

Dann platzte Iwwerks heraus: „Ich hab nachgedacht. Das geht nicht mehr so. Ich will klare Verhältnisse haben. Ich zieh mich raus aus der Firma. So."

„So", sagte Kornemann. Er saß vornübergebeugt an seinem schwarz glänzenden Schreibtisch, starrte auf den bekritzelten Kalender und rieb sich mit der rechten Hand die Stirn. Zwischen den Augenbrauen schuppte schon wieder die Haut, er konnte es spüren. Den Telefonhörer hielt er links.

„Verstehe ich dich recht", fragte er nach einer kurzen Pause, „du willst dich aus der *Bowindra* zurückziehen, ja? Kannst du mir vielleicht erklären, wie du dir das vorstellst? Und warum überhaupt?" Der Laden läuft doch, dachte er. Gerade erst waren die hohen Abnahmepreise für Energie aus Windkraftanlagen erneut fest- und fortgeschrieben worden, das brachte bestimmt einen weiteren Nachfrageschub nach *Bowindra*-Produkten. Oder wusste Iwwerks etwas, das er nicht wusste? Wäre das erste Mal. Gewöhnlich wusste Iwwerks doch von nichts etwas. Das machte ihn ja gerade so ideal als Partner.

„Warum, das weißt du doch genau." Das klang jetzt deutlich fester, so, als hätte der andere wieder Boden unter den Füßen. „Wenn mich die Leute fragen, ich weiß ja gar nicht mehr, was ich nun sagen soll. Alle meine Kollegen machen Front gegen die Dinger, die meisten Nachbarn auch, der Verkehrsverein, der ganze Verband. Und der Einzige, der sich nie klar äußert, bin ich. Ausgerechnet! Immer um den heißen Brei rum, immer aufpassen, dass ich mich nicht verplappere. Das will ich nicht mehr. Klare Verhältnisse. Ich steig aus aus der Sache, dann ist Schluss mit Spagat."

„Und dann zieht der Herr Volkstribun lustig gegen die Windkraft zu Felde, was?"

„Quatsch. Hör mal, du kennst mich doch."

Eben, dachte Kornemann. Wenn du nicht mehr mit im Boot sitzt, dann treibst du doch mit dem Strom. Oder mit dem Wind. Ein Blatt im Wind. Das Bild gefiel ihm. Tut wie 'ne Eiche und trudelt durch die Gegend wie ein Blättchen. Aber fliegende Blätter sind tot.

„Weißt du überhaupt, was du da aufgibst? Wir kommen demnächst in eine ganz neue Gewinnzone. Der Desert-Park-Auftrag ist so gut wie rund, dann gehen zweihundert Stück aus der Neuner-Serie in die USA. Und das ist erst der Anfang!" Kornemann testete die andere Flanke. Iwwerks war geldgeil, und hier war großes Geld im Anrollen. Eigentlich wusste er ja auch von den USA-Plänen. Warum wollte er trotzdem raus?

„Schön für euch. Nee, ehrlich. Aber ich hab auch meine Projekte, weißt du, nicht ganz so weit weg, trotzdem sitzt da auch eine Menge drin. Ich muss jetzt allerhand investieren, daher müsste ich sowieso irgendwo Kapital abziehen. So kann ich gleich einen sauberen Strich machen."

Er klingt so eifrig, dachte Kornemann. Will mir was unterjubeln. Freundchen, Freundchen.

„Und wie soll das mit der *Bowindra* weitergehen? Hast du darüber schon mal nachgedacht?" Er hatte nicht ernsthaft vor, Iwwerks moralisch zu kommen. Aber es würde schon komisch aussehen, einer aufstrebenden Firma, die gerade vor einem großen Wurf stand, plötzlich den Finanzteppich unter den Füßen wegzuziehen. Das musste Iwwerks klar sein. Und dumme Fragen konnte auch er nicht wollen.

„Was gibt es da nachzudenken? Du und Boelsen, ihr teilt euch das. Oder du nimmst deine Frau mit rein. Tu doch nicht so, als ob dir das nicht in den Kram passen würde. Vor 'n paar Jahren wolltest du mich noch auszahlen, weißt du nicht mehr?"

Doch, das wusste Kornemann noch. „Ich hab's mir dann aber doch anders überlegt", sagte er. Gelogen. Er hatte gar nicht anders gekonnt. Ein halber Kilometer Autobahn, falsch berechnet, falsch gegründet, durchgesackt. In Mecklenburg. Alles hatte er eingesetzt, um diese üble Suppe unterm Deckel zu halten. Alles. Wenn nicht, hätte er den öffentlichen Straßenbau auf Jahre hinaus vergessen können. Da hatte er dann das Kapital nicht gehabt, um Iwwerks rauszukaufen. Und er hatte es auch jetzt nicht.

„Ich hab's mir auch überlegt", sagte Iwwerks. „Und ich will da auch gar nicht lange mit warten."

„Lass uns erst noch mal in Ruhe drüber reden." Zeitspiel, mehr war erst einmal nicht drin.

„Von mir aus. Ändert aber nichts, das sag ich dir gleich."

„Und sonst? Was macht dein Boot?" Das Gespräch lief aus. Es hatte den Anschein, als habe sich Kornemann ins Unvermeidliche gefügt. Und das sollte es auch.

„Na denn, tschüß."

Er legte den Hörer nicht auf, sondern drückte nur kurz den Unterbrecher. Wählte eine Nummer, eine vertraute, fast ohne hinzuschauen. Sein dicker, gestreckter Zeigefinger sauste auf die Tasten herunter wie eine Ramme.

20

Musst du nicht weg?", fragte sie.

„Wieso? Ich bin doch gerade erst gekommen."

Melanie Mensing mochte es nicht, wie er jetzt lachte. Es gab Seiten an ihm, die sie nicht mochte. Das hatte sie vom ersten Augenblick an gewusst. Manches an ihm erschreckte sie sogar. Aber einen Kuschelbären hatte sie ja auch nicht gewollt.

Draußen polterte der Wind um die Ecken und rüttelte an allem, was sich ihm in den Weg stellte. Ganz sacht dümpelte das Schiff und legte sich in die knarrenden Festmacherleinen.

Sie richtete sich halb auf, angelte sich das Seidenhemd vom Boden und streifte es über. Dann kroch sie wieder unter die Decke.

Sofort war seine Hand da, streichelte über den Stoff, rieb das Gewebe über ihre Haut. Sie spürte es bis in die Haarwurzeln.

„Viel Zeit hab ich wirklich nicht mehr", sagte er, die Lippen an ihrem rechten Ohr. „Es gibt Ärger."

„Ärger?"

„Iwwerks. Er will aussteigen."
„Iwwerks." Sie horchte auf. Iwwerks war für sie eigentlich nie ein eigenständiger Faktor gewesen.
„Aussteigen – aus was?"
„Aus der *Bowindra*." Der Wind heulte lauter.
Sie griff nach seiner Hand, hielt sie fest. „Aus der *Bowindra*? Hat er denn Anteile?"
„Na sicher, jede Menge. Weiß kaum jemand. Soll auch niemand wissen. Jedenfalls will er jetzt aussteigen."
„Kann er das denn, einfach so?"
„Kann er schon. Aber er sollte es lieber lassen."
„Versteh ich nicht."
„Macht nichts."
Er biss sie sanft ins Ohrläppchen. Sonst mochte sie das, aber in Verbindung mit seinen Worten schien seine Zärtlichkeit Verachtung auszudrücken. Sie spürte zweierlei Hitze in ihrem Leib, die der Lust und die des Ärgers, und presste seine Hand noch fester.
„Und was wollt ihr jetzt tun?"
„Mit ihm reden. Ihn überzeugen. Es gibt Wege." Scheinbar mühelos machte er seine Hand aus ihrer frei und ließ sie zum unteren Hemdsaum gleiten. Die Hand strich über ihren Nabel, nahm den Umweg über Hüfte und Schenkel, kehrte über den anderen Schenkel zurück, begann zu kreisen.
Melanie streckte die Beine aus und schlug die Füße übereinander.
„Was heißt das, Wege?"
„Was soll es schon heißen. Er ist Unternehmer, genau wie wir." Seine Hand strich jetzt auf und ab, dort, wo sich ihre Schenkel aneinander schmiegten, nicht drängend, aber wachsam belagernd. „Geschäfte macht man nicht mit sich selbst. Er braucht Kontakte. Und er kann es sich gar nicht leisten, mit uns über Kreuz zu sein." Jetzt versuchte er seine Hand zwischen ihre Knie zu zwängen. Sie gab ein bisschen nach. Seine Hand drang ein und begann sich rhythmisch nach oben zu arbeiten.
„Ihr wollt ihn unter Druck setzen?"
„Er setzt doch uns unter Druck." Seine Hand war jetzt fast am

Ziel. „Ich glaube nicht, dass er sich über die Konsequenzen im Klaren ist. Er handelt doch nur aus einer Laune heraus. Ich denke, er wird schnell einsehen, dass die Trennung ihm nur schadet. Vereinigt sind wir stärker."

Er stemmte sich hoch und schob sich über sie. Körper und Augen fanden sich, er versank in ihr und in ihrem Blick. Sie kosteten diesen Moment aus, dieses Einssein in der Eroberung. Dann schlossen sie beide die Augen.

21

Diesmal träumte er von einem Wald, einem Tannenwald, der ihn mit ragenden Ästen und stumpfer Schwärze umschloss, der dann erst wie von einer plötzlichen Böe gepackt zu rauschen und danach zu beben begann, der sich schließlich schüttelte wie in einem Orkan und seinen eigenen Boden zum Dröhnen brachte. Als er dann von gigantischen Motorsägen zu träumen begann, die blitzend und von keines Menschen Hand gehalten die Äste kappten, die Stämme in Spanstaub und Scheiben schnitten und endlich auch ihn selbst bedrängten, war ihm schon klar, dass dies ein Traum war. Nanno öffnete die Augen und registrierte, dass das Dröhnen und die Vibrationen auch diesmal wieder echt waren. Lauter und deutlicher als neulich schienen sie zu sein, aber da war er sich nicht sicher, denn so richtig wach geworden war er nicht, und das wollte er auch nicht. Er drehte den Kopf auf die andere Seite. Das Dröhnen wurde leiser, es schien sich zu entfernen, aber auch jetzt war sich Nanno nicht sicher, ob sich das Geräusch nun wirklich entfernte oder ob er nur wieder einzuschlafen begann. Augenblicke später war er wieder eingeschlafen.

22

Einen Moment lang war sie versucht, so zu tun, als habe sie ihn nicht gesehen. Was musste sie sich auch so offensichtlich umsehen, immer gierig nach bekannten Gesichtern oder nach neuen, die sich vielleicht zu bekannten eigneten. Wäre sie doch gleich hinter dem Windfang des *Taraxacums* nach rechts gegangen, in den Schlauch mit den Tischen gegenüber der Theke. Aber sie hatte sich nach links gewandt, dem größeren Raum des Cafés zu, und da war sie ihm direkt in den glühenden Blick gelaufen. Sie grüßte mit einem Nicken, und er antwortete mit einem Lächeln, das ihr etwas weniger überheblich vorkam als sonst. Na denn. Ein anderes bekanntes Gesicht konnte Sina nicht entdecken, also ging sie auf Toni Mensings Tisch zu. Sie musste ja nicht ewig bleiben.

„Na?“ Er rührte in seiner Teetasse. Tee ostfriesisch war vor ihm aufgebaut, mit Messingstövchen, Porzellankanne, Blumentässchen, Kandisschälchen und Sahnekännchen. Ungebührlich aufwendige Gemütlichkeit für einen Öko-Unternehmer an einem Dienstagnachmittag, fand Sina.

„Na ja.“ Das kam fast neckisch heraus, und jetzt lächelten sie beide.

Kein schlechter Einstieg, dachte sie. Jetzt könnten wir ein bisschen Smalltalk machen, plauschen, quatschen, ein Viertelstündchen Spaß haben, vielleicht sogar ein klein wenig flirten. Nachher tschüß sagen und verabreden für irgendwann, Grüße auftragen, Küsschen vielleicht. Wenn wir zwei normale Menschen wären, die sich gut kennen und mögen. Sie kannte ihn zwar schon lange, wusste aber nicht, wie gut. Und sie konnte nicht glauben, dass er sie mochte. Daher war es ihr auch nie möglich gewesen, sich in seiner Gesellschaft wohl zu fühlen oder auch nur normal. Auch nicht, sich normal zu benehmen.

Die Bedienung kam und erlöste sie, gerade als sein Lächeln zu erstarren begann, und er ertränkte es in einem Schluck Tee. Sie bestellte Milchkaffee. Eine große Schale, das waren viele Schlucke.

„Wie geht das Geschäft?" Keine besonders unschuldige Frage, und sie erschrak auch nicht, als seine Augenlider hochzuckten. Er guckte böse, aber auch traurig und erschöpft.

„Hat sie sich bei dir ausgeweint?"

Aha, dachte Sina. Verschlossen, misstrauisch, und immer überzeugt, einen Schritt weiter denken zu können als die anderen.

„Nein, kein Stück. Also nicht so gut?" Gegenfrage gekontert und aus Schlussfolgerung eigenen Schluss gezogen. Tja, mein Lieber.

Er lehnte sich zurück, ließ den langen Körper in den Kneipenstuhl und die Lider über die Augen sinken. Allzu kampflustig sah er nicht aus.

„Nein, im Moment nicht so gut. Aber das ist nur vorübergehend." Er rührte wieder in seiner Tasse, in der sich der Kluntje längst aufgelöst hatte, das hörte sie deutlich. „Ich kriege demnächst neue Produkte rein, außerdem haben wir ein neues Projekt in Planung. Die wöchentliche Gemüsetüte. So eine Art Abonnement, weißt du, regelmäßige Lieferungen, Produkte der Saison. Das sind regelmäßige Einnahmen, da kannst du besser kalkulieren." Der Tee in seiner Tasse strudelte, und er begann, die Luftbläschen mit dem Löffel einzufangen.

Sina war überrascht, dass sie plötzlich Mitleid mit Toni empfand. Er und Melanie hatten für sie stets weit oberhalb solcher Empfindungen gestanden, starke, beseelte Menschen, die selbst nach Niederlagen nicht wirklich beschädigt waren. Aber er, dachte sie, sieht richtig kaputt aus.

„Ihr versteht euch nicht mehr so gut, oder?" Das platzte förmlich aus ihr heraus. Nie hätte sie eine so intime Frage planen und dann wirklich stellen können. Mitleid machte sie weich.

Er legte den Löffel auf die Untertasse, langsam und bedächtig, dennoch gab es einen scharfen Laut. „Das hast du ganz richtig ausgedrückt", sagte er, den Blick immer noch halb gesenkt. „Ich glaube wirklich, dass ich sie nicht mehr verstehe. Und dass ich mich ihr nicht mehr verständlich machen kann."

Dann ist es aus, dachte Sina. Wenn sie nicht mehr reden, wenn sie vielleicht sogar aneinander vorbei reden, dann ist es vorbei. Wo ist dann noch die gemeinsame Basis? Sie dachte an die Kinder, die

Zwillinge, die sie nur von Bildern kannte; ihre Mutter und die von Melanie waren befreundet. Die Kinder würden diese Ehe auch nicht retten. Vielleicht hatten sie selber Rettung nötig.

Sie wollte irgendwas Tröstliches sagen, aber Toni kam ihr zuvor. „Offenheit“, sagte er, „unbedingte Ehrlichkeit, ohne die geht es nicht. Ich dachte, Melanie hätte das verstanden. Aber so sind nun mal die Verhältnisse, aus denen sie stammt. Immer höflich, immer Fassade. Lieber den Partner belügen, als mal ein lautes Wort riskieren. Aber so geht Liebe nicht. So geht Politik.“

Sina glaubte ihren Freund Marian reden zu hören. In diesem Punkt dachte der genauso, und das konnte verdammt anstrengend sein. Musste man sich denn wirklich alles sagen? Marian fand ja. Toni auch. Und er fand ganz offenbar an Melanies Ehrlichkeit etwas auszusetzen. Sina brannte vor Neugier. Sicher war es schäbig, jetzt weiterzubohren. Aber sie war fest entschlossen, es zu tun, wenn ihr nur die passende Frage einfiel. Und da ihr eine passende nicht einfiel, stellte sie die Nächstbeste.

„Aber politisch habt ihr euch doch nicht auseinander entwickelt, oder? Da seid ihr doch schon noch auf einer Linie?“

Gott, wie peinlich, dachte sie. Aber nun war die Frage in der Welt.

Tonis Augen schienen Funken zu sprühen. „Was ich meinte, war Politik machen.“ Er hielt ihr den dozierend erigierten Zeigefinger unter die Nase. „Du redest jetzt von Grundwerten. Das ist etwas ganz anderes.“ Seine Hand fiel wie entkräftet auf die Tischplatte, ihr Aufklatschen ging im Gewirr der Kneipengeräusche unter. „Und du hast wieder genau den Punkt getroffen. Ich glaube nämlich wirklich, dass sie bestimmte Positionen nicht mehr teilt. Aber sie sagt es nicht.“

„Und warum fragst du nicht?“

Er schwieg. Die einfache Logik war nicht die seine. Verfahrene Beziehung, dachte Sina. Genauso verfahren wie dieses Gespräch.

Ein böses Grinsen machte sich auf Tonis Lippen breit. „Manche Menschen“, sagte er, „tun tatsächlich das Gegenteil von dem, was sie sagen. Manche tun sogar verschiedene Dinge, die im absoluten Gegensatz zueinander stehen.“ Er schüttelte kaum merklich den Kopf, so wie ein Heiliger im Angesicht der Sünde. „Und bei einigen scheinen Denken, Reden und Handeln überhaupt nichts miteinander zu tun zu haben. Wie bei Iwwerks."

Wie er jetzt auf den kam, konnte sich Sina zwar überhaupt nicht erklären, aber es war ihr recht. Also sagte sie: „Iwwerks?"

„Es ist unglaublich." Wieder dieses unterdrückte Kopfschütteln. „Verbal setzt er sich gegen diesen Windkraft-Wahn ein. Er hat sogar ..." Toni unterbrach sich, beugte sich zur Teekanne vor, hob den Deckel, setzte ihn wieder an seinen Platz: „Also er hat sich sogar an Aktionen gegen den Wildwuchs von Windkraftanlagen beteiligt. Und was stellt sich jetzt raus? Er ist selbst an der *Bowindra* beteiligt! Die Firma gehört ihm teilweise! Kannst du dir so was vorstellen?"

Sina hatte keine Probleme mit kleineren Abweichungen vom Pfad der absoluten Ehrlichkeit, also brachte sie ohne Schwierigkeiten eine ungläubige Miene zustande. „Wahnsinn. Dann agitiert er also gegen sich selbst?"

„Kann man so sagen." Das böse Lächeln war von Tonis Lippen gewichen, und auch die Lippen waren fast verschwunden, so presste er sie zusammen.

„Und wozu soll das gut sein?"

„Fürs Geschäft." Wieder der Zeigefinger: „Als Großverdiener an der Urlaubs-Industrie will er sich unter seinesgleichen nicht zum Außenseiter machen. Einerseits. Und andererseits will er von der neuen Technologie profitieren. Ob durch die Windkraft wirklich irgendwann einmal ein Kohle- oder Atomkraftwerk eingespart wird, ist dem doch völlig egal."

„Und dabei tut er so, als wäre er der Ober-Umweltschützer."

„Das ist Punkt drei." Toni beugte sich vor und senkte die Stimme. „Sein Ego. Hotelier, Anteilseigner, Geldsack – das ist er, und das will er auch sein, aber das gibt ihm nichts. Nur als Volkstribun, als Wortführer und Symbolfigur, da fühlt er sich richtig groß. Das ist ihm wichtiger als alles andere. Aber wieder nicht so wichtig, dass er das andere dafür sein lassen würde."

„Inkonsequenz", sagte Sina.

„Verrat", sagte Toni.

Sie starrten sich an. Entschlossenheit leuchtete aus seinen Augen. Sina war entsetzt.

Kurz darauf ging er. Das Entsetzen blieb.

23

Boelsen trat aus der geheizten Baubude hinaus in die Kälte, nahm den gelben Schutzhelm ab und ließ sich den Wind durch die verschwitzten Haare wehen. Wind, dachte er, während ihm der Trenchcoat um die Beine flatterte. In horizontaler Richtung bewegte Luft. Einmal hatte er ein Kind sagen hören: Wind ist Luft, die es eilig hat. Das war so treffend, dass er nicht einmal lachen musste.

Wind. Die natürlichste Sache der Welt. Und was für ein Potential! Als Segler kannte er den Wind von allen seinen Seiten. Als Freund, als Antrieb, als Partner. Als Herausforderung, als Gegner im sportlichen Wettkampf. Als Quälgeist, der sich verweigert und damit Lust entzieht. Und als bitteren Feind, der keine Gnade kennt. Diesem Feind konnte man trotzen, aber man konnte ihn nie besiegen. Oder gar fesseln. Nur einspannen. Und genau das tat er hier.

Er legte den Kopf in den Nacken und blickte an der B 9-181 hoch, deren Rotor sich über ihm drehte. Nur eine Kleinigkeit zu schnell, um majestätisch zu wirken, aber gewaltig. Einundsechzig Meter Nabenhöhe, siebenundsechzig Meter Rotordurchmesser, einskommasechs Megawatt Nennleistung. Megawatt! Drei Rotorblätter aus glasfaserverstärktem Kunststoff, Rotorfläche dreieinhalbtausend Quadratmeter. Ein Luvläufer mit aktiver Blattverstellung. Direktgetriebener Generator in Ringbauweise. Das Ganze für weniger als 1,5 Millionen, in großen Stückzahlen noch weit günstiger. Inklusive ein paar Feinheiten, die niemanden etwas angingen.

Na ja, ein paar Leute gingen diese Feinheiten schon etwas an. Großkunden zum Beispiel. Die durften ihre Nasen natürlich in die Pläne stecken.

So wie die beiden Ami-Ingenieure da in der überheizten Baubude. Die ließen sich ganz schön Zeit, waren extra einen Tag früher gekommen als vereinbart. Antreiben konnte er sie ja schlecht, also war er geflüchtet. In den Wind. Wind entsteht als Folge des Ausgleichs von Luftdruckunterschieden in der Atmosphäre, rekapitulierte Boelsen. Und natürlich durch die Erddrehung. Diese Corioliskraft lenkt die Luft immer nach rechts ab, jedenfalls auf der Nordhalbkugel der Erde. In der freien Atmosphäre bewegt sich die Luft stets parallel zu den Linien gleichen Drucks, den Isobaren. Anders in Bodennähe, da bewirkt die Reibung an der Erdoberfläche, dass der Wind nicht isobarenparallel, sondern aus einem Hochdruckgebiet heraus- und in ein Tief hineinweht. Und wieder die Erddrehung: Ihretwegen strömt die Luft im Uhrzeigersinn um ein Hoch, aber entgegen dem Uhrzeigersinn um ein Tief.

Boelsen musste lachen. Das klang so verzwickt, als könnte es niemals funktionieren. So wie das Viertakt-Prinzip des Ottomotors. Er wusste noch genau, was er damals im Physikunterricht gedacht hatte: Gut ausgeklügelt, aber viel zu kompliziert, als dass es klappen könnte. Und doch waren die Straßen voller Autos mit genau solchen Antriebsaggregaten.

Fast zwölf. Er hatte die Klinke der Baubudentür schon in der Hand, als er Kornemanns Geländewagen kommen sah. Kornemann fuhr immer schnell, aber heute raste er. Boelsen musste an das Handy denken und griff schuldbewusst in die Manteltasche: natürlich abgeschaltet. Entgegen der Absprache. Das konnte ja wieder was geben.

Hinter ihm wurde die Tür geöffnet. Die beiden Ingenieure hatten es eilig, verabschiedeten sich flüchtig und liefen zu ihrem Wagen. Die rennen ja fast, dachte Boelsen. Der bullige Chrysler fuhr an, als Kornemanns Wagen gerade zum Stehen gekommen war.

Kornemann kochte, aber er brüllte nicht. „Waren sie das?"

„Ja."

„Und weißt du auch, wer das war?"

„Wie bitte?" Boelsen verstand gar nichts, aber er hielt es für besser, zu antworten: „Na, die Ingenieure von *Aritron*, die unser Angebot …"

„Denkst du." Kornemann hatte seinen Mantel zugeknöpft und den Kragen hochgeschlagen. Jetzt rammte er die Fäuste in die Taschen. Einen Moment lang stand er unbeweglich da mit zusammengekniffenem Mund und zusammengezogenen Augenbrauen, kantig und verschlossen, wie eine Ein-Mann-Wagenburg. Nur seine Haare sträubten sich im Wind. Dann sagte er ganz ruhig: „Nein, das waren nicht die Ingenieure von *Aritron*. Die kommen nämlich doch erst morgen. Das Telegramm war ein Trick."

Boelsen glaubte den eisigen Wind plötzlich zwischen den Rippen zu spüren. „Aber Amis waren es doch." Er begann zu stottern: „Ja dann ... aber dann ..."

„*Makon*", sagte Kornemann.

Makon. Der größte amerikanische Hersteller von Windkraftanlagen. Bis vor kurzem noch technologisch führend. Bis Boelsen zwei Techniker abgeworben hatte. Jetzt hatte die *Bowindra* mit ihrer Neuner-Serie weltweit die Nase vorn. Weil es bei diesen Anlagen ein paar Feinheiten gab.

„Kriegen die uns dran?" fragte Boelsen.

„Hier in Deutschland wohl nicht", sagte Kornemann. „Aber sie können uns das Exportgeschäft vermasseln. Die Amis halten nicht viel von Werkspionage."

„Aber das war es doch gar nicht!"

„Red keinen Unsinn. Außerdem ist das egal. Wenn wir drüben am Pranger stehen, macht da keiner mehr einen Deal mit uns, ganz egal, ob es ein Urteil gibt oder nicht."

Kornemann hatte Recht, keine Frage. Kornemann hatte immer Recht, in solchen Dingen wenigstens. Sie standen schweigend im Wind und sahen aneinander vorbei.

Dann fragte Boelsen: „Hat Iwwerks das gewusst?"

Kornemann nickte langsam. „Er muss es gewusst haben. Und mehr als das."

„Du meinst ..."

„Allerdings."

„Dann hat er uns also ..."

„Verpfiffen." Kornemann nickte immer weiter. „Das kann uns den Kopf kosten."

„Nicht nur uns", sagte Boelsen.

24

Rademaker hetzte den schier endlosen, spiegelblanken und menschenleeren Flur entlang und war stinksauer. Das war jetzt das letzte Mal, schwor er sich. Der muss nicht glauben, dass er mich mit jedem Mist losschicken kann. Von wegen: Du bist doch ein alter Ämterfuchs, mach das mal eben. Mal eben, ha!

Da, Zimmer 134. Er klopfte, horchte, hörte nichts, machte auf – die Tür war zu. Irgendwie erinnerte ihn das an einen Witz, den er nie verstanden hatte. Hier sollte doch die Meldestelle sein, das hatte ihm der Typ da unten im Glaskasten jedenfalls gesagt. Und jetzt war geschlossen, nachmittags um viertel vor drei.

Oder hatte er 143 gesagt?

Rademaker hetzte weiter. 141, 142, Wand. Er fluchte leise, aber mit Ausdauer. Also retour, bei 134 nochmals versuchen – immer noch zu – und dann die Treppe runter, zurück zum Pförtner. Anblaffen? Lieber nicht. Die hier beim Wasser- und Schifffahrtsamt hielten sowieso nicht viel von Publikumsverkehr. Besser höflich nachfragen und die unvermeidliche blöde Bemerkung runterwürgen.

Die Pförtnerloge war nicht besetzt. Hinter der Glasscheibe hing eine Tafel: „Einen Moment bitte". Die Tafel hing ein bisschen schief. Typisch, dachte Rademaker.

Er stürmte aus der Tür, sog gierig die frische Luft ein und zündete sich dann eine Zigarette an. Er ging Richtung Eisenbahndock. Auf der Brücke blieb er stehen.

Die Temperaturen hatten angezogen, vor ein paar Tagen schon, und der Emder Hafen war beinahe wieder eisfrei. Hier und da trieben noch Eisschollen, aber geschlossene Eisflächen gab es nur noch in ein paar Randzonen. Das Eisenbahndock war eine davon. Der totlaufende Wasserarm zwischen dem ehemaligen Bahnhof Süd und dem Bahnbetriebswerk hatte eine weißlichgrüne, glanzlose Haut; das Eis war brüchig, aber es würde sicher noch mindestens eine Woche dauern, bis es weggetaut war. Außer wenn Regen kam, dann ging es schneller.

Rademaker stützte sich mit beiden Unterarmen auf das Brückengeländer und ließ den Blick schweifen. Dort hinten links hatte sich eine Gruppe Segler und Motorbootfahrer ein Stück Gelände hergerichtet. Überwiegend Eisenbahner und Handwerker, viele Pensionäre. Raues Volk. Rademaker kannte die Burschen, er hatte dort vor Jahren selbst ein Boot liegen gehabt. Alte Barkasse, ein großes, schweres Teil.

Für das Sommer- und Winterlager eines Bootes in dieser Größe hätte ihm jeder reguläre Yachthafen ein Vermögen abgeknöpft, da war das Dock damals die einzige Lösung gewesen. Aber gerne hatte er sich hier nie aufgehalten. Das waren nicht die Leute, zu denen es ihn hinzog. Die Art, wie sie seine fast intuitiven Fähigkeiten zur Lösung von Mechanik-Problemen ganz selbstverständlich ausnutzten, hatte er gehasst. Und dass sie ihn ständig wegen seiner Ungeschicklichkeit in den meisten anderen Dingen aufgezogen hatten, noch viel mehr. Als er dann immer öfter mit Kornemann zusammen war, hatte er die Barkasse verkauft. Schluss, aus, eine Sorge weniger.

Jetzt hatte Kornemann seinen Kindern ein Segelboot gekauft. Von wegen Boot, eine ausgewachsene Yacht war das. Bavaria 29, fast neun Meter lang, 43 Quadratmeter Segelfläche, Einbaudiesel. Kostete glatt fünfundfünfzigtausend, für Kornemann natürlich weniger, bei seinen Beziehungen, aber trotzdem. Rademaker hatte von so etwas immer nur geträumt, und diese Blagen kriegten's nachgeschmissen. Dafür schickte Kornemann ihn auch noch los zum Anmelden. Laufbursche. Rademaker steckte sich noch eine Zigarette an.

Ob Kornemann jetzt auch öfter segeln gehen würde? Vielleicht sollte ich doch wieder umsatteln, überlegte Rademaker. Von Booten verstand er schließlich etwas, da konnte er Eindruck machen. Nicht wie bei der Jagd den Deppen spielen. Aber ein Boot war so teuer, in der Anschaffung wie im Unterhalt. Außer, man machte alles selber. Das kostete wiederum Zeit, viel Zeit. Ach nein, lieber doch nicht. Außerdem wollte er nicht zurück ans Dock.

Und in den Jarssumer Hafen schon gar nicht. Da lag Iwwerks,

dieser Strolch. Nicht mehr lange zwar, weil er seine Tjalk jetzt, da es taute, bald nach Greetsiel bringen würde. Aber nein, schon aus Prinzip nicht.

„Dieser Judas“, zischte er durch die Zähne. Viel hatte Kornemann ihm nicht erzählt. Aber was ein Verräter war, das wusste er auch so.

Rademaker ließ die Kippe übers Brückengeländer fallen. Es zischte einmal kurz, ein letztes Rauchwölkchen kräuselte sich zu ihm hoch, wurde aber auf halbem Wege zerblasen. Auf dem Eis stand schon das Wasser. Nein, lange würde er jetzt nicht mehr dauern.

Er machte sich wieder auf den Weg. Zurück zum Amt. Vielleicht war der Pförtner ja inzwischen wieder da. Also los, das Ganze von vorn.

25

Endlich zeigte die Nesserlander Schleuse das ersehnte Doppelgrün. Iwwerks kuppelte ein und spürte endlich wieder Druck auf dem Ruder, als die *Vrouwe Alberta* langsam Fahrt aufnahm. Die lange Dümpelei vor dem inneren Schleusentor hatte Nerven gekostet. Zum einen war es bei dem seitlich einfallenden und häufig schralenden Wind gar nicht leicht gewesen, mit dem noch unvertrauten Schiff einigermaßen die Position zu halten, zum anderen lief draußen die Ebbe jetzt schon mehr als eine Stunde, und er wollte unbedingt vor Niedrigwasser in Greetsiel sein. Außerdem war es schon halb zwei durch. Er hatte keine Lust, bei Dunkelheit einzulaufen.

Er kuppelte den Diesel wieder aus. Langsam glitt die *Alberta* zwischen den klaffenden, teerschwarzen Torflügeln hindurch in den Schleusentrog, dessen Wände aus roten Backsteinen gemauert waren, die Fugen teils ausgewaschen, teils frisch verschmiert. Die ganze Schleuse erinnerte eigentlich immer an eine Baustelle. Oft genug war sie wegen Reparaturarbeiten geschlossen, und dann mussten auch kleine Fahrzeuge durch die Große Seeschleuse, die Kaiser Wilhelms Ingenieure einst für ganze Flottillen konzipiert hatte. Nur gut, dass mir das heute erspart bleibt, dachte Iwwerks.

Die Schleusenwand linker Hand lag fast in der Flucht der linken Torangeln, die rechte dagegen wich zurück, um mehr Raum in der Breite zu schaffen. Eigentlich war Steuerbord *Albertas* günstigere Anlege-Seite, wegen der Drehrichtung des Propellers; der sogenannte Rad-Effekt versetzte das Heck beim Aufstoppen leicht nach rechts, in diesem Fall also zum Ufer hin. Dennoch behielt Iwwerks seinen Einlauf-Kurs bei und steuerte eine eiserne Leiter an, die in die Backbord-Wand eingelassen war. Um steuerbords anzulegen, hätte er bei der geringen Fahrt zweimal hart Ruder legen müssen, und das wollte er vermeiden. Fender hingen sowieso an beiden Bordwänden.

Albertas Bug glitt bereits an der Leiter vorbei. Iwwerks gab Steuerbord-Ruder, das Heck strebte nach links den Backsteinen zu, er kuppelte rückwärts ein und gab einmal kräftig Gas. Der Rad-Effekt war ausgetrickst, *Alberta* stand auf der Stelle wie eine Axt im Hauklotz, während eine schwarze Rußwolke hinter ihrem Heck aufstieg.

„Gelernt ist gelernt", murmelte Iwwerks, während er die Festmacherleinen um Poller und Leitersprossen törnte. Aber erleichtert war er doch.

Er ließ den Diesel im Leerlauf tuckern und kletterte die schlüpfrige Leiter hoch, ängstlich bemüht, nicht abzurutschen und sich dabei an dem graugrünbraunen Belag aus Schlick und Algenresten sein neues Ölzeug zu beschmieren. Mit wirklichem Ölzeug hatte dieser sündhaft teure, atmungsaktive Kunstfaser-Anzug mit Auftriebs- und Thermo-Effekt natürlich nichts mehr zu tun, aber so nannten Segler ihre Schutzkleidung nun einmal.

Das Dienstgebäude des Schleusenmeisters lag auf der anderen Seite. Während Iwwerks die steile Treppe zur Schleusenbrücke hochstieg, schaute er über die Schulter zurück: Die Tore standen immer noch offen. Unglaublich, wie viel Zeit sich die Burschen lassen, dachte er.

Dann musterte er sein Schiff, wie es jeder Skipper tat, bei jeder sich bietenden Gelegenheit. Die Spuren des Farbanschlags waren weitgehend beseitigt, für das kundige Auge aber noch deutlich erkennbar. Und für ihn nach wie vor schmerzhaft. Der Lack hätte sowieso herunter müssen, das sollte ja jetzt in der beheizten Greetsieler Halle passieren, aber die bleiverglasten Fenster hinten an der Hauptkajüte waren erstklassig erhaltene Prachtstücke gewesen. Jetzt mussten sie komplett erneuert werden, von Spezialisten, genau wie die zerschlagene Löwenfigur hinten auf dem Ruder. Das Geld, das das kosten würde, kümmerte ihn weniger. Es war einfach eine Riesenschweinerei, solche herrlichen Dinge zu zerstören.

Der Emder Außenhafen, eigentlich nur ein langer, gerader Einschnitt, nicht viel mehr als ein Korridor zum ungleich größeren, verzweigten Binnenhafen, lag still und bleigrau unter einem bleigrauen Himmel. Zwei Inselfähren und ein Ausflugsdampfer lagen vorne am Borkum-Kai, weiter hinten an der VW-Pier ragte einer dieser ungeschlachten Autotransporter empor, fast so grau wie Wasser und Himmel. Dazwischen, in Höhe der Getreidesilos, lagen drei Binnenschiffe, zwei davon im Päckchen. Vergleichsweise viel Betrieb, wenn man bedachte, dass die Emder Hafenwirtschaft seit Jahren in der Dauerkrise steckte.

Vorne links lagen die Zollkreuzer, dahinter vermittelten die Dalben des Yachtanlegers den Eindruck eines verlotterten Weidegatters. Da war noch überhaupt nichts los. Kein Wunder, war es doch noch keine ganze Woche her, dass die Ems mit Hilfe einer Springtide den größten Teil ihrer Eislast abgeschüttelt hatte. Inzwischen war sie auch den Rest los.

Iwwerks kannte den Schleusenmeister nicht, und wenn der ihn kannte, dann ließ er es sich nicht anmerken.

„Name? Schiffsname? Länge?“ Er schrieb das Erfragte langsam und säuberlich in eine Kladde. Sein Kollege hatte den Raum verlassen und machte sich draußen an einem Maschinengehäuse zu schaffen. Jetzt begannen sich die inneren Tore zu schließen. Iwwerks wurde unruhig. Allzu groß war der Unterschied zwischen Binnen- und Außenwasserstand zwar noch nicht, aber wenn zügig abgelassen wurde, würde ganz schön Zug auf *Albertas* Poller kommen.

„War's das?" fragte er.

„Jo", sagte der Schleusenmeister. Und dann, als Iwwerks die Klinke schon in der Hand hatte, fügte er hinzu: „Pass man 'n bisschen auf. Nebel ist angesagt."

„Weiß Bescheid", sagte Iwwerks. Dann rannte er über die Brücke und die Treppe hinab zu seinem Boot.

Ein bisschen spannend fand er es immer, aus der Geborgenheit einer Schleusenkammer heraus aufs offene Wasser zu fahren. Das war wie eine kleine Geburt. Auch wenn er genau wusste, was ihn erwartete, auch wenn jede Überraschung praktisch ausgeschlossen war – es prickelte doch immer wieder, jedenfalls ein wenig. Diesmal sogar etwas mehr, denn die *Alberta* musste ihm erst noch zeigen, wie sie zu nehmen war. Breitbeinig stand er in der offenen Plicht, stemmte seine Hüfte gegen das dicke Helmholz des Ruders und lauschte dem Echo des Dieselgebullers, das die Schleusenhöfte ihm um die Ohren schlugen.

Ein Vergleich mit seinen Kuttern verbot sich, so viel stand fest. Die hatten Motorkraft im Überfluss, die boxten sich ihren Weg durchs Wasser frei, dass es nur so schäumte. *Albertas* stampfender Sabb-Diesel dagegen machte sich gerade eben so stark, dass das Boot auf Rumpfgeschwindigkeit kam, also genau das Tempo erreichte, das die Linienführung der Konstruktion vorsah, ohne dem Wasserwiderstand Gewalt anzutun. Sechs Knoten, schätzte Iwwerks. Bei Vollgas vielleicht etwas mehr, nicht viel. Aber genau so sollte es ja sein. *Alberta* war ein Segelboot und der Motor nichts anderes als ein Notbehelf, eine Krücke. An der würden sie jetzt bis Greetsiel hinken, und dann wurde das Schiff richtig segelklar gemacht. Er stellte fest, dass er nun doch angefangen hatte, die Tjalk bei sich *Alberta* zu nennen. Vielleicht war der Name doch gar nicht so schlecht.

Der Wind hatte sich fast völlig gelegt; zwischen den Molen war das Wasser so glatt wie ein bleigrauer Spiegel. Um den Kopf der Westmole herum schäumte der Ebbstrom, und Iwwerks gab etwas Backbordruder, um gut frei zu bleiben. Was hinter den Molenköpfen war, verschwand in grauem Dunst. Die Sicht war tatsächlich sehr schlecht. Er vergewisserte sich, dass *Albertas* Positionslichter leuchteten.

Er rundete die Westmole und blickte sichernd nach beiden Seiten. Keine Fähre, kein Binnenschiff, gut so. Aus Richtung Leer schien ein kleineres Fahrzeug zu kommen, aber das war weit genug weg, man sah eigentlich nur ein weißes und ein grünes Licht. Kein Problem. Er steuerte *Alberta* zwischen die Tonnenreihen.

Links die grüne Einundsiebzig, dann die Neunundsechzig und rechts die rote Achtundsechzig. Die Farbgebung der Fahrwassertonnen war auf einlaufende Schiffe gemünzt, rot an Backbord, grün an Steuerbord; Iwwerks lief aus, Richtung Emsmündung, da war die Betonung farblich seitenverkehrt. Westlich Kurs bis zum Radarturm an der Knock, dann Nordwest zu Nord. Vertrautes Fahrwasser. Darum hatte es ihm auch nichts ausgemacht, diese Fahrt allein anzutreten. Und darum dachte er jetzt auch nicht ans Umkehren, obwohl die Sicht immer schlechter wurde.

Rechts duckte sich der graugrüne Emsdeich in den Dunst, mit schlammfangenden Buhnen aus schwarzem Basalt bewehrt wie mit dicken Stacheln. Links musste der Geisedamm sein, der die Ems zur Flachwasserfläche des Dollarts hin abschottete, um das Fahrwasser vor dem Verschlicken zu schützen. Bei hohem Wasserstand sah man ihn nicht, da war er überspült, so wie jetzt. Oder? Iwwerks schaute genauer hin: Ein schwarzer Streifen war bereits zu erkennen. Die Ebbe war doch schon weit fortgeschritten und Greetsiel noch weit weg.

Dieses andere Fahrzeug war immer noch hinter ihm. Iwwerks konnte den weißen und grünen Schimmer sehen; der Abstand schien sich kaum verändert zu haben. Merkwürdig. Eigentlich war doch jedes andere Schiff oder Boot schneller als eine Tjalk unter Hilfsmotor. Was mochte das sein? Ein Segler jedenfalls nicht, der Mast war kurz und irgendwie gedrungen. Die Größe war schwer zu schätzen. Es wirkte eher klein, aber auf dem Wasser täuschte man sich leicht. Oft genug entpuppte sich ein vermeintlich kleines Fahrzeug als richtiges Schiff von fünfundzwanzig oder dreißig Metern.

Ab Tonne vierundsechzig entfernte sich die Fahrrinne vom Deichvorland. Iwwerks steuerte jetzt knapp außerhalb des Fahrwassers, zwischen den roten und den Buhnen-Tonnen. Da war es mehr als tief genug für die *Alberta*, und er war aus dem Weg, falls dieses andere Schiff doch noch aufholen sollte. Er hatte ein merkwürdiges Gefühl. Als ob er beobachtet würde. Oder verfolgt.

Bei Tonne sechsundfünfzig setzte der Diesel zum ersten Mal aus. Es hätte auch sein Herz gewesen sein können, so fuhr Iwwerks zusammen. Zwar fiel die Maschine gleich darauf wieder in ihren jetzt schon so gewohnten Rhythmus zurück, aber jetzt war Iwwerks endgültig alarmiert. Die Emsmündung bei Ebbe, schlechter Sicht und nahender Dämmerung war alles andere als ein geeignetes Revier für eine Motor-Havarie. Was mochte das gewesen sein? Dreck in der Einspritzdüse? Aber er hatte den Tank doch extra reinigen lassen, von einem Fachmann, denn von Maschinen verstand Iwwerks nicht viel. Der Mechaniker hatte außerdem den Diesel entlüftet und eingestellt. Und vierzig Liter Dieselöl aufgefüllt. Mehr als genug für die Tour nach Greetsiel.

Wieder stockte die Maschine. Lief wieder an, stockte erneut. Und dann war plötzlich Ruhe.

Iwwerks hörte die Bugwelle plätschern und das Wasser unter dem Rumpf entlang perlen. Das und sein Herz. Er bückte sich, griff nach dem Zündschlüssel, der unterhalb der Backbord-Sitzbank im längsschiffs eingelassenen Armaturenbrett steckte, und drehte. Der Anlasser zog durch, willig und kräftig, aber erfolglos. Der Motor blieb stumm.

Das Adrenalin spülte ihm die Gedanken bündelweise durch den Kopf. Notruf absetzen! Aber Funk war noch nicht an Bord. Segel? Auch nicht. Anker werfen? Noch trieb er ja in die richtige Richtung. Kollisionsgefahr! Dabei fiel ihm dieses andere Schiff wieder ein.

Klar, das andere Schiff auf demselben Kurs. Das würde ihn auf den Haken nehmen. Er musste sich nur bemerkbar machen. Rote Seenotfackeln hatte er an Bord, irgendwo in der Kajüte. Schnell noch ein Blick nach achtern. Wie weit war der andere noch weg?

Da war kein anderer mehr.

Iwwerks starrte in eine Halbkugel aus Dunst. Aus dunklem und doch immer weißlicher werdendem Dunst. Nebel war aufgekommen. Und kein Licht weit und breit, kein Schattenriss, nichts.

Jetzt keine Panik, dachte er, aber er konnte spüren, dass sie ihn schon gepackt hatte. Der Motor! Er riss den Motorraumdeckel hoch, in der unsinnigen Hoffnung, die Panne könnte eine so simple Ursache haben, dass er sie selbst beseitigen konnte. Ein Putzlappen im Luftansaugstutzen oder so ähnlich. Er wollte es wenigstens versucht haben.

Dieselgestank schlug ihm entgegen. In der Bilge unter dem Motor gluckste und glänzte es ölig. Er beugte sich vor zum stählernen Tank und klopfte dagegen. Es klang hohl. Da hast du deinen einfachen Grund, dachte er. Tank ist leer.

Die wahnwitzige Idee, den Sprit mit irgendeinem Gefäß vom Boden zu schöpfen und in den Tank zurückzukippen, ließ sich nicht verhindern und zwang ihm ein bitteres Lachen ab. Quatsch. Das Dieselöl war mit Bilgenwasser verunreinigt, außerdem musste solch ein trockengefahrener Schiffsdiesel erst entlüftet werden, ehe er ansprang. Und überhaupt war der Tank ja offenkundig leck. Iwwerks musterte die Stirnseite des Behälters. Der Kraftstoff-Panzerschlauch saß fest auf seinem Stutzen. Und das Peilrohr …

Das Peilrohr war weg. Dort, wo das Rohr mit dem Peilstab knapp oberhalb des Tankbodens gesessen hatte, war nur noch ein kleines Stückchen vom Krümmer. Noch einmal streckte Iwwerks seine Hand aus. Er fühlte die Glätte des Rohrstumpfs und die Grate an den Seiten.

Abgesägt.

Das zweite Mal, dachte Iwwerks, während er sich aufrichtete. Das ist jetzt das zweite Mal. Erst beschmieren sie mir mein Schiff, dann sabotieren sie mir den Motor. Schlau gemacht. Den Stumpf vom Peilrohr haben sie stehen lassen, so blieb genug Dieselöl im Tank, dass es zum Auslaufen reichte. Aber nicht zum Ankommen. Verdammtes Pack, bei so was kann man draufgehen!

Dann hörte er das andere Schiff.

Wasser trägt Geräusche weit, und Nebel verhindert, dass sich genau bestimmen lässt, aus welcher Richtung sie kommen. Der Nebel ballte sich jetzt immer dichter um die *Alberta*. Trotzdem wusste Iwwerks, dass die Quelle dieses Geräusches nah war. Und dass sie näher kam.

Er sprang aufs Kajütdach und klammerte sich an den Mast. Um keinen Preis wäre er jetzt unter Deck gegangen, um die Fackeln zu holen. Die nützten sowieso nichts, denn die, die da kamen, kamen nicht, um zu retten. Davon war er jetzt überzeugt.

Das Geräusch wurde lauter. Auch ein Diesel, aber ein ganz anderer, sechs Zylinder vermutlich oder acht, voluminös und stark. Jetzt konnte er auch das Rauschen einer Bugwelle hören. Jetzt war es eindeutig. „O Gott", stieß er hervor.

Er hatte wie gebannt nach achtern gestarrt, aber die steuerlose *Alberta* hatte sich gedreht, und so sah er den Schatten nur aus den Augenwinkeln. Ein kantiger, nicht zu hoher, aber massiger Bug schien direkt auf ihn zuzuhalten. Er hörte sich schreien, mit einer hohen, fremden Stimme, als er herumwirbelte und zum Bug flüchtete. Ich will nicht sterben, dachte er, und es kam ihm seltsam vor, dass er jetzt plötzlich wieder in einzelnen Worten dachte. Und hinter mir ist der Tod. Er warf sich über die Winsch auf dem Vorschiff, klammerte sich an der Schanz fest. Jetzt nur nicht umdrehen. Nein, nicht umdrehen. Vielleicht geht es weg.

Das Schiff bäumte sich unter ihm auf, der Bug stieg hoch wie ein scheuendes Pferd, drehte sich halb und schleuderte ihn mit einem Ruck von sich. Als sich das eisige Wasser über ihm schloss, war das ohrenbetäubende Bersten des tödlichen Rammstoßes schon Erinnerung. Jetzt hörte er wieder das unbeirrte Wummern des fremden Diesels, dazu das Mahlen der Schraube. Sie saugt mich an, dachte er und versuchte, Schwimmbewegungen zu machen. Aber sie wollten ihm nicht gelingen, und er wusste auch nicht, wohin er schwimmen sollte.

Er war schon eine ganze Weile wieder aufgetaucht, als er es endlich schaffte, die Augen zu öffnen. Sein neuer Anzug hielt ihn tatsächlich oben, aber gegen die Kälte schien er machtlos zu sein. Iwwerks schnappte nach Luft.

Albertas Bug ragte noch aus dem Wasser. Mast und Achterschiff waren verschwunden, unter Wasser gedrückt, vielleicht abrasiert. Vorne hatte sich möglicherweise eine Luftblase festgesetzt, dann konnte das Wrack noch lange so treiben. Vielleicht seine Rettung. Weit war es nicht entfernt, dreißig Meter oder vierzig. Wieder versuchte er zu schwimmen. Diesmal konnte er seine Beine schon nicht mehr fühlen.

Aber sein Anzug trug ihn, und so versuchte er, allein mit den

Armen vorwärts zu kommen. Erst Brust, dann Kraul. Es brachte wenig, vielleicht überhaupt nichts, außer dass ihm das Blut in den Ohren wummerte.

Dann merkte er, dass das nicht sein Pulsschlag war. Das Wummern war wieder da. Er kommt zurück, dachte Iwwerks. Er kommt zurück. Will ganze Arbeit machen. Er riss die Augen weit auf, schaute, ob er den schwarzen Bug schon sehen konnte. Da war Schwarz, viel mehr Schwarz, überall. Und jetzt sank er doch, trudelte, kreiste und sank. Scheiß-Anzug, dachte Iwwerks.

26

Winzig klein sah das Boot aus, fand Sina, wie es da in den ewig langen Gurtschlaufen am Haken des gewaltigen Schwimmkrans hing. Jedenfalls vom Deich aus betrachtet. Klein und kaputt. Nur der Bug schien noch einigermaßen intakt zu sein, der Rest des Rumpfes war in einem erbarmungswürdigen Zustand. Der Mastfuß herausgebrochen, die Kajüte eingedrückt, die Schanz abrasiert, das Ruder verschwunden. An der Backbordseite, dort, wo der fremde Steven die verletzliche Flanke getroffen hatte, waren die Planken geborsten. Sina spürte, dass ihr der Anblick nahe ging.

Ein Wunder, dass die *Alberta* nicht in zwei Teile zerbrochen war. Vielleicht lag das an dem Seitenschwert, von dem nur noch ein gezackter Stummel übrig war; möglicherweise hatte es als Puffer gewirkt und dem Rammstoß etwas von seiner Wucht genommen. So hatte der Rumpf lange genug standhalten können, um nach unten gedrückt zu werden.

Schaulustige drängten sich auf der Deichstraße um den Anleger am Südufer des Emder Außenhafens, angelockt durch die Meldung, die seit dem Vormittag Aufmacher der Radio-Nachrichten war. Iwwerks war am Abend zuvor in Greetsiel erwartet und vermisst worden, die Suche nach ihm und der *Alberta* hatte schon in der Nacht begonnen. Im Morgengrauen hatte die Besatzung eines Schleppers das treibende Wrack gesichtet, nicht weit von der Knock entfernt. Möglicherweise war es von der Ebbe auf dem Paapsand abgesetzt und von der nächsten Flut zurückgebracht worden.

Sina holte ihre Kamera aus der Umhängetasche und schob sich durch die Reihen der Zuschauer. Man machte ihr bereitwillig Platz; Ereignisse dieser Art bekamen durch die Anwesenheit der Presse schließlich erst den richtigen Pfiff. Ihre Kollegen von der Regional- und Lokalzeitung, im Gegensatz zu ihr nicht nur angeblich im Dienst, waren schon eifrig am Werk. Erstaunlich, dass noch keine Fernsehteams eingetroffen waren. Die würden sich beeilen müssen, das Nachmittagslicht wurde schnell schwächer.

Die Gangway des Schwimmkrans war schmal und glatt, aber wenigstens hinderte sie niemand daran, sie zu benutzen. Sina versuchte, nicht unter dem gigantischen Kranausleger entlangzugehen, aber das ließ sich nicht vermeiden. *Kornemann* stand dran, in großen eckigen Buchstaben. Sie sah armdicke, fettglänzende Stahltrossen, die sich zu mehreren nebeneinander um die Blockscheiben des Flaschenzugs wanden wie Wollfäden auf einem Webrahmen, und fand die ganze Konstruktion unwirklich. Irgendwie unglaubwürdig. Sina beschloss, den stählernen Herkules zu ignorieren.

Das tat sie auch mit den uniformierten Wasserschutzpolizisten, die an der Reling lehnten und auf das hölzerne Wrack hinunterblickten. Was sie hier zu tun hatten, war nicht ersichtlich, aber auf jeden Fall hatten sie keine Lust dazu; ihre Haltung war die von bockigen Jungs, die nicht mitspielen durften.

Ob sie lieber da unten wären? Sina schaute über die Reling und fröstelte.

Die *Alberta* lag mit dem Bauch im Wasser, so als würde sie noch schwimmen, aber ihre Bewegungen signalisierten, dass sie das nicht mehr konnte. Statt auf die kabbeligen Hafenwellen zu reagieren, pendelte sie an ihrem Haken hin und her wie ein geschlachtetes Stück Vieh. Fender und Festmacher begrenzten dieses Pendeln. Ein dicker, gerippter Schlauch verband *Albertas* Rumpf durch das zerschmetterte Hauptluk hindurch wie eine Nabelschnur mit dem Polizeikreuzer, der vor ihr an der grauen Bordwand des Schwimmkrans festgemacht hatte. Ein kleiner Motor ratterte, Pumpenwasser schäumte.

Vier Männer machten sich auf dem Wrack zu schaffen, einer davon war ein Froschmann, der erschöpft aussah. Zwei trugen Gummistiefelhosen, sie schienen aus der Kajüte gekommen zu sein und unterhielten sich. Der Vierte machte sich soeben daran, die Jakobsleiter zu erklimmen, deren Sprossen eng an der senkrechten Stahlwand anlagen, was das Steigen erschwerte. Sina schaute direkt auf den unbedeckten Scheitel des Mannes herunter, sah kurz gestutzte, weißblonde Haare, zwischen denen die rosige Kopfhaut hervorschimmerte. Wieder hatte sie ein Gefühl von Unwirklichkeit.

Stahnke offenbar auch. Als sein Gesicht über der Reling auftauchte, schien sein Unterkiefer nicht mitzukommen.

„Moin“, sagte Sina, steckte die Kamera weg und reichte ihm die Hand, um ihm an Deck zu helfen.

Stahnke brachte seinen massigen Körper mit einiger Eleganz zum Stehen. „Was haben Sie denn hier verloren?“, fragte er statt einer Begrüßung, aber richtig unfreundlich klang es nicht.

„Jedenfalls kein Schiff.“ Zweimal schon hatte Sina mit Hauptkommissar Stahnke zu tun gehabt. Beide Male waren sie und Marian ungewollt in Mordfälle verwickelt worden, beide Male hatte Stahnke als Ermittler eine etwas undurchsichtige Rolle gespielt. Freunde waren sie dabei nicht geworden, aber eine gewisse Vertrautheit hatte sich eingestellt. „Was Sie hier verloren haben, könnte ich ja wohl genauso fragen“, gab sie zurück: „Strafversetzt in die ostfriesischen Sümpfe?“

„Abgeordnet auf unbestimmte Zeit. Und auf eigenen Wunsch. Schließlich bin ich ja hier geboren.“ Stahnke strich sich den Parka glatt. „Aber Sie, sind Sie nicht mehr bei der *Regionalen Rundschau* im Oldenburgischen? Ich dachte, Sie wären kürzlich erst befördert worden."

„Stimmt, und ich habe auch nicht gekündigt", sagte Sina. „Nur ein bisschen Urlaub in der alten Heimat. Hatte ich dringend nötig."

„Dann ist der Herr Godehau wohl auch nicht weit?" Eine ganz unschuldige Frage, aber als die Antwort nicht prompt kam, hob Stahnke die Augenbrauen.

„Marian muss arbeiten", wich Sina aus. Und dann, als die Brauen nicht gleich sanken: „Ein wenig Abstand hin und wieder kann außerdem nicht schaden." Ob der Zustand ihrer Beziehung damit ausreichend angedeutet war, wusste sie selber nicht. Aber das musste reichen.

„Jaa", sagte Stahnke gedehnt. Und dann: „Kommen Sie mal mit, was sollen wir hier im kalten Wind rumstehen." Seine nassen Schuhe quiekten, als er vorausging.

Der Schwimmkran hatte einen Aufenthaltsraum für die Mannschaft, der zwar eng war, aber warm und gemütlich. Außerdem gab es Kaffee.

„Das muss demnach ja sehr schnell gegangen sein mit dem Abordnen", nahm Sina den Faden wieder auf.

„Irrtum." Stahnke lächelte immer noch dieses väterliche Lächeln, das in Sina jedes Mal den Wunsch weckte, die Krallen ausfahren zu können. Andererseits war der Mann schon fünfzig und wusste es wohl nicht besser. „Mit diesem Fall hier habe ich nämlich eigentlich gar nichts zu tun. Bin nur gekommen, um die Kollegen ein bisschen zu unterstützen. Man könnte auch sagen, aus purer Neugier."

Stahnke war selbst Segler; Sina wusste, dass er seine frühere Yacht vor einiger Zeit verkauft hatte und jetzt auch so ein traditionelles Boot mit braunen Segeln besaß. Nicht ganz so groß und so alt wie das von Iwwerks, aber ansonsten ganz ähnlich.

„Ein Fall ist es also?"

Stahnke lachte. „War mir klar, dass Sie's nicht lassen können. Ein Fall ist es auf alle Fälle, auch als Unfall. Der Skipper ist verschwunden, und wir müssen davon ausgehen, dass er tot ist. Das ist immer ein Fall."

Soll sich wohl nach Routine anhören, dachte Sina. Klingt aber nicht so. „Wie ist es denn passiert?" fragte sie. „Eine Borkumfähre?"

Stahnke schüttelte den Kopf. „Nein. Allem Anschein nach ein kleineres Fahrzeug. Eine Fähre oder ein Frachter hätten die Tjalk vermutlich zerfetzt. Dieses Schiff aber hat sich bei der Ramming mit dem Bug über die *Alberta* geschoben, hat sie runtergedrückt und ist dann seitlich abgerutscht, übers Heck. Daher die Schäden an Deck, das ist wie abgeschrappt. Aber der Rumpf ist in einem Stück geblieben. Und weil im Vorschiff alles dicht war, war ausreichend Auftrieb vorhanden. Sonst wäre sie auf Grund gegangen, und dann hätte man lange suchen können."

„Und das andere Schiff – wie nennt man das: Fahrerflucht?"

„Nennt man nicht so, passt aber." Stahnke nahm einen Schluck aus seinem Kaffeebecher. *Grüße von der Nordseeinsel Borkum* stand drauf. „Noch gibt es keinen Hinweis, wer das gewesen sein könnte. Dass die Besatzung den Zusammenstoß nicht bemerkt haben könnte, ist ausgeschlossen. Und Schiffe, die von der Größe her in Frage kommen, gibt es hier natürlich reichlich."

Sina musste an eine feste Rubrik auf der Wirtschaftsseite der *Regionalen Rundschau* denken: „*Schiffsbewegungen*". Wie war der Ausdruck noch, den Marian einmal gebraucht hatte? Richtig: „Es gibt hier doch bestimmt eine Revierzentrale. Die halten doch alle Schiffsbewegungen fest, oder? Da müsste etwas zu erfahren sein."

Stahnke winkte ab. „Die befassen sich nur mit den Großen. Die Kleinen können sich zwar bei denen an- und abmelden, aber die wenigsten tun das. Routinemäßig registriert werden kleine Fahrzeuge nur beim Passieren von Schleusen. Da haben die Greetsieler gestern Abend auch als Erstes angerufen. Iwwerks ist am frühen Nachmittag ausgelaufen, allein, ohne sonst jemanden an Bord und ohne dass ein anderes Schiff gleichzeitig in der Kammer gewesen wäre. Mehr konnten die auch nicht sagen."

Er wirkt bedrückt, dachte Sina. Auch etwas unkonzentriert. Vielleicht stellt er sich vor, so etwas würde ihm passieren. Kann einem ganz schön den Spaß am Wassersport verderben. Sie war oft genug mit Segel- und Motorbooten unterwegs gewesen, um sich eine Vorstellung machen zu können. Sie versuchte es. Und stellte fest, dass das gar nicht so einfach war.

„Warum hat Iwwerks denn nicht ausweichen können?“, fragte sie. „Sein Boot war sicher nicht das schnellste, aber zum Hakenschlagen dürfte es doch gereicht haben. Manöver des letzten Augenblicks.“ Sie blickte Stahnke in die Augen. Wasserblau, stellte sie wieder einmal fest. Und ernst. „Oder konnte er nicht mehr manövrieren?“

Stahnke schloss die Hände um seinen Becher und senkte den Blick hinein. „Es war neblig“, sagte er. „Ziemlich unvorsichtig, dass er überhaupt ausgelaufen ist. Schließlich war er mal Fischer, ein erfahrener Mann.“

So ein verbales Ausweichmanöver war die sicherste Methode, um Sinas Neugier endgültig in ein bestimmtes Fahrwasser zu locken. Das sollte er eigentlich wissen, dachte sie und sagte: „Eben. Ein erfahrener Mann. Wenn der schon bei schlechter Sicht unterwegs ist, dann doch sicher nicht mitten in der Fahrrinne. Und ganz bestimmt mit Positionsbeleuchtung. Dass der einfach so von einem anderen Schiff übergemangelt wird, ganz zufällig, das klingt doch etwas unwahrscheinlich.“

Stahnke blickte wieder auf. Seine Augen waren schmaler geworden. „Werden Sie darüber schreiben?“, fragte er.

„Ich bin auf Urlaub hier. Keine Zeile.“

Er nickte langsam. „Wir gehen davon aus, dass die *Alberta* zum Zeitpunkt der Kollision manövrierunfähig war“, sagte er. „Im Tank war kein bisschen Dieselöl mehr, das Peilrohr fehlt, und da, wo es gesessen hat, ist gesägt worden. So, das sind die Fakten. Alles andere ist reine Spekulation.“

„Was ist Spekulation?“ Sina versuchte, die Erregung in ihrer Stimme zu unterdrücken, was ihr kein bisschen gelang. Sabotage also. Ein Attentat. Noch ein Attentat. Und noch einmal Sabotage. Ganz schön was los in der alten Heimat.

Stahnke zuckte die Schultern und wedelte mit den Armen. „Wer ihm diesen Streich gespielt hat, zum Beispiel. Ihn mit fast leerem

Tank auf die Ems zu schicken. Iwwerks war ein bekannter Mann, da mag es viele Motive geben. Und dann natürlich der letzte Akt. Wenn er eine Motorpanne hatte und die kein Zufall war, dann kann die Ramming natürlich trotzdem ein Zufall gewesen sein. Muss aber nicht. Ich sag ja, reine Spekulation."

Sina erinnerte sich an ein Jugendbuch, das sie vor gut anderthalb Jahrzehnten in der Leeraner Stadtbibliothek ausgeliehen hatte. Den Titel hatte sie vergessen, aber es ging darin um Bergungsschlepper und ihre Kapitäne, die sich irgendwo in der Südsee um Aufträge und alles mögliche andere stritten. Da wurde auch verfolgt, gejagt und gerammt, vorzugsweise bei Nacht. Natürlich kamen da die Guten am Ende immer davon. Sie hatte Iwwerks nur flüchtig kennen gelernt, hatte aber das Gefühl, dass er irgendwo in der Grauzone zwischen den Polen „gut" und „böse" einzuordnen war. Gewesen war. „Ob Iwwerks' Leiche noch gefunden wird?", fragte sie.

„Möglich, aber nicht sicher", sagte Stahnke. „Die *Alberta* ist irgendwo am Grund hängengeblieben, daher ist sie nicht weit hinausgetrieben worden und mit der nächsten Flut zurückgekommen. So ein Mensch bleibt nicht so leicht hängen, wenn er eine Schwimmweste trägt, und davon gehe ich eigentlich aus. Vermutlich hat ihn die Ebbe durchs Seegatt hinausgezogen, und draußen gibt es ganz andere Strömungen. Ich schätze, wenn er überhaupt irgendwo angetrieben wird, dann jedenfalls nicht hier."

Die Tür ging auf, und ein Wasserschutzpolizist mit dicken, goldenen Streifen an den Ärmeln seiner dunkelblauen Jacke schaute herein.

„Wir wollen eine Pressekonferenz machen, in einer halben Stunde, bei uns im Dienstgebäude. Das ist am Binnenhafen, neben dem Seemannsheim. Vielleicht möchten Sie auch dabei sein."

„Vielen Dank. Ich komme", sagte Stahnke. Die Tür schloss sich wieder.

„Also steigen Sie doch offiziell in die Sache ein", sagte Sina.

Stahnke nickte. „Die Wasserschutzpolizei wird das beantragen. Hat sie ja quasi schon, gerade eben. Ist ja auch ganz logisch, wo ich schon mal hier bin. Außerdem könnten sich vielleicht Zusammenhänge auftun mit dem Fall, den ich gerade bearbeite. Jedenfalls, was den betroffenen Personenkreis angeht."

„Das Boelsen-Attentat", platzte Sina heraus. „Und die Sache mit dem Windrad."

Stahnke seufzte. „Ganz recht", sagte er und erhob sich. Seine nassen Schuhe quiekten immer noch.

27

Nanno schwitzte. Er hielt das Mandoloncello abwechselnd mit der rechten und der linken Hand, während er das nächste Lied ankündigte und sich dabei die jeweils andere Handfläche möglichst unauffällig an der Hose trockenzurubbeln versuchte. Dieses Publikum machte echte Probleme. Die Leute waren gutwillig, keine Frage, aber sie ließen sich nicht packen. Immer, wenn er dachte, der Funke sei endlich übergesprungen, schweiften die Blicke ab, und manchmal steckten sogar zwei oder drei die Köpfe zusammen. Anstrengend.

Diesen Auftritt in der *Klönstuuv* in Guntsiet hatte er schon vor Wochen abgemacht. Konnte ja niemand ahnen, dass sich die Dinge so entwickeln würden. Gerade mal sechsunddreißig Stunden war es her, dass die Nachricht von Iwwerks' Havarie und Tod bekannt geworden war, heute früh erst hatte die Zeitung groß damit aufgemacht und die Gerüchte schwirrten nur so.

Von einem Racheakt war die Rede. Der Wasserschutzpolizist, der die Anzeige wegen der Farbschmiererei auf der *Alberta* aufgenommen hatte, hatte geplaudert und damit den wildesten Verdächtigungen den Weg bereitet. Ganz oben auf der Liste der potentiellen Täter standen die Guntsieter Fischer, die bekanntermaßen auf Iwwerks schlecht zu sprechen gewesen waren und schon die Windkraft-Veranstaltung in Leer seinetwegen gesprengt hatten. Schon damals war Nanno einer der Leidtragenden gewesen. Hoffentlich war heute keiner von denen da. Gut zwei Dutzend Gesichter leuchteten ihm hinter den Tischen entgegen, und bis auf Sinas kam ihm keins bekannt vor.

Nach dem Lied stellte er das Mandoloncello weg. Er liebte das bauchige Instrument mit den vier Doppelsaiten und dem orchestralen Klang, auch wenn er es in seinem Rollstuhl beim Spielen fast senkrecht halten musste, was für den linken Arm ziemlich ermüdend war. Aber jetzt wollte er es lieber mit ein paar Gedichten versuchen. Musik wurde allzu oft für eine nette Untermalung eigener Gespräche gehalten, Gedichte dagegen erzwangen Aufmerksamkeit. Nanno hielt ein wenig Zwang in dieser Situation für angemessen.

Er begann mit einem Text über das Segeln, aber während er las, wurde ihm klar, dass diese Wahl keine glückliche gewesen war: „Hölzerne Schwerter werden gesenkt / graben sich wie Pflugscharn in die Scholle / finden Halt unter oberflächlicher Unrast“ – jetzt würde endgültig jeder Iwwerks und sein Schiff vor Augen haben. „Träum nicht! Wind fordert Respekt, sonst / peitscht er dich mit dem eigenen Zügel.“ Nanno überlegte angestrengt, wie er danach thematisch weitermachen sollte, während er den vierstrophigen Text zu Ende las.

Ein allegorisches Gedicht vielleicht, eines, das maritime Metaphern enthielt und deshalb ganz gut anschloss: „Ich fahre den Kurs / den ich muss / und fürchte mich / bis sie kommt, diese eine Welle / nach der ich weiß / was das Boot kann / und was ich.“ Auch kein guter Griff. Die Zuschauer würden das Bild nicht auflösen, nicht unter diesen Umständen, sondern es wörtlich nehmen und versuchen, einen aktuellen Bezug herzustellen. Genau das hatte er doch vermeiden wollen.

Harter Schnitt jetzt, dachte Nanno und las einen Antikriegstext, den er während des Golfkriegs geschrieben hatte. „Kugel rollt / Kugel fällt: / schwarz oder rot / Kugel fliegt: / schwarz oder rot / Kugel schwarz-rot / ölschwarz, blutrot / Erdkugel.“ Jetzt konnte er die gesteigerte Aufmerksamkeit förmlich spüren, der Text kam an, vielleicht wegen seiner knappen Bilder und seines Stakkato-Stils: „Kugel rollt / Kugel schwebt / alles geht / bis sie fällt: auch die Null ist rund. / Die Bank gewinnt / immer."

Zwischenapplaus, Donnerwetter. Schnell griff sich Nanno einen anderen Hefter mit erprobten Texten: Aphorismen, Kurzgedichte, Wortspielereien. „Klein, aber gemein", kündigte er sie an. Das Publikum ging mit, reagierte jetzt auf Pointen, lachte auf den Punkt. „Knips: Ich war aus. Jetzt / funktioniere ich wieder / du hast mich / angelacht." Und gleich hinterher: „An die Liebe / die / schnell entflammt / heiß entbrannt / sich verzehrt / ein Leben lang / und dennoch besteht / und niemals vergeht – / an *die* Liebe / glaub' ich nicht." Jetzt habe ich sie, dachte er und lächelte in den Beifall hinein.

Früher hatte er sich nicht eingestehen wollen, dass auch dies hier eine Form von Exhibitionismus war. Natürlich hatte er als ebenso engagierter wie ambitionierter Schreiber auch andere Motive vorzuweisen. Wortkunst schaffen, Wahrheit sagen, Welt verbessern – er stand zu seinen Illusionen.

Aber diese andere, diese Hoffnung auf Zustimmung, dieses Kämpfen um Anerkennung, diese Sucht zu gefallen, all das war eben auch da. Nach seinem Unfall noch mehr als vorher. Jetzt kam sogar noch das Spiel mit den Ängsten der anderen dazu. Die verhasste Rücksichtnahme, auf die er als Krüppel rechnen konnte, war für ihn ein Prallschirm, hinter dem er gemeiner sein und mehr Schmerzgrenzen überschreiten durfte als andere. Vielleicht würde er den Bogen eines Tages trotzdem überspannen. Davor hatte er ein wenig Angst. Aber er war auch neugierig.

Die Zeit war praktisch um. Zwei kurze Sachen noch: „Das meiste Unglück / dieser Welt / ist zurückzuführen auf / menschliches Verzagen." Und: „Wenn's am / schönsten ist, soll man / sich gehen lassen." Anhaltender Applaus. Nanno verbeugte sich, stemmte dabei den Oberkörper mit den Armen hoch. Er hatte vor dem Spiegel geübt, das sah gar nicht schlecht aus, schön überraschend. Darauf kam es ihm an.

„Zugabe!" Nanno erkannte Sinas Stimme genau, aber der Ruf wurde gleich von anderen aufgenommen. Zugaben mochte er eigentlich nicht, eine Zugabe war wie ein erneuter Anstieg nach bereits erreichtem Gipfel, aber weigern konnte er sich natürlich nicht. Für solche Fälle hatte er ein Spottlied parat, getextet auf die Melodie eines alten Volksliedes. Er griff sich die Gitarre, stemmte sie auf den Oberschenkel und legte los.

„Es klappert die Mühle am rauschenden Bach,
klipp-klapp
bei Tag und bei Nacht sind die Touris stets wach,
klipp-klapp
es klagen die Wirte aus Angst um ihr Brot
bald flüchten die Gäste, dann ist große Not
klipp-klapp.“

Er sang mit übertriebener Intonation und sehr viel Mienenspiel. Bei früheren Auftritten hatte er diesen Text immer erläutert und damit relativiert: „Es gibt Dinge im Leben, die entwickeln sich anders als geplant. Dazu gehört die Nutzung der Windkraft.“ Das hatte er diesmal unterlassen. Das konnte natürlich zu Verunsicherungen führen. Ob die Leute deshalb plötzlich so steif dasaßen? Aber eigentlich sprach der Liedtext doch für sich:

„Es dreht sich die Mühle, dann flackert das Licht,
flick-flack
mal sieht man die Sonne, dann sieht man sie nicht,
flick-flack
der Rotor, er summt und er brummt viel zu sehr
fast hört man das Rauschen der Straße nicht mehr
brumm-brumm.“

Das war doch nun wohl eindeutig, und an dieser Stelle gab es sonst immer die ersten Lacher. Heute nicht.

„Wie sehr so ein Ding doch den Urlaub versaut,
klipp-klapp
ach hätt' man doch einfach ein Kraftwerk gebaut,
klipp-klapp

Atomstrom, den hört und den sieht man ja nicht,
dann hätten wir Ruhe und ganz freie Sicht
klipp-klapp."

Jetzt gab es Reaktionen, und sie waren sehr verschieden. Einige lehnten sich zurück, kreuzten die Arme, runzelten die Stirn. Andere lächelten, nickten sogar zustimmend. Und ein paar Gesichter sahen auf einmal ziemlich böse aus. Nanno schaute auf seine Griffhand und konzentrierte sich auf die letzten beiden Strophen.

„Nach drei Wochen hat dann der Ärger ein End',
klipp-klapp
wir sind wieder dort, wo die Braunkohle brennt,
keuch-keuch
ach Gottchen, was wollt ihr, was sein muss, muss sein
nur so 'n Öko-Propeller kommt uns hier nicht rein
nein-nein.

Der Mühlenverein putzt die Mühle heraus,
klipp-klapp
am Sonntag ist wieder einmal volles Haus,
klipp-klapp
dann stehen sie Schlage und jauchzen: wie schön
ach könnte man so etwas nur öfter sehn!
Klipp-klapp."

Ein Stuhl wurde brüsk zurückgeschoben, quietschte auf den Bodenfliesen, fiel dann klappernd um. „Unerhört!" Eine Frauenstimme. „Der Mann ist noch gar nicht unter der Erde, da wird hier sein Andenken beschmutzt. Unerhört."

Nanno beschirmte seine Augen mit den Händen; die Bühnenschweinwerfer blendeten. Die Bühne war zwar nur dreißig Zentimeter hoch, aber auf die Leute zufahren konnte er trotzdem nicht. „Was meinen Sie mit ..." – aber das Mikro war tot, abgeschaltet. Seine Stimme drang nicht mehr durch, denn unten wurde es laut.

Drei oder vier andere Zuhörer hatten sich der empörten Frau angeschlossen, hatten in Nannos Glossierung der Anti-Windkraft-Argumente eine Verunglimpfung von Iwwerks und seinen Positionen erkannt. Sie wurden jetzt von einer anderen, deutlich größeren Gruppe niedergebrüllt. Diese Leute aber verteidigten keineswegs Nanno, wie der eine Sekunde lang gehofft hatte, sondern schimpften auf Iwwerks. Der Guntsieter Hass auf ihn war offensichtlich nicht auf die Fischer allein beschränkt. „Wichtigtuer", „Störenfried", „Schädling" – über den Toten nur Schlechtes. Auch: „Verräter."

Als die beiden Gruppen drauf und dran waren, sich gegenseitig an die Gurgel zu gehen, hatte das Mikro plötzlich wieder Strom.

„Vielleicht kann ich mal erklären, worum es mir in diesem Text eigentlich ging", rief er, dass die Lautsprecher aufkreischten.

Einen Moment lang war es still. Dann rief eine Männerstimme: „Holl du doch dien Muul, du in dien Schuuvkoor. Hier geiht dat um bedüdende Saken." Keiner widersprach. Die Leute wandten sich dem Ausgang zu, drängten diskutierend und gestikulierend hinaus.

Sina stand vor ihm. Ihre dunklen, leicht golden schimmernden Augen fingen seinen Blick ein. „Echte Basisarbeit", sagte sie.

Er zwang sich zu einem Lächeln. So viel zum Thema Eitelkeit, dachte er. Anderthalb Stunden für die Katz.

28

Der Veranstalter war etwas einsilbig, zahlte aber das Honorar anstandslos. Sina half Nanno dabei, die Instrumente im Auto zu verstauen.

„Gehst du noch ins *Taraxacum*?", fragte sie.

Er schüttelte den Kopf. „Dazu ist mir die Lust vergangen. Außerdem muss ich dringend die Beine hochlegen." Ein Fußgänger-Herz wurde beim Blutpumpen von den Beinmuskeln unterstützt, seins musste die ganze Arbeit alleine machen. Die Ärzte hatten ihm eingeschärft, sich unbedingt alle paar Stunden lang zu machen, um Blutstaus zu vermeiden.

Sina nickte. Wieder trafen sich ihre Blicke. Ein Windstoß ließ sie beide erzittern. Nun frag schon, dachte sie.

Er fragte: „Möchtest du noch mitkommen zu mir, auf ein Glas Wein?"

„Klar", sagte sie.

Er fuhr voran, ziemlich langsam, denn die Straße war sehr kurvig, und er konnte jetzt deutlich spüren, wie verkrampft seine Rückenmuskulatur war. Zum Glück war der Himmel wolkenlos, und der fast volle Mond schien hell, so dass wenigstens die Sicht gut war. Kurz vor Bingum tauchten die blauen Autobahnschilder auf. Die Autobahn war jetzt bestimmt völlig frei und versprach entspannteres Fahren, wenigstens ein paar Kilometer weit. Nanno beschloss, die Ems durch den Tunnel statt über die Jann-Berghaus-Brücke zu queren.

Inzwischen gab es hier auf beiden Seiten des Flusses Windparks; die neuen Anlagen, von denen einige noch im Bau und ohne Propeller waren, reckten sich kurz vor Nüttermoor empor wie Ableger einer Pflanze aus Nachbars Garten. Die Windräder auf der Seite des Areals, die der Stadt Leer zugewandt war, waren als erste errichtet worden und arbeiteten alle schon. Bis auf eine, die, die der Autobahn am nächsten stand. Sie hatte auch keinen Propeller. Und die Frage nach dem Warum erübrigte sich. Der Rotor lag am Fuß der Anlage, zweiflügelig nur noch, wie ein trotziges, aber hilfloses und aus der Form geratenes Victory-Zeichen. Das abgebrochene Blatt ragte aus dem Boden, zackig abgesplittert. Kalt leuchtete der Mond die Szene aus. Kein Mensch war zu sehen.

Sina blinkte und hupte hinter ihm. Nanno betätigte ein paar Mal die Nebelschlussleuchte, als Bestätigung, dass er ihre Signale bemerkt hatte, aber er hielt nicht an.

29

Im Vorderhaus war alles dunkel; der Kapitän schien wieder nicht zu Hause zu sein. Nanno hatte ihn schon seit zwei Tagen nicht gesehen. Aber vielleicht schlief er auch schon.

Sina ging hinter ihm her zu seiner Haustür. Sie vermied es, ihre Hände auf die hinteren Griffe des Rollstuhls zu legen. Bei ihr hätte Nanno nichts dagegen gehabt. Der Rollstuhl war ein Teil von ihm, und er war süchtig nach Berührung.

„Schau dich ruhig um", sagte er. Während sie ins Wohnzimmer ging, rollte er in die Küche, holte die Wein- und eine Wasserflasche, Korkenzieher und zwei Gläser. Senfgläser mit Walen und Pinguinen drauf, andere hatte er nicht. Vorsichtig legte er alles in seinen Schoß; es klirrte, als er zurück in den Flur manövrierte.

„Kann ich etwas helfen?" rief Sina.

„Geht schon", sagte er.

Er musste sich unbedingt hinlegen, also fuhr er ins Schlafzimmer, baute Flaschen und Gläser auf dem Nachttisch auf und stemmte sich aufs Bett. Er war gerade dabei, sich die Jeans von den Beinen zu pellen, als Sina ins Zimmer kam.

„Warte, ich helfe dir", sagte sie. Vorsichtig zog sie ihm die Hosenbeine über die Füße. Dann legte sie ihre Handflächen auf seine Oberschenkel, kurz oberhalb der Knie. „Sie sind eiskalt", sagte sie.

Nanno hatte schon nach der Wolldecke gegriffen; schnell warf er sie sich über. Er spürte, wie sein Gehirn Gesehenes in Gefühltes übersetzte und sein Körper reagierte.

Er goss sich Mineralwasser ein, trank und kühlte sich die Wangen mit dem Glas, während sie routiniert die Weinflasche entkorkte. Dann schaute sie sich um; in der Nähe des Bettes gab es keinen Stuhl, und den Rollstuhl wollte sie nicht nehmen. Kurz entschlossen setzte sie sich auf die Bettkante. „Cheers", sagte sie, und sie stießen an.

Der Wein verbreitete seine Wärme, die sich mit Nannos Wärme

vermengte. Das Gefühl der Nähe war überwältigend. Natürlich musste sie jetzt an Marian denken. Blöder Kerl, dachte sie.

Das Telefon tönte.

„Jetzt noch?“ Nanno griff nach dem Hörer. „Taddigs.“

„Nanno, bist du das?“ Die Stimme kannte er nicht. Eine Männerstimme, keine ganz junge, ziemlich dumpf.

„Wer ist denn da?“

„Später, mein Junge. Jetzt hör mal gut zu.“

Nanno starrte Sina ungläubig an. Er zeigte auf den Telefonapparat, sie reagierte sofort und drückte den Knopf mit dem stilisierten Lautsprecher. Die dumpfe Stimme war jetzt deutlich zu vernehmen.

„Ruf diesen Hauptkommissar an, diesen Stahnke, hörst du? Sag ihm, er soll zu Boelsen gehen. Er soll sich die Patentschrift für den neuen Ringgenerator zeigen lassen. Hast du verstanden?“

„Wie komme ich dazu? Wozu soll das gut sein?“, fragte Nanno. „Und wer sind Sie überhaupt?“

Der am anderen Ende holte hörbar Luft, wie um zu antworten, aber dann knackte es.

„Aufgelegt“, sagte Sina, drückte den Lautsprecher-Knopf und nahm Nanno den Hörer aus der Hand. „Kam dir die Stimme irgendwie bekannt vor?“

Er schüttelte den Kopf. „Nein“, sagte er langsam. Er starrte in die Leere anderthalb Meter vor seinem Kopf. „Ich glaube jedenfalls nicht. Aber sie war irgendwie verstellt oder verändert.“ Jetzt schaute er wieder Sina an: „Was machen wir?“

„Stahnke anrufen“, sagte sie und freute sich über das „Wir“.

30

Stahnke wohnte in einer Leeraner Pension und sein Zimmer lag zu ebener Erde. Zwei glückliche Zufälle, fand Nanno. Der Anfang einer wunderbaren Zusammenarbeit? Der Hauptkommissar ließ sie herein. Das Zimmer war ziemlich groß und knickte sich L-förmig um ein Badezimmer herum. Im kurzen Schenkel des großen L gab es eine gemütliche Sitzecke. Der Raum machte einen aufgeräumten Eindruck, allerdings hatte der Bett-Überwurf verdächtig viele Buckel.

Stahnke selbst wirkte nicht sehr aufgeräumt. „Da“, sagte er und klatschte einen großen braunen Umschlag auf den ovalen Holztisch. „Der Boelsen hat komisch geguckt und wollte natürlich wissen, was die Patentschrift mit dem Anschlag auf ihn zu tun haben soll. Aber dann hat er mir die Sachen anstandslos ausgehändigt.“

Sina nahm den tütenartigen Umschlag, bog die beiden Messingklammern auf, öffnete die Lasche und ließ den Inhalt des Kuverts auf den Tisch rutschen. Mehrere CDs glitten heraus, gefolgt von einem Hefter, der offenbar Computerausdrucke enthielt, und einem weiteren mit Kopien von Konstruktionszeichnungen. Danach griff sie zuerst.

„Typisch“, sagte Stahnke. „Jugendliches Produkt der Comic-Kultur. Immer zuerst die Bilder begucken.“ Er nahm den anderen Hefter in die Hand und ließ die Seiten über seinen rechten Daumen schnurren. „Aber mal im Ernst, die Bilder sind so ziemlich das Einzige, was der Laie hier erkennen kann. Und ehe ich nachfrage, wo denn der nächste Polizei-Spezialist für Windkraftanlagen sitzt, wüsste ich gern, wonach wir eigentlich suchen.“

„Ich dachte, wir suchen nach der Patentschrift“, sagte Nanno. „Der Anrufer klang so, als gäbe es sie nicht. Und als würde diese Tatsache irgendwas beweisen. Aber es gibt sie ja.“

„Richtig“, sagte Stahnke. „Es gibt sie. Und das ist auch gut so für die *Bowindra*, denn sonst müssten sich die Herren Boelsen und Kornemann ernste Sorgen machen wegen der *Makon*-Anzeige."

„*Makon*? Was für eine Anzeige?"

„*Makon* ist eine US-Firma, ein unmittelbarer *Bowindra*-Konkurrent, jetzt, da die *Bowindra* auf den amerikanischen Markt will", erläuterte Stahnke. „Und die *Makon*-Leute behaupten nun, Boelsen hätte bei ihnen abgekupfert. Entscheidende Details des Ringgenerators. Leider sagen sie nicht, welche."

„Das passt doch zusammen!" Sina klatschte vor Begeisterung in die Hände. „Anscheinend weiß unser Anrufer, dass die *Bowindra* wirklich bei der *Makon* spioniert hat, und hat uns mit der Nase draufgestoßen."

„Leider nicht punktgenau", sagte Stahnke. „Wie Herr Taddigs schon sagte: Wenn die Patentschrift nicht existieren würde, dann könnte man von Werkspionage ausgehen. Da es die Schrift aber gibt, brauchen wir detailliertere Hinweise, welche Einzelheiten nun genau kopiert worden sein könnten. Solange sich die Amis nicht klar äußern, können wir da wenig machen."

„Vielleicht ruft der Unbekannte ja noch einmal an", sagte Sina.

„Möglich", sagte Stahnke. „Aber unwahrscheinlich, dass das etwas nützt." Er wälzte sich in seinem Sessel herum, um eine bequemere Position zu finden.

Zwar trug er ein weites Sweatshirt, das wie das Oberteil eines Jogginganzugs aussah, darunter aber hatte er seine übliche Bundfaltenhose an, und deren Gürtel schien zu drücken. Der Verlust von drei Kilo Körpergewicht, erzwungen durch einwöchigen Verzicht auf Bier und Pommes, hatte noch keine spürbare Erleichterung bewirkt.

Sina musste an die Männer-Models denken, die immer häufiger und immer nackter in der Fernsehwerbung vorkamen. Inflation der Waschbrettbäuche. Dabei hatten bärige Typen doch auch ihre Vorzüge. Rein vom Kuschelfaktor her. Waschbärbauch. Sie grinste in ihre hohle Hand hinein.

„Warum soll das nichts nützen?" fragte Nanno. „Wenn er uns nun die Punkte genau benennt …"

„… dann müsste das Patentamt die übersehen haben", unterbrach Stahnke. „Und das kann ich nicht glauben. Die arbeiten international. Wenn die ein Patent erteilen, dann ist das hieb- und stichfest."

„Also?"

„Also hat Ihr Anrufer nur einen Verdacht gehabt und keinen Beweis. Den Beweis sollten wir bringen, darum hat er uns auf die Fährte gesetzt. Aber leider haben wir keinen Beweis gefunden. Beziehungsweise ich."

Stahnke erhob sich. „Wer möchte noch Kaffee, außer mir?"

Alle wollten, und Stahnke verließ das Zimmer.

„Ich werde mir einen Anrufbeantworter kaufen", sagte Nanno.

„Du meinst also, er ruft noch mal an?"

„Ja. Es gibt ja sonst keinen Sinn."

„Von wegen Sinn." Sina schüttelte den Kopf. „Wenn wir nur wüssten, wer das ist, dann könnten wir uns vielleicht erklären, wohin das führen soll. Aber so?" Sie blätterte ziellos in den Unterlagen. „Hast du noch einmal über die Stimme nachgedacht? Irgendeine Idee?"

„Heute früh dachte ich, ich hätte eine. Aber das kommt nicht hin."

Sina musterte ihn mit gerunzelter Stirn: „Wer?"

„Thoben."

„Wie kommst du denn auf den?"

„Weil er immer noch nicht wieder zu Hause war, zum Beispiel, schon den dritten Tag nicht. Und weil es die Stimme eines älteren Mannes war. Aber es war eindeutig nicht seine Stimme, da bin ich mir inzwischen doch ganz sicher."

Sina rief sich das, was Nanno ihr über Kornemanns Komplott gegen den alten Kapitän erzählt hatte, aus dem Gedächtnis ab. „Also hältst du das, was deine Tankstellen-Kumpels vermuten, immer noch für Unsinn?" fragte sie.

„Jetzt wieder", sagte er. „Überleg doch mal. Thoben schießt auf Boelsen, verletzt ihn aber nur ein bisschen und belässt es dabei. Dann plötzlich taucht er unter und denunziert ihn aus der Versenkung heraus. Und das alles, kurz nachdem …" Nanno stockte. Sein Blick schien sich nach innen zu wenden.

„Kurz nachdem Iwwerks ertrunken ist", ergänzte Sina. „Möglicherweise ermordet. Auf jeden Fall aber vorsätzlich in eine gefährliche Situation gebracht. Iwwerks war auch ein wichtiger Geschäftspartner von Kornemann, und er hat damals in dieser Fähren-Affäre gegen Thoben gearbeitet. Den müsste er doch noch mehr gehasst haben als Boelsen. Fast so sehr wie Kornemann selbst."

Sie hatte sich jetzt richtig in Hitze spekuliert: „Dann wäre Kornemann ja der Nächste!"

Die Tür ging auf, und Stahnke erschien, ein Tablett mit vollen Kaffeebechern, Tassen, Zucker, Sahne und Gebäck balancierend. Nannos Kopf zuckte hoch: „Was für ein Fahrzeug soll das noch mal gewesen sein, das die *Alberta* gerammt hat?"

„Wie kommen Sie denn da jetzt drauf? Vielleicht kann mir erst einmal jemand helfen", blaffte Stahnke. Beim Versuch, die Tür mit dem Ellbogen zu schließen, war etwas Kaffee aus einem der Becher geschwappt und via Tablett über seine Hand gelaufen. Sina schob schnell die Unterlagen auf dem Tisch zu einem Stapel zusammen und sprang auf.

„So", sagte Stahnke, als er das Tablett heil abgesetzt hatte, „bei Patentrecht geht man raus, und bei Seerecht kommt man wieder rein. Aber ich will mal großmütig auf eine Zusammenfassung Ihrer zweisamen Unterhaltung verzichten. Also: Nach den in der Schifffahrt geltenden Maßstäben ein kleineres Fahrzeug, höchstens dreißig oder fünfunddreißig Meter lang, vielleicht auch kleiner. Mindestens aber so groß wie die *Alberta* selbst und deutlich schwerer. Ein Stahlschiff also. Die wirklich großen scheiden deshalb aus, weil sie die Tjalk beim Zusammenstoß mit ihrer Masse auf jeden Fall völlig zerstört hätten. Das ist aber nicht passiert. Der Bug drang ein Stückchen weit in die Bordwand ein, wobei das Seitenschwert zerbrochen wurde, dann hat sich der Rumpf des Rammenden über den des Gerammten geschoben, ohne ihn zu spalten. Man muss sich das in etwa so vorstellen wie bei einem Eisbrecher, der sich ja auch erst über das Eis schiebt ..." Stahnke hielt inne. „Interessanter Gedanke. Ein paar Tage zuvor waren ja noch Eisbrecher auf der Ems unterwegs."

Nanno hatte ein ganz anderes Bild vor Augen. Ein LARC 60 war es nicht, dachte er. Viel zu massig, vorne zu breit und außerdem nicht schnell genug. Aber ein LARC XV hat einen scharfen Bug.

Und knapp achtzehn Tonnen Gewicht. Passt genau.

Stahnke hatte sich auf den Eisbrecher eingeschossen, spekulierte über Größe, Gewicht, Kurs. Nanno unterbrach ihn mit einer Handbewegung. „Jetzt werde ich Ihnen etwas erzählen“, sagte er, „das werden Sie mir wahrscheinlich nicht glauben. Aber vielleicht kann ich's Ihnen zeigen.“

31

Für den großen Bolzenschneider war das Vorhängeschloss kein Problem. Zwei Polizisten packten zu und schoben die beiden Torflügel auseinander. Graues Winterlicht fiel auf einen Koloss aus grauem Stahl. Fast sechs Meter hoch ragte das LARC 60 vor ihnen auf. Sina pfiff durch die Zähne, und auch die Uniformierten schienen beeindruckt. Nur Stahnke zeigte keine Regung. „Das also“, sagte er.

„Nein“, sagte Nanno. „Das nicht. Das andere.“

„Welches andere?“

„Das dahinter.“ Er rollte los, über den Betonboden zwischen Koloss und Wellblechwand ins Innere der Halle hinein.

Das fast neunzehn Meter lange Amphibienfahrzeug füllte die vordere Hälfte des Schuppens, der den Querschnitt eines halbierten Rohres hatte, nahezu aus. Die überhängende Frontpartie mit der eingelassenen Bugrampe erinnerte ein wenig an die Schnauze eines Haifischs, allerdings an die eines friedlichen, plumpen, zahnlosen Walhais.

Wie groß mochten diese Reifen sein? Gut drei Meter im Durchmesser, schätzte Nanno, während er vorüberrollte. Die verschiedenen Werk- und Drehbänke, Schweißgeräte und sonstigen Werkzeuge, die sich vor diesem Monstrum schutzsuchend in die Winkel zwischen Wandrundung und Betonplatte zu ducken schienen, nahm er nur aus den Augenwinkeln wahr. Er wollte wissen, ob das andere wirklich da war. Und wenn nicht: Ob es da gewesen war.

Da war das Hinterrad. Direkt dahinter die Leitersprossen, eingelassen in die stählerne Bordwand, nummeriert von eins bis neun, darüber eine Null und darüber eine elfte Sprosse ohne Nummer, merkwürdig. Obendrauf das aufgepappt wirkende Führerhaus, achtern die Heckschräge, Ruder, Propeller. LARC-Ende.

Und dahinter war gar nichts.

Nanno wendete so hart, dass es ihn fast umgerissen hätte.

„Sehen Sie?" Es klang triumphierend.

Stahnke trat langsam aus dem Durchlass zwischen Wellblech und Stahl heraus auf den stumpfen Beton, hinter ihm tauchten Sina und die beiden Uniformierten auf. Sie sahen sich um. Vor beiden Seitenwänden häuften sich Fässer, Balken, zerknüllte Planen, Maschinenteile und Schrott, die Mittelfläche aber war frei. Zwanzig Meter Leere bis zum zweiten Flügeltor an der hinteren Stirnseite der Halle.

„Was soll ich sehen?" fragte Stahnke. Kein Hohn, keine Überheblichkeit. Eine schlichte Frage. Achtundneunzig Tonnen Beweis rechtfertigten einiges an Vertrauensvorschuss.

„Hier hat das zweite LARC gestanden", sagte Nanno. „Und ich glaube, es war ein LARC XV. Thoben hat acht von den großen Dingern besessen und zwei von den kleinen. Als sein Fährlinien-Projekt gestorben war und er ruiniert, hat er alle zehn erst einmal längere Zeit im Jarssumer Hafen stehen lassen. Vielleicht hätte er sie alle verkauft, wenn ein Interessent da gewesen wäre, der einen annehmbaren Preis gezahlt hätte. Den gab es aber nicht, einfach deshalb, weil niemand außer Thoben eine angemessene Verwendung für diese Ungetüme wusste. Thoben musste schließlich zu einem besseren Schrottpreis verkaufen. Und da hat er einfach zwei behalten, weil es finanziell ja doch kaum einen Unterschied machte. Eins von jeder Sorte."

„Das wissen Sie genau?" fragte Stahnke.

„Zu fünfzig Prozent", sagte Nanno. „Das heißt, eigentlich schon zu neunzig."

„Obwohl hier hinten nichts steht?“
„Weil hier nichts steht.“ Er kippte den Rollstuhl nach hinten und wirbelte auf den großen Rädern herum. „Wenn dieser Teil der Halle nicht genutzt worden wäre, dann läge der Boden doch bestimmt voller Gerümpel. Gucken Sie sich doch nur mal an, was er da alles in die Ecken gestopft hat!“
Nanno gab Schub, ließ seinen Rollstuhl diagonal über die freie Bodenfläche sausen, wendete scharf, kam zurück, bremste vor Stahnkes Füßen. „Und wenn er hier nur sein Auto repariert hätte, dann würden die Geräte anders stehen. Alles deutet darauf hin, dass hier bis vor wenigen Tagen das zweite, kleinere LARC gestanden hat.“
„Das Sie dann gehört haben, als es abfuhr.“
„Richtig.“
„Und das nicht wiederkam.“
„Richtig.“
Stahnke hatte die Hände hinter dem Rücken verschränkt und wippte auf den Fußballen. „Preisfrage: Wo ist es jetzt?“
Blas dich nicht so auf, dachte Nanno, du denkst doch wohl nicht, dass ich mich das nicht auch schon gefragt hätte. Laut sagte er: „Auf dem Grund der Ems.“
Das Gewippe hörte auf, Stahnke stand wieder platt auf beiden Füßen. „Versenkt?“, fragte er. „Nachdem er es alle die Jahre aufbewahrt und hegt und pflegt. Warum?“
„Weil es jetzt eine Tatwaffe ist“, sagte Nanno. Schweren Herzens, denn er mochte diesen alten Mann wirklich.
Stahnke schwieg, und Nanno schob nach: „Eine andere Frage ist, wo er das LARC zwischen seiner Abfahrt hier und dem Zeitpunkt der Tat versteckt hat. Auffällig sind diese Dinger ja nun wirklich. Wer so was sieht, der erinnert sich auf jeden Fall daran.“
„Gefahren ist er nachts“, überlegte Stahnke laut. Anscheinend war er bereit, sich auf Nannos Theorie einzulassen. „Bis zur Ems, da gibt es Rampen, und dann im Wasser flussabwärts. Der Strom ist gut befeuert, jede Menge Signaltonnen, für Thoben dürfte das keine Hürde sein. Aber warum so früh? Tage vor der Tat?“
„Weil er ja nicht genau wusste, wann Iwwerks auslaufen würde“, sagte Sina. „Dass er sein Boot so bald wie möglich nach Greetsiel

bringen wollte, hatte Iwwerks ja laut genug ausposaunt, aber natürlich nicht Tag und Stunde. Thoben musste im richtigen Moment zur Stelle sein. Also hat er das Amphibienfahrzeug nach Emden gebracht, sobald die Ems halbwegs eisfrei war."

„Nach Emden sicher nicht", sagte Stahnke nachdenklich. „Ich wüsste nicht, wo er es im Außenhafen hätte verstecken wollen, und in den Binnenhafen wäre er vielleicht hineingekommen, aber dann nicht schnell genug wieder heraus. Und auf keinen Fall ungesehen. Nein, das Versteck muss irgendwo zwischen Emden und Greetsiel sein. An der Knock vielleicht."

Die Knock, an der Küste westlich von Emden zwischen Wybelsum und Rysum gelegen, war früher einmal ein fast fiktiver Ort gewesen, bestehend aus nicht viel mehr als einem Schöpfwerk, einem Leuchtturm, ein paar verstreut liegenden Häusern und Gehöften und einem Campingplatz. Inzwischen war auch Industrie angesiedelt worden, was Camper und Badende allerdings kaum zu stören schien. Viel unverbrauchte Landschaft gab es dort immer noch. Sowohl Sina als auch Nanno waren einige Male im Sommer dort gewesen, unabhängig voneinander, mit verschiedenen Cliquen.

Nanno kam als Erster drauf: „Da gibt es eine Rampe, vom Deich runter bis in die Ems."

„Sicher?" fragte Stahnke.

Nanno nickte. „Sicher. Ich habe mir angewöhnt, auf Rampen zu achten, das können Sie mir glauben. Die da ist allerdings etwas groß für mich. Würde mich nicht wundern, wenn die mal extra für Amphibienfahrzeuge angelegt worden wäre."

„Na gut", sagte Sina, „rausgekommen aus dem Fluss könnte er dort also sein. Aber was dann? Thoben wird sein LARC ja wohl kaum an einer Parkuhr abgestellt haben."

„Und auch nicht in einer Garage." Stahnke war nicht in der Stimmung, um auf Ironie zu reagieren. Wahrscheinlich würde er in solch einer Situation sogar die Existenz des Phänomens Ironie ganz einfach leugnen. „Aber ein großer Schuppen würde schon reichen. Oder eine kleine Scheune. Das müssten wir mal überprüfen."

„Er hat doch mal Land besessen", erinnerte sich Nanno. „Vielleicht war ja auch ein Hof in der Krummhörn dabei, und er hat einen Teil davon behalten. Genau wie bei den LARCs."

„Etwas abenteuerlich", meinte Stahnke. „Ein guter Freund in der Gegend würde ja genügen. Oder er hat sich einfach etwas gemietet. Wir werden sehen." Dann strich er sich mit beiden Händen von vorn nach hinten über die Stoppelhaare und wischte sich dabei den Ausdruck jungenhafter Jagdlust aus dem Gesicht. „Vor allem dürfen wir nicht den zweiten Schritt vor dem ersten machen. Den dritten schon gar nicht, sonst fallen wir nämlich auf die Nase."

„Guter Tipp", sagte Nanno.

„Wir haben hier eine These, die im Ansatz unbewiesen ist", fuhr der Hauptkommissar unbeirrt fort. „Ehe wir nicht wissen, ob es dieses zweite LARC – wie hieß das noch? Römisch fünfzehn? – überhaupt gibt, ob es wirklich hier gestanden hat, und wenn ja, wo es hingefahren ist, und solange wir nicht wissen, ob Thoben nicht einfach nur in Urlaub ist ..." – Stahnke hatte eindeutig den Faden verloren – „... also eins nach dem anderen."

Der Hauptkommissar schien gar nicht mehr auf seine eigenen Worte zu achten, sondern schabte mit der Kante seiner Schuhsohle auf dem Beton herum: „Das hier könnte Gummiabrieb sein. Beweist aber auch noch nichts."

Die beiden Uniformierten hatten inzwischen das hintere Tor entriegelt und geöffnet. Stahnke und Sina folgten ihnen nach draußen. Nanno blieb an der Gleitschiene des Doppeltores stehen. „Hier sind Abdrücke von dicken, grobstolligen Reifen", sagte der kleinere Polizist, „scheinen aber nicht sehr tief zu sein. Vielleicht war's auch nur ein großer Trecker."

„Der Boden war noch gefroren in jener Nacht", gab Nanno zu bedenken. „Das Tauwetter hatte erst kurz zuvor eingesetzt, höchstens die allerobersten Schichten waren weich."

„Werden wir alles klären", sagte Stahnke, breitete die Arme aus und ließ sie wieder fallen, so dass sie seitlich an seinen Körper klatschten, was ein bisschen an den vergeblichen Startversuch eines resignierten Raben erinnerte: „Sie sehen, es gibt viel zu tun."

Sina kam zu Nanno zurück. „Soll wohl heißen, wir sind entlassen, weil wir bei ernster Arbeit nur stören", sagte sie leise. „Aber das ist auch gut so. Wir haben nämlich auch eine Menge zu tun."

32

Es tutete, dreimal, viermal, dann ein Knack. Und eine melodiöse Frauenstimme, die etwas Klangvolles herunterhaspelte, das sich für Sinas Ohren merkwürdig exaltiert anhörte. Aber so wurde Niederländisch nun einmal gesprochen, mit starken Betonungen und vielen Aufs und Abs, fast wie Französisch, nur dass es eben Niederländisch war. Einfach exotisch.

Irgendwo hatte aus dem quirlenden Tongemisch das Wort „Staalbouw" herausgeragt wie ein vertrauter Pfeiler, etwas, an das man sich klammern konnte. Sina gab sich einen Ruck, den wie-vielten-auch-immer des Tages. „Goede morgen, mevrouw. Mijn naam is Sina Gersema." Gersema mit „Ch" vorne, hart gesprochen wie in „ach", das klappte schon ganz gut. Bis auf die Betonung, vielleicht. „Ik ben journaliste van de duitse krant *Regionale Rundschau*, en ik had graag, äääähh …"

„Ja, guten Tag, was kann ich für Sie tun?" Die Stimme hatte umgeschaltet auf fehlerfreies, fast ebenso klangvolles Hochdeutsch. Ganz so beschämt wie beim ersten Mal fühlte Sina sich nicht, schließlich hatte sie es ernsthaft versucht, und ohne Übung ging es eben nicht, da musste sie durch. Und sie musste sich durchfragen. Das würde auch auf Hochdeutsch schwer genug werden.

Der erste Versuch, die Frage bei der Telefonauskunft nach *Aquatec Amsterdam*, war ein Schlag ins Wasser gewesen. Kein Eintrag. Ihre Bitte, es doch auch unter Rotterdam und Den Helder zu versuchen, brachte nur einen Scheinerfolg, der die nächste Enttäuschung in sich barg. *Aquatec Metallbouw* war eine junge Firma, hatte nie einen Ableger in Amsterdam gehabt und sich vor der Namensgebung gut informiert. Demnach gab es kein zweites Unternehmen mit *Aquatec* im Firmennamen in den gesamten Niederlanden.

Dann war ihr Johann eingefallen, Johann Karstein, ein guter Bekannter vom Volontärkurs. Auch schon wieder vier, nein fünf Jahre her. Der arbeitete als Pressesprecher bei der Industrie- und Handelskammer, erinnerte sich noch sehr gut an die gemeinsam verbrachten Wochen, klagte wortreich über seinen langweiligen Job und freute sich über die Abwechslung, die Sinas Anliegen versprach. Die Kontakte nach Holland seien gut, sagte er, das sei überhaupt kein Problem.

Und tatsächlich rief er schon anderthalb Stunden später zurück. *Aquatec Amsterdam* war irgendwann in den achtziger Jahren in Konkurs gegangen, hatte Johann in Erfahrung gebracht. Rechtsnachfolger seien *Dijkstra en Zons*, Amsterdam. Sina notierte die Nummer, bedankte sich überschwänglich und versprach, sich bald wieder zu melden.

Die Freude hielt nicht lange vor. *Dijkstra und Söhne* hatten die abgetakelte *Aquatec* zwar übernommen, die meisten Betriebsteile aber sofort abgestoßen, „abgewickelt", wie sich der jüngste Dijkstra-Sohn, bis zu dem Sina vordringen konnte, neudeutsch ausdrückte. Darunter alles, was irgendwie mit Wasserbau zu tun hatte.

Und was nun genau an wen gegangen war, das wusste der Junior nicht. Vermutlich war er damals noch zu jung gewesen, um überhaupt mitreden zu dürfen, traute sich das aber nicht zuzugeben und überschüttete Sina statt dessen mit den Namen von Firmen, die als Käufer in Frage gekommen sein könnten. Neun insgesamt. *Staalbouw Amsterdam* war die laufende Nummer sechs. Sinas Mutter würde ihr den Kopf abreißen, wenn die Telefonrechnung kam.

„Was für Fahrzeuge?" Die melodiöse Dame konnte mit Sinas Erklärungen offenbar wenig anfangen.

„Wasserfahrzeuge", korrigierte sie schnell. Amphibienfahrzeuge klang einfach zu idiotisch. „Dann verbinde ich Sie mit Meneer Blokker, ja? Der ist für unsere Wasserfahrzeuge zumütig." Ha, ein Kratzer im Lack der Perfektion! Sina verbarg ihre Befriedigung und dankte artig. Viel Hoffnung hatte sie allerdings nicht mehr.

„Blokker." Meneer Blokker war auch viel zu jung. Aber er war ebenfalls nett, und er überlegte laut: „Jetzt, wo Sie das sagen, denke ich, da war mal etwas …"

Sinas Herz machte einen kleinen Salto.

„Es ist schon eine Weile her, und wir haben diese Fahrzeuge längst nicht mehr, ganz bestimmt nicht, aber wir haben einen Werkmeister, den haben wir damals von *Aquatec* übernommen." Das ist es, jubelte es in Sina. Jetzt muss er nur noch da sein. O bitte, bitte, sei doch da.

Meneer Op den Dijk war da. „Nein, nicht verwandt mit Dijkstra. Es gibt bei uns viele Dijks, wissen Sie: Van der Dijk, Op den Dijk, Dijkstra, Dijk, Dijken – wir sind ein Volk mit vielen Deichen, nicht wahr?" Und er erinnerte sich genau: „Dolle Dinger, ja, wirklich dolle Dinger. Wir hätten sie nie gekauft, wenn sie nicht so spottbillig gewesen wären. Denn so was kann man ja eigentlich niemals wirtschaftlich betreiben, nicht wahr. Die Armee ist niemals wirtschaftlich, die Marine natürlich auch nicht, die müssen nicht darauf gucken, was da so durch den Auspuff geht, nicht wahr. Aber wir."

Der Kauf sei ein Experiment gewesen, ein Schuss ins Blaue, wie so viele damals bei *Aquatec*. Darum gab es die Firma wohl auch nicht mehr. „Richtig eingesetzt haben wir nur eins von den LARCs, als wir sie endlich hier hatten, und auch nur einmal, soviel ich weiß. Da haben wir Leute quer durch den Amsterdamer Hafen zu einer Baustelle gebracht, weil gerade keine Barkasse da war. Gab 'ne Menge Aufsehen. Heute könnte man Werbung damit machen." Ansonsten aber hätten die Fahrzeuge nur herumgestanden: „Billig und trotzdem noch zu teuer."

„Wie viele waren es denn?" Endlich konnte Sina die Frage einschieben, ohne befürchten zu müssen, den freundlich schwätzenden Herrn Op den Dijk zu verärgern.

„Ja, warten Sie mal, wie viele … also acht von den Großen, glaube ich. Oder sieben? Sieben oder acht."

Sieben, dachte Sina. So viel war sicher. „Und von den Kleineren?"

„Eins."

„Eins? Ganz sicher?"

„Bestimmt. Nur eins."

„Hartelijk bedankt, Meneer." Das kam schon ganz gut heraus. Richtig schön melodiös.

33

Die Fahrt zur Leeraner Stadtbibliothek war erfolgreich gewesen, hatte aber keine neuen Erkenntnisse gebracht. „Ich hätte gern etwas über die Schiffe und sonstigen Fahrzeuge der Bundesmarine von ihrer Gründung bis heute“, hatte Nanno gesagt, nachdem es ihm nur mit Mühe und fremder Hilfe gelungen war, die Stufen am Eingang zu überwinden. Die junge Frau hatte ihm ein Buch gebracht, dessen Titel fast genauso lautete wie sein Anliegen. Ein Wälzer mit 560 Seiten und einer beängstigenden Flut von Details zwischen den großformatigen Deckeln.

Die LARCs hatte er fast auf Anhieb gefunden. Es gab auch Bilder, eins davon vom LARC XV, und auf dem sah es genau so aus, wie er es sich vorgestellt hatte: Vergleichsweise schlank, mit breitem, aber spitzem und relativ hohem Bug. Eben wendiger und für höhere Geschwindigkeiten gebaut als das massigere LARC 60. Die technischen Daten lauteten exakt so, wie Bernd sie heruntergerattert hatte. Auf den war eben Verlass.

Auf dem Rückweg durch die Mühlenstraße kaufte er sich eine Zeitung und schlug den Ostfriesland-Teil auf. Iwwerks' Leiche war immer noch nicht gefunden – nur noch eine kleine Meldung auf der zweiten Seite. Eine andere Zwanzig-Zeilen-Nachricht, die den Diebstahl einer größeren Motoryacht aus dem Emder Hafen vermeldete, stand sogar noch darüber.

Vorne dominierte das neue Windrad-Attentat. Dieselbe Vorgehensweise wie beim ersten, hieß es da, und wieder keine Spuren von den Tätern. Zwei sehr eindrucksvolle Farbfotos, eins vom liegenden Rotor, das andere von Boelsen und Kornemann, beide mit versteinerten Gesichtern, aufgenommen mit dem abgesplitterten Propellerblatt im Vordergrund. Die meisten Anlagen in diesem Park gehörten Privatleuten oder Investoren-Gruppen, nur diese eine war noch im Besitz der *Bowindra* gewesen.

Genau wie die, die sich als erste in der orangenen Schnur verwickelt und in die Kette verbissen hatte. Ein Kommentar warf die Frage auf, ob das denn ein Zufall sein könne.

Ein Zusammenhang mit der Werkspionage-Affäre drängte sich förmlich auf. Boelsen, der von der *Makon* inzwischen offen beschuldigt wurde, geistiges Eigentum gestohlen zu haben, erhob in einem Interview auf derselben Zeitungsseite Gegenvorwürfe: Die Amerikaner hätten Agenten entsandt, um seine innovativen Anlagen zu kopieren und zugleich die *Bowindra* zu diskreditieren. Seinem Großkunden *Aritron* warf er vor, sich in dieser Frage nicht eindeutig auf seine Seite gestellt zu haben, und deutete an, dass diese Geschäftsbeziehung offenbar nicht so ausbaufähig sei wie anfänglich erwartet. Was natürlich in der Konsequenz Arbeitsplätze kosten könne. Vermutlich haben die Amis längst storniert, dachte Nanno.

Der Wind zerrte an der Zeitung, und Nanno spürte, dass er zu lange bewegungslos im Freien gestanden hatte. Ein paar Schritte weiter war ein Elektrogeschäft mit CD-Abteilung. Genau der richtige Ort, um nachzuschauen, was die Konkurrenz im Showbiz so trieb, und sich dabei aufzuwärmen.

Liedermacher fanden in diesem Laden natürlich nicht statt, dafür schienen deutsche Schlager wieder hoch im Kurs zu stehen. Nanno hatte gerade festgestellt, dass man unter „Pop aktuell" beim Buchstaben D immer noch Deep Purple finden konnte, als er eine bekannte Stimme zu hören glaubte. Er lauschte, ohne sich umzudrehen.

„Das Stück heißt ‚Die Ruinen von Athen', Opus 113 oder 131, genau weiß ich es nicht."

„Den Titel hab ich noch nie gehört. ‚Ruinen von Athen', ja? Und wie soll der Sänger heißen? Opus?"

„Nein, das ist von Beethoven. Ein Chorwerk von Ludwig van Beethoven. ‚Die Ruinen von Athen'."

„Also Beethoven. Sie sagten Klassik, ja?" Tasten klackerten. „Wie schreibt der sich, wissen Sie das?"

„Ja, das weiß ich." Die Männerstimme hinter ihm blieb erstaunlich höflich, geradezu nachsichtig freundlich, während Nanno sich das Lachen verbeißen musste. „Be Doppel-E Te Ha und dann Oven mit Vau."

„Ah ja, den gibt's." Die junge Verkäuferin schien auf ihre Entdeckung ziemlich stolz zu sein. „Unter Klassik. Oh, da steht ja allerhand. Moment, Moment ... da, das sind die Ruinen. Aber gucken Sie mal, da steht ja: Herbert von Karajan. Das ist also gar nicht Beethoven. Bloß nachgespielt, wie's aussieht. Müssten wir außerdem sowieso bestellen."

„Nicht nötig. Haben Sie vielen Dank." In diesem Moment erkannte Nanno die Stimme, deswegen musste er jetzt nicht losprusten. Boelsen. Im Musikgeschäft statt in der Krisensitzung. Armer Standort Deutschland, du hast ein Manager-Problem.

Er wandte sich ein wenig zur Seite und konnte den *Bowindra*-Chef gerade noch durch die Glastür verschwinden sehen. Ihn und seine Frau, eine große, auffallend attraktive Frau mit weißblonden Haaren. Sie hielt seinen rechten Arm umklammert, hatte ihre linke Hand auf sein linkes Schulterblatt gelegt, und ihre Lippen bewegten sich dicht bei seinem Ohr, während die beiden mit langen Schritten die Mühlenstraße hinunter eilten. Ein Witzchen über das Dummerchen, vermutete Nanno, lange genug hinter guter Erziehung versteckt, aber gut entwickelt und jetzt, ein paar Meter vom Laden entfernt, mit gebührender Häme herausgelassen. Jetzt lachten sie beide aus vollem Hals, tonlos dort draußen hinter dem Glas, die Gesichter einander zugewandt. Die Frau war wirklich schön, fand Nanno. Wo hatte er sie nur schon einmal gesehen?

Jedenfalls sah sie zufrieden aus.

34

Beim Kapitän war immer noch alles dunkel und verlassen. Nanno fuhr den inzwischen schon vertrauten Weg zum hinteren Eingang, fand das Schlüsselloch auch ohne Licht und schloss hinter sich wieder ab. Seit er sich unter die Detektive begeben hatte, fühlte er sich etwas unbehaglich. Aber das lag vielleicht auch nur daran, dass er es nach all den Krankenhaus- und Therapie-Jahren einfach nicht mehr gewohnt war, allein in einem Haus zu sein.

Als er das hektische grüne Blinken in seinem dunklen Schlafzimmer sah, stockte ihm einen Moment lang der Atem, aber dann fiel es ihm wieder ein. Natürlich, der neue Anrufbeantworter. Gestern Abend erst hatte er ihn angeschlossen. Eine kleine, rote Lampe, die still neben dem grünen Geflacker schimmerte wie eine machtlose Gouvernante, zeigte an, dass das Gerät in Betrieb war. Es musste also schon der erste Anruf drauf sein. Nanno machte Licht, fuhr zum Nachttisch und schaute den schmalen, schwarzen Kasten ratlos an. Weiter als bis „Anschließen" hatte er die Betriebsanleitung nicht gelesen, und wo die jetzt war, mochte der liebe Himmel wissen.

Unter der länglichen Taste mit der Aufschrift „bereit" war eine zweite, auf der „Text" stand. Daneben gab es eine ganze Reihe runder, nummerierter Knöpfe. Probieren geht über Suchen, dachte Nanno und drückte auf „Text". Er rechnete damit, Sinas Stimme zu hören, und lächelte.

Tatsächlich ertönte eine Frauenstimme, aber nicht Sinas, sondern eine mit leicht hessischem Akzent, seltsam monoton und abgehackt. Wieder erschrak er, obwohl ihm im selben Augenblick einfiel, dass dies ja die einprogrammierte Stimme des Apparates war. „Anruf eins, Donnerstag, siebzehn Uhr dreiundzwanzig." Ich bin wirklich ganz schön nervös, dachte Nanno.

Und dann durchfuhr es ihn erst richtig.

„Pass auf", sagte die dumpfe Männerstimme. „Geh zu Stahnke,

sag ihm, er soll sich nach dem alten Ferdinand Meinders erkundigen, der früher nachts Wachdienst gemacht hat bei der Kieskuhle, die jetzt ein Badesee werden soll. Ferry Meinders, den kennt da jeder im Ort. Den soll er fragen, was denn die Kornemann-Laster da alles reingekippt haben, und wie viel. Kornemann-Laster, ja, nicht die von Brinkmann und den anderen Krautern. Kornemann hat Ferry schofel behandelt, der sagt das bestimmt. Klar? Ich melde mich wieder."

Klack. Wieder die weibliche Techno-Stimme: „Ende der neuen Nachrichten." Die grüne Lampe blinkte jetzt in einem langsameren Rhythmus, so als hätte sie ihre Pflicht erfüllt und könnte sich endlich verschnaufen.

Kiesgrube. Badesee. Nanno erinnerte sich, dass einer von seinen Tankstellen-Kumpels das Thema angeschnitten hatte. Ein Tümpel, von einer der Leeraner Nachbargemeinden für viel Geld gekauft, um ihn zur Badeanstalt auszubauen. Nur leider war das Wasser völlig verseucht, und jetzt wogte der Streit um die Schuldfrage. Kornemann sei sowieso nichts nachzuweisen, hatte es geheißen. Oha. Falls doch, war dies eine brisante Information.

Aber von wem? Nanno konnte sich auf die Stimme immer noch keinen Reim machen. Was musste er wohl tun, um die Aufnahme noch einmal zu hören? Sein Zeigefinger schwebte über der „Text"-Taste, als es an der Tür klingelte. Wieder fuhr er zusammen.

Es war Sina. „Gibt's bei dir Abendbrot?", fragte sie. Nanno setzte ein Stück zurück, damit sie eintreten und die Tür schließen konnte, und sah ihr dabei zu, wie sie ihren Mantel auszog und an die Garderobe hängte.

„Es gibt etwas viel Besseres", sagte er. „Einen neuen Anruf. Diesmal aufgezeichnet." Jetzt müsste sie eigentlich ‚ausgezeichnet' sagen, dachte er, aber Sina guckte nur gespannt und strich sich den Pullover glatt. Nanno rollte voraus, und er spürte ein Kribbeln im Nacken, als sie ihm folgte.

Kein Wunder, dass seine Hand zitterte, als er auf die „Text"-Taste tippte. Kein Wunder, dass sein Zeigefinger abrutschte, dass er den kleinen, runden Knopf neben dem länglichen mit diesem zugleich drückte.

„Nachricht“, sagte die hessische Dame, und dann, mit einem unvermutet flotten, neckischen, gehässig klingenden Hüpfer in der Stimme, „gelöscht“.

„O verflucht.“ Er trommelte mit beiden Fäusten auf seine Armlehnen, zornig, beschämt, wütend, holte dann aus und schlug mit einer einzigen Bewegung Anrufbeantworter, Telefon und Lampe vom Nachttisch. „O verflucht, o verflucht.“

Sie war hinter ihm, legte ihm ihre kühle Hand in den heißen Nacken, sagte: „Reg dich ab, mein Gott, so schlimm ist es doch nicht.“ Und dann sagte sie: „Armer Nanno.“

Er fuhr in seinem Stuhl herum, schlug nach ihr, traf sie in den Bauch, einmal, zweimal, ehe sie zurückspringen konnte, das Gesicht mehr vom Entsetzen als vom Schmerz verzerrt. Er wollte ihr nach, riss an den Rädern, beugte sich vor, zu ungeduldig, um auf den Stuhl mit der tauben, mit der nutzlosen, mit der verfluchten Hälfte seines Körpers zu warten. Der Rollstuhl kippte, taumelte, stürzte um, Nanno fiel heraus, knallte auf den Bauch. Er hörte auf zu schreien, schlang sich die Arme um und über den Kopf, so als müsste jetzt er Schläge abwehren. Dann begann es aus ihm zu schluchzen.

Sinas Arme umfingen seinen Oberkörper, sie hob ihn an, schleifte ihn zum Bett, wuchtete ihn hoch, zog seine Beine nach. Sina öffnete ihm den Gürtel, zog ihm die Schuhe aus und deckte ihn zu. Sie küsste ihn auf den Mund, fest und zärtlich.

Dann ging sie. Nanno weinte noch lange.

35

Von der Raucherecke neben dem Eingang ging es zwei Stufen abwärts zur Hauptebene des Studios. Diese beiden Stufen hätten Nanno bei seinem ersten Besuch fast zur Umkehr auf Nimmerwiedersehen bewegt. Dieses Fitness-Studio war durchaus nicht das Einzige in der Stadt. Es war ihm aber empfohlen worden, weil es angeblich mit den besten Geräten ausgestattet war, und so war Nanno geblieben, hatte sich die Stufen hinunterhelfen lassen und das übliche kostenlose Probetraining absolviert. Die Geräte waren in Ordnung und die Betreuung war unaufdringlich, aber zur Stelle, wenn er sie brauchte. Also kam er seitdem regelmäßig her.

Natürlich hatte er sein Sportzeug bereits an, trotzdem rollte er zuerst zur Umkleidekabine, um seine Tasche abzustellen. Aus Prinzip. Er kam jetzt immer vormittags, und viele der Stammgäste kannte er mittlerweile. Hausfrauen und ältere Leute dominierten um diese Zeit, Übergewichtige schwitzten auf den Ergometern, Sportverletzte absolvierten ihr Aufbautraining, ein Kleinwüchsiger stemmte Hanteln. „Vormittags", so drückte es der Studioleiter aus, „ist hier Realität. Abends ist Klischee." Abends kam Nanno nicht hierher, wenn es irgendwie ging. Achtzig Prozent seiner Kunden seien ganz normale Menschen mit kleineren oder größeren körperlichen Problemen, hatte der Leiter gesagt, nur zwanzig Prozent Bodybuilder. Da diese zwanzig Prozent aber viel häufiger trainierten als die restlichen achtzig, prägten sie das Bild.

Vor allem spätnachmittags und abends. Dann herrschte hier auch ein anderer, ein aggressiverer Ton, außerdem eine ausgrenzende Vertrautheit. Entweder man gab sich durch Körperbau, Solariumsbräune, Kleidung oder Wortschatz als Mitglied dieser Glaubensgemeinschaft zu erkennen, oder man war ganz einfach Luft. Einmal hatte Nanno abends im Studio trainiert, und er hatte sein Programm durchgestanden. Aber er hatte mehr geschwitzt als sonst.

Nanno rollte in die Umkleidekabine und grüßte. Trotz der frühen Stunde waren auch zwei Bodybuilder da. Schichtdienstler, vermutete er. Sie sahen kurz in seine Richtung, drehten ihre Köpfe aber wieder zurück, ehe sie das „Moin" erwiderten.

Beide rieben sich gerade Arme und Beine mit Massageöl ein. Nanno kannte die vorgeschobene Begründung: Die Wärmeentwicklung der im Öl enthaltenen Essenzen lasse eine verkürzte Aufwärmphase zu, was wiederum Kräfte spare für das eigentliche Eisenfressen. Das war natürlich Blödsinn, der Wärme-Effekt spielte sich ausschließlich auf der Haut ab, und wer gleich nach dem Einreiben auf Höchstbelastung ging, riskierte Muskelrisse. Da aber ein geölter Bizeps so viel geiler aussah als ein naturbelassener, war diese Unsitte wohl nicht auszurotten.

Er nahm sein Handtuch, warf seine Tasche auf eine Bank und fuhr den Gang entlang zum Studio, dorthin, wo die silbern glänzenden Hanteln nach Gewicht aufgereiht in ihren Racks hingen. Der Geruch von Reinigungsmitteln hing in der Luft, auf der Theke sprudelten neonfarbene Säfte in eckigen Glasbehältern, und große Kübelpflanzen mühten sich, dem eisenlastigen Ambiente etwas Leben einzuhauchen. Mein Rollstuhl passt besser hierher als ich, dachte Nanno. Gerade heute, da zwischen den chromblitzenden Speichen Zierscheiben mit mintgrünen Wolken und pinkfarbenen Blitzen steckten.

Er stemmte sich auf eine der niedrigen, schmalen, lederüberzogenen Bänke, die sich immer etwas klebrig anfühlten, zog die Beine nach, angelte sich zwei der leichteren Hanteln und ließ sich auf den Rücken sinken.

Die Wand vor ihm war in ihrer ganzen Breite mit riesigen Spiegeln ausgekleidet, die den Raum doppelt so groß erscheinen ließen. Nanno schob seinen Rollstuhl ein wenig zur Seite, damit er die Arme ungehindert ausbreiten konnte, und sah dabei im Spiegel, wie einer der Teilzeit-Trainer den Hantel-Ständer so zurechtrückte, dass er die Geräte jederzeit problemlos austauschen konnte. Man hatte sich schon auf ihn eingestellt.

Er streckte die Arme seitlich aus, Innenseiten nach oben, und führte dann die Hände mit den kleinen Hanteln über dem Gesicht zusammen. Fünfundzwanzig Wiederholungen zum Warmwerden, vielleicht ein paar mehr, bis die Belastung spürbar wurde. Dann eine kurze Pause, danach mehr Gewicht.

Wer seine Muskeln beeinflussen wollte, der musste ihnen klarmachen, was er von ihnen wollte. Und dafür musste er ihre Sprache kennen. Wissenschaftler hatten die Sprache der Affen ebenso entschlüsselt wie die der Delphine, teilweise jedenfalls, und sie hatten auch herausgefunden, wie man mit Muskeln redete.

Um bei ihnen Gehör zu finden, musste man sie ermüden, das war schon richtig, aber es kam auf die Art und Weise an, wie man sie ermüdete. Ein gezielt ermüdeter Muskel stellte fest, dass er seine Aufgabe nicht mehr erfüllen konnte, und reagierte. Hatte er seine Kraft blitzartig abgeben müssen, in fünf, vier oder gar nur drei gewaltigen Anstrengungen, reagierte er mit der Verbesserung der internen Koordination. War er langsam ermüdet worden, dann sorgte er für bessere Durchblutung, also effektivere Ernährung und mehr Ausdauer. Am simpelsten reagierte er im Mittelbereich, so um die fünfzehn Wiederholungen. Dann wurde er einfach dicker.

Mehr Körpermasse war eigentlich das Letzte, worauf Nanno erpicht war, trotzdem wollte er heute nach dem Warmmachen im Fünfzehner-Rhythmus hanteln; Armkraft konnte er nie genug haben. Der Trick dabei war, die Gewichte so zu wählen, dass nach vierzehn, fünfzehn oder sechzehn Wiederholungen tatsächlich keine weitere mehr möglich war. Der Muskel musste jedes Mal ausgepowert werden, ausgeblasen wie ein Ei zu Ostern, sonst zog er keine Lehren, das kleine Dummerchen, und dann war die ganze Anstrengung für die Katz.

Eine breitschultrige, kompakte Gestalt tauchte im Spiegel auf. Kein Bodybuilder, eindeutig. Das war Stahnke.

„Nicht stören lassen", sagte er, als Nanno sich aufrichten wollte. Er zog eine freie Lederbank heran und setzte sich darauf. „Ich wollte Sie nur auf dem Laufenden halten." Nanno lächelte gequält und griff am Rollstuhl vorbei nach zwei mittelgroßen Hanteln.

Sie hatten sich erst am Abend zuvor getroffen, alle drei. Sina hatte sich nichts anmerken lassen, war nett und locker gewesen wie immer, und nach einiger Zeit war Nannos Beschämtheit gewichen.

Voller Eifer hatten sie ihre Beobachtungen und Überlegungen ausgetauscht.

Heute sollte eine großräumige Suchaktion zwischen Emden und der Krummhörn, der Küstenregion oberhalb der Stadt, anlaufen, hatte Stahnke berichtet: „Das muss doch mit dem Teufel zugehen, wenn wir das Ding nicht finden." Und was den zweiten Telefon-Hinweis anging, so war die Adresse von Ferry Meinders inzwischen bekannt, Stahnke wollte ihn sich selbst vornehmen. Sie waren in dem Bewusstsein auseinander gegangen, dass alles besprochen und geregelt war.

„Was gibt es denn Neues?", fragte Nanno keuchend.

„Es war kein LARC", sagte Stahnke.

Es dauerte einen Augenblick, ehe Nanno die Mitteilung richtig erfassen konnte. Wieso: kein LARC? Größe, Gewicht, Umstände – es passte doch alles zusammen. „Wer sagt das?" fragte Nanno.

„Unser Labor." Stahnke seufzte. „Dank Ihrer Recherche wissen wir ja jetzt eine ganze Menge über die Dinger. Auch über die Bugform. Und die passt einfach nicht."

Der Hauptkommissar holte mit beiden Armen seitlich aus wie ein posierender Muskelmann, der seinen Oberkörper aufbläht, und führte die Hände vor dem Nabel zusammen: „Der Bug eines LARC XV ist zwar spitz, aber trotzdem zu bauchig. Der hätte die Holzplanken der *Alberta* beim Eindringen viel weiter auseinander oder nach innen gedrückt. Das Schiff, das Iwwerks gerammt hat, war schärfer geschnitten. Außerdem haben sich rote Farbspuren gefunden, Spuren von weicher Unterwasser-Schutzfarbe. So was hat ein Amphibienfahrzeug in der Regel auch nicht."

Er klatschte die Handflächen auf seine Oberschenkel. „Schade, was? Aber das gehört eben dazu: Einen begründeten Verdacht ausrecherchieren bis zum Ausschluss."

„Aber wer war es denn dann, wenn nicht der alte Kapitän?" Nanno wischte sich den Schweiß von der Stirn und richtete sich auf die Ellbogen auf. „Wer hat auf Boelsen geschossen? Und warum ist Thoben seit Tagen verschwunden?" Es fiel ihm schwer, sich von dem in seinen Gedanken längst perfekten Konstrukt zu verabschieden.

„Wissen wir nicht, wissen wir alles nicht. Aber Anhaltspunkte gibt es ja immer noch genug. Und Verdächtige auch."

„Dann lassen Sie mal hören."

In Nannos Kopf purzelte alles durcheinander, plötzlich erschien wieder alles möglich.

„Denken Sie doch an das Geflecht von Beziehungen, über das wir inzwischen allerhand wissen. Auch dank Ihrer Hilfe", sagte Stahnke. „Iwwerks immer im Mittelpunkt. Da sind erstens die Guntsieter Fischer. Die haben ihren Unmut über ihn schon mehrfach öffentlich kundgetan. Was die Versenkung der *Alberta* angeht, so hatten sie die besten Möglichkeiten, und wenn's Thoben nicht war, dann stehen sie wieder hoch im Kurs."

„Sind denn Fischkutter so scharf geschnitten?" Nanno legte sich wieder lang und griff nach den nächstgrößeren Gewichten. „Die neuen Dinger sollen doch ziemlich klotzig sein." Er stieß den Atem heftig aus, während er die Hanteln nach oben drückte.

„Wir haben hier ja zunächst einmal einen Kollektiv-Verdacht, also auch eine ganze Gruppe von Verdächtigen", sagte Stahnke. „Einige von denen haben schon neue Schiffe, andere besitzen noch keine, sind also nach wie vor mit den alten unterwegs. Außerdem haben diese Leute Zugriff auf etliche andere Fahrzeuge. Es kommt ja nicht darauf an, wer welches Schiff besitzt, sondern wer zu welchem Schiff Zugang hat. Da kommt eine Menge Arbeit auf uns zu. Aber wir gehen davon aus, dass die Ramming Spuren hinterlassen hat, die man mit einem Pinsel voll Farbe zwar überdecken, aber nicht beseitigen kann. Vielleicht finden wir ja erst das Schiff und dann den Täter."

Neun, zehn, elf. Nanno atmete tief und laut, während seine Arme und Schultern zu glühen schienen. Jetzt kamen die Wiederholungen, die die Muskeln aus ihrer Selbstzufriedenheit rissen, jetzt kam es aufs Durchhalten an. Zwölf, dreizehn. Rauf und kontrolliert wieder herunter. Rauf mit Krafteinsatz und runter ebenfalls, um Strecker und Beuger gleichermaßen zu belasten. Vierzehn, fünfzehn. Mit Kraft draufgeschoben auf die *Alberta* und das Schiff mit Kraft heruntergedrückt. Woran erinnerte ihn das? Richtig: „Kornemann." Sechzehn. Er ließ die Hanteln sinken.

„Wie kommen Sie jetzt auf den?" fragte Stahnke.

„Eisbrecher." Nanno schnaufte, schöpfte vier-, fünfmal tief Atem, ehe er weitersprechen konnte. „Sie sprachen von dem Beziehungsgeflecht um Iwwerks. Da ist Kornemann ein wichtiger Faktor. Iwwerks war sein Partner, Iwwerks hat mit ihm zusammen zweifelhafte Dinger gedreht, also wusste er einiges über ihn. Ein Zustand, der Kornemann sicher nicht passte."

„Und?"

„Und Kornemann hat Eisbrecher." Nannos Atem ging jetzt wieder ruhiger, auch die Herzfrequenz war schnell und deutlich gesunken, innerhalb einer Minute. Seine Kondition war gar nicht übel, oben herum. „Sie haben doch selbst an einen Eisbrecher gedacht, erinnern Sie sich? Ich habe Sie dann davon abgebracht, als ich das LARC erwähnte. Aber so ein Fluss-Eisbrecher wäre als Tatwerkzeug ideal. Klein, kompakt und schwer, PS-stark, mit einem scharfen Bug, der aber so geformt ist, dass er sich über ein Hindernis schiebt und es herunterdrückt. Kornemann besitzt solche Dinger."

„Woher wissen Sie das?"

„Das ist allgemein bekannt." Tatsächlich hatte er auch diese Information von der Tankstelle. „Kornemann hat Saugbagger, Schwimmkräne, Rammen, Schuten, Schlepper, eben alles, was man so braucht, wenn man am oder im Wasser etwas bauen will. Und dazu gehören eben auch Eisbrecher. Für den eigenen Bedarf und zum Vermieten."

Stahnke schwieg. Ihre Blicke trafen sich im großen Spiegel; der Hauptkommissar schien zu grübeln.

„Aber wo ist das Motiv?", fragte er dann. „Ärger in der Firma allein kann's ja wohl nicht sein. Mag sein, dass Kornemann Probleme mit Iwwerks hatte, aber Probleme gibt es doch immer, und es ist eine von Kornemanns Stärken, dass er Probleme löst. Und diese alte Sache mit Thoben, in der hängen sie doch beide drin. Außerdem interessiert die heute doch keinen Menschen mehr. Außer Thoben, natürlich."

„Denken Sie an den Anruf, den ich bekommen habe, den ersten. Wenn die *Bowindra* nun wirklich fremde Patente abgekupfert hat, und Iwwerks wollte deswegen die Firma verlassen? Dann wäre er als Mitwisser außer Kontrolle geraten und Kornemann hätte den Betrug vor jedem neuen Partner verbergen müssen. Was sicher nicht einfach ist."

„Oder Iwwerks hatte schon geplaudert." Stahnke schien auf den Gedanken einzusteigen. „Irgendwoher muss dieser Anrufer sein Wissen ja haben. Doch, das wäre ein Motiv. Und kein schlechtes." Er schüttelte den Kopf. „Die Sache hat nur einen Haken."

„Nämlich?"

„Die Patentschrift liegt ja vor, wie wir gesehen haben, und sie ist in Ordnung. Also ist an den Vorwürfen offenbar nichts dran. Damit entfällt auch das Motiv."

Nannos Beine begannen zu zucken. Die Füße zappelten, die Knie bäumten sich, die Oberschenkel ruckten. Nanno griff mit beiden Händen zu und drückte seine Beine, die plötzlich von einem unkontrollierten, unheimlichen Eigenleben erfüllt schienen, mit aller Kraft auf das Lederpolster herunter. Das Zucken ging weiter, wurde aber schwächer.

„Leider keine Wunderheilung, nur Muskel-Kontraktionen", sagte er mühsam lächelnd zu Stahnke, der stocksteif und mit großen Augen auf seiner Bank saß. „Kommt hin und wieder vor. Sie tun, was sie wollen. Meistens gar nichts. Aber nie, was ich will."

„Erinnert mich ein bisschen an meine Mitarbeiter", sagte Stahnke. Er entspannte sich. „Was nun das Attentat auf Boelsen angeht", fuhr er fort, „so muss es durchaus keine Verbindung zum Fall Iwwerks geben. Das bot sich zwar an, solange wir uns auf Thoben konzentriert haben, aber ich sehe da auch ganz andere Motivlagen."

„Und zwar?"

„Ganz klassisch: Eifersucht. Denken Sie nur daran, was Sina Gersema uns über diesen Toni Mensing und seine Frau erzählt hat. Ich halte Mensing für einen sehr emotionalen Menschen. Solche Leute reagieren extrem."

„Aber das sind doch alles nur Vermutungen." Nanno war sich unschlüssig, ob er weiter trainieren sollte, und schlang sich das große Handtuch um die Schultern, um nicht auszukühlen. „Außerdem ist Mensing auf ganz anderen Gründen auf Boelsen sauer. Weil der nämlich einen ökologischen Ansatz ökonomisch umsetzt, weil er sozusagen ein Ideal zu Geld gemacht hat. So drückt er das jedenfalls aus. Ich glaube ja eher, Mensing ist bloß neidisch, weil Boelsen etwas geschafft hat, das ihm nicht gelungen ist." Irritiert sah Nanno Stahnkes Gesicht aus dem Spiegel strahlen. „Habe ich etwas Falsches gesagt?“

„Im Gegenteil, etwas sehr Richtiges.“ Stahnke hob drei Finger: „Er ist neidisch, er hält ihn für einen Verräter, und er glaubt, dass er was mit seiner Frau hat. Macht drei Motive. In Sachen Boelsen ist Toni Mensing für mich Kandidat Nummer eins.“

„Zu dünn, viel zu dünn.“ Nanno verweigerte die Gefolgschaft. Für ihn füllte ein machtgieriger Macher die Mörder-Rolle viel besser aus als ein gekränkter Idealist. „Außerdem, was heißt schon Verräter. So hat er Iwwerks auch schon genannt. Auf den war er auch mächtig sauer, weil der die ganze Zeit sein doppeltes Spiel gespielt hat, nach vorne Windkraft-Gegner und hintenrum Miteigentümer und Profiteur. Da könnten Sie Mensing auch gleich des Mordes an Iwwerks verdächtigen.“

Stahnke lächelte wieder, diesmal väterlich-nachsichtig. „Erinnern Sie sich daran, was ich über den Zugang sagte, den Zugang zum Tatwerkzeug. Es gibt keinen Hinweis, dass Mensing in irgendeiner Weise Zugang zu einem geeigneten Schiff hatte. Glauben Sie mir, wenn es so einen Hinweis gäbe, ich würde ihm nachgehen.“

„Vielleicht hat er ja schon mal bei Greenpeace im Schlauchboot gesessen.“

„Hat er“, sagte der Hauptkommissar. „Für diese Aktion hätte er aber mindestens das Greenpeace-Aktionsschiff *Beluga* gebraucht, und die liegt zur Zeit an der Elbe.“

Stahnke stand auf, aber schon vorher hatte sich bei Nanno ein Gefühl von Distanz eingestellt. Der Kriminalbeamte hatte Sina und ihn einbezogen, das war gut, aber er dachte nicht daran, sie als gleichberechtigt anzuerkennen. Und er dachte in anderen Bahnen, das war Nanno wieder einmal klar geworden. Vielleicht sollten Sina und er sich wirklich auf die Informanten-Rolle beschränken und ansonsten den Profi machen lassen.

Er griff nach den nächstgrößeren Hanteln, wäre aber bei dem Versuch, sie aus dem Rack zu heben, fast von der Bank gekippt. Das reichte. Wütend richtete er sich auf, im Kopf ein Rauschen wie von Birken im Sturm, und griff nach seinem Rollstuhl. Er wusste genau, dass er Grenzen hatten, aber er hasste es, an sie zu stoßen.

36

Er hatte das Telefon lauter gestellt, um den Anruf nicht zu verpassen, falls er gerade nicht im Zimmer war. Natürlich dröhnte es direkt neben seinem Kopf los.

„Taddigs."

Er war es. „Pass auf, diesmal gehst du zur Zeitung. Erzählst denen, sie sollen mal in Rostock nachfragen. Straßenbauamt. Was die in MeckPomm denn von der Firma Kornemann halten. Denen ist da nämlich 'ne halbe Autobahn weggesackt. Kornemann hat sämtliche Termine geschmissen, und es wäre sicher interessant zu wissen, wo er das Geld zum Nachbessern hergenommen hat."

„Ich denke nicht daran", sagte Nanno.

Schweigen. Dann: „Was?"

„Ich denke nicht daran", wiederholte Nanno, „solange ich nicht weiß, wer Sie sind und wozu das alles gut sein soll. Warum machen Sie das eigentlich nicht selbst?"

Nanno reagierte halbwegs spontan. Er hatte sein Verhalten davon abhängig gemacht, worum sich dieser dritte Anruf, mit dem er fest gerechnet hatte, drehen würde. Dies hier erschien ihm albern. Ein Windei. Irgendein Neidhammel, der Kornemann an die Wäsche wollte.

„Wer ich bin, das kriegst du schon noch zu wissen", sagte die dumpfe Stimme, die er noch immer nicht einordnen konnte. Sicher war nur, dass es nicht Thobens war. „Aber jetzt noch nicht. Und wozu das gut ist? Dass Kornemann endlich das Handwerk gelegt wird."

Also tatsächlich, dachte Nanno. „Ich habe keine Lust, mich an Verleumdungen zu beteiligen", sagte er.

„Was heißt hier Verleumdungen?" Der andere klang empört. „Hat das etwa nicht gestimmt, was ich dir bis jetzt gesagt habe?"

„Das erste jedenfalls nicht."

„Was?!" Zutiefst beleidigt.

„Die Polizei hat nach der Patentschrift gefragt, und was war? Sie war da, und sie war in Ordnung."

„Unmöglich."

„Und ob." Nanno wurde ungeduldig. „Wenn jetzt dieser Kiesgruben-Wächter auch von nichts weiß, dann ist aber Schluss. Dann können Sie nächstens Ihren Friseur anrufen."

„Jetzt hör mal zu." Eindringlich, fast beschwörend: „Diese Patentschrift gibt es nicht. Es kann sie nicht geben. Ich weiß nicht, was sie euch gezeigt haben, aber die neue Anlage ist illegal. Der Ringgenerator ist abgekupfert, bei den Amis. Schaut noch mal genau hin."

„Woher wollen Sie das denn wissen?" Nanno war unsicher. Der andere schien sich seiner Sache sicher zu sein. Aber wie konnte er das? „Wer sind Sie?", fragte er wieder.

Der andere legte auf.

37

Sie hatte selbst bezweifelt, dass das eine gute Idee war, aber dann hatte sie es doch getan. Melanie stand hinter dem Holztresen, als Sina den Laden betrat, Papiertüten zufaltend und mit Kunden schwatzend, in einem ihrer grauweißen, eher duftig als alternativ aussehenden Pullover, die weißblonden Haare zu einem Pferdeschwanz gebunden, ganz emsige Kaufmannsfrau und doch völlig deplatziert.

Sie begrüßte Sina beiläufig, aus dem Gespräch heraus, aber mit einem einladenden Heben des Kopfes, ganz normal eben. Das Stirnrunzeln vorher, das Sina zu sehen geglaubt hatte, war wohl nur Einbildung gewesen.

Hinter ihr bimmelte die Türglocke. Es war mehr los im Laden als erwartet an diesem Vormittag, Melanie hatte alle Hände voll zu tun, und so zog sich Sina in den Seitenraum mit den Textilien zurück und befingerte die Strickwaren. Hübsch, aber phantastisch teuer.

Sie beobachtete Melanie aus den Augenwinkeln, ihre zarte, elfengleiche und doch so entschiedene und kraftvolle Erscheinung, ihre ungekünstelte Schönheit, durch nichts abgeschwächt als durch einen Anflug von Strenge. Ihren Bewegungen beim Bedienen, Verpacken und Kassieren fehlte jene letzte Sicherheit, die Überzeugung voraussetzte oder sogar den Glauben an die ausgeübte Tätigkeit. Aber sie bewegte sich schnell und geschmeidig, und so blieb nur ein kleiner Eindruck von Unfertigkeit, der durchaus mit dem Charakter des Ladens korrespondierte.

Würde diese Frau ihren Mann betrügen? Sina hatte sich diese Frage in den letzten Tagen oft gestellt, ganz besonders jetzt, da die Antwort womöglich zur Basis einer Mordanklage werden konnte. Genau genommen stand die Antwort fest und lautete nein. Melanie würde nichts tun, das für sie selbst, vor ihren eigenen Augen, nach ihren eigenen Maßstäben Betrug zu nennen war. Niemals. Ob das aber auch hieß, dass Melanie mit keinem anderen Mann als Toni ins Bett gehen würde, war keineswegs sicher. So einfach war Melanie nicht.

Sina musste an Tonis Worte denken: „Ich glaube, dass ich sie nicht mehr verstehe. Und dass ich mich ihr nicht mehr verständlich machen kann." Das Todesurteil für eine Beziehung zwischen zwei Menschen, die einander um ihres Intellekts willen liebten.

Und dann der Vorwurf, sie sei nicht mehr ehrlich, würde „lieber den Partner belügen als mal ein lautes Wort riskieren". Dieses Gespräch im *Taraxacum* war nun schon einige Tage her. An dem Tag hatte sie gedacht, hier stünde ein Vulkan unmittelbar vor dem Ausbruch. Anscheinend aber waren Eruptionen ausgeblieben. Melanie jedenfalls war nichts anzumerken, sie strahlte so viel Normalität aus, wie es ihr möglich war.

Nebenan hatte der Ansturm nachgelassen, eben verabschiedete Melanie eine letzte Kundin, für den Augenblick war der Laden leer. Sina stand immer noch im Seitenraum, und Melanie wandte sich ihr zu, ein fragendes Lächeln auf dem Gesicht, als die Türglocke schon wieder schellte. Ganz automatisch drehte sie den Kopf.

Sina konnte die Ladentür, die durch die verbliebene Hälfte der Zwischenwand verdeckt war, nicht sehen, aber sie sah die Veränderung in Melanies Gesicht. Sie kannte die Nuancen dieser beherrschten Miene, und sie war in der Lage, aus diesem plötzlich versteinerten Profil das Erschrecken herauszulesen. Und aus dem Blick, den Melanie ihr als nächsten zuwarf, sprach etwas, das vernichtender war als der schwerste Vorwurf. Das war Hass, ein kalter, gezügelter, bebender Hass, einen halben Wimpernschlag lang. Dann wandte Melanie sich wieder ab, diesmal mit dem ganzen Körper.

Sina hatte den Mund schon offen, als eine bekannte Stimme durch den Laden brummte: „Frau Mensing? Stahnke, Kriminalpolizei. Ich möchte bitte Ihren Mann sprechen."

Jetzt trat er in Sinas Blickfeld, noch massiger als gewöhnlich in seinem langen, dunklen Wollmantel, zwei Uniformierte im Schlepptau. Die von neulich? Möglich. Aber was hatten sie hier zu suchen? Unwillkürlich trat Sina zwei Schritte zurück. „Mein Mann ist nicht da", sagte Melanie ruhig, die Stimme neutral.

„Wo ist er?"

„Ausliefern. Mit dem Wagen."

„Und wann erwarten Sie ihn zurück?"

Achselzucken: „Keine Ahnung. Das ist immer verschieden. Vielleicht muss er anschließend noch etwas abholen, ich weiß es nicht."

Stahnke hatte sie jetzt entdeckt, das merkte Sina genau, obwohl er sie nicht direkt ansah und auch sonst keine Reaktion zeigte. Sinnlos, sich hier zu verstecken. Was Melanie von ihr dachte, war jetzt sowieso nicht mehr zu beeinflussen. Sie ging langsam nach vorne. „Guten Tag", sagte sie.

„Guten Tag", antwortete Stahnke. Die beiden Uniformierten nickten. Es waren wirklich die von neulich.

„Tja", der Hauptkommissar wandte sich wieder Melanie Mensing zu und räusperte sich, „wir müssen jetzt leider Ihre Räume durchsuchen, Geschäft, Wohnung und alle Nebenräume. Hier habe ich den Durchsuchungsbeschluss." Er fingerte ein zerknittertes, mehrfach gefaltetes Papier aus der Tasche.

Melanie sah es nicht an. „Wonach suchen Sie?" fragte sie.

„Nach einer Waffe", sagte Stahnke.

Melanie lächelte, ganz leicht und fein. Sie sah mehr denn je wie eine Heilige aus. „Bitte", sagte sie.

Die beiden Polizisten verschwanden durch die hintere Tür, der eine ging die Treppe hoch zur Wohnung, der andere überquerte den Innenhof. Die Türglocke kündigte neue Kundschaft an. Der Hauptkommissar trat beiseite, dirigierte Sina in den Seitenraum. Melanie Mensing bediente die Kunden, ganz wie zuvor.

Stahnke und seine Amateur-Assistentin starrten sich an. Jeder von beiden wusste, warum der andere hier war, und dass dies ein denkbar dämliches Zusammentreffen war, bedurfte auch keiner Erwähnung.

Das peinliche Vis-à-vis dauerte an, solange der neue Schwung Kunden im Laden war, und es endete mit dem erneuten Schellen der Türglocke. Im selben Moment nämlich öffnete sich die Tür zum Innenhof, und ein kalter Windstoß trieb die beiden Uniformierten herein. Der kleinere von ihnen trug ein langes Sackleinen-Bündel, aus dem unübersehbar der Doppellauf einer Schrotflinte ragte. Der Polizist deutete mit dem Daumen über seine Schulter: „Im Lagerschuppen, oben auf den Kisten."

Stahnke nahm das Bündel an sich und klemmte es sich vorsichtig unter den Arm, so, dass die Mündungen zum Boden zeigten. „Frau Mensing", sagte er, „Ihr Mann steht unter dem dringenden Verdacht, einen Mordversuch begangen zu haben. Meine beiden Kollegen werden hier bei Ihnen bleiben und Ihren Mann festnehmen, sobald er kommt. Tut mir leid."

Melanie nickte. Ohne den Blick abzuwenden, löste sie das Band aus ihrem Pferdeschwanz und warf den Kopf zurück, so dass die Haare für einen Augenblick wie ein Strahlenkranz um ihr Haupt standen. Wieder lächelte sie.

Stahnke verließ den Laden mit schnellen Schritten. Sina flüchtete hinter ihm her.

38

Eine Schnapsidee, dieser Spaziergang, fand Nanno, aber sie hatte den Ausflug vorgeschlagen, und darüber war er froh und maulte nicht, obwohl es nieselte und er sich mit seinen regendicht eingepackten Beinen erst so richtig behindert vorkam.

Gewöhnlich war er mit seiner Erscheinung halbwegs zufrieden: Bunte Scheiben an den leicht nach innen geneigten Speichenrädern, Jeans und grobe Lederschuhe, kräftiger Oberkörper und ein vorne am Sportrollstuhl eingeklinkter Alu-Handstock, der ein Minimum an Beweglichkeit vortäuschte, obwohl er doch höchstens dazu taugte, nach einem heruntergefallenen Gegenstand zu angeln. Ich bin wirklich ein eitler Krüppel, dachte Nanno und grinste zufrieden.

Sina lächelte ihn von der Seite an: „Freut mich, dass es dir hier auch so gut gefällt."

Der sanfte Regen war tückisch, denn er durchnässte ebenso unmerklich wie gründlich, und er schien von all den Häusern, die um den Hafen von Guntsiet aufgereiht standen wie Zähne in einem unregelmäßigen und ungepflegten Gebiss, und von allen Schiffen im Hafenbecken alles Bunte heruntergewaschen zu haben.

Jenseits der Hafeneinfahrt verschwammen Emswasser, Deich und Himmel zu einem schmutziggrauen Stück Leinwand, das sehnlichst darauf wartete, von kundiger Hand frisch grundiert und mit farbig gestalteten Gedanken zu neuer Realität erweckt zu werden.

Außer ihnen beiden ließ sich kein Mensch im Freien sehen. Für dieses Wetter gab es viele Namen, darunter ein paar sehr poetische, aber die Leute hier sagten einfach „Schietweer", und das traf es genau.

Sie schlenderten am Kai entlang, im Zickzack, weil überall Haufen von Tauen, Netzschwimmern und Kunststoffkisten herumlagen, und musterten die Schiffe. Natürlich, zu irgendwas musste dieser Regenspaziergang ja gut sein. Wo immer es ging, fuhr Nanno dicht an die eisenbewehrte Kaimauerkante heran, um die Vorschiffe der Kutter zu inspizieren, die hier im Dreier- und Viererpäckchen nebeneinander lagen und sachte dümpelten. Alle waren sie verschrammt, auch die hölzernen, und fast alle eisernen Schiffe wiesen mehr als eine Beule auf. Der bloße Augenschein half hier nicht weiter, das war klar. Da kam viel Arbeit auf die Spezialisten der Polizei zu.

Der Wind wurde steifer und sie banden sich die Kapuzen zu. Das Prasseln der winzigen Nieseltropfen auf der Kunststoffhaut direkt über den Ohren erzeugte ein seltsam heimeliges Gefühl von Abgeschiedenheit. Sina trat hinter den Rollstuhl und schob. Nanno ließ es geschehen. Sie schwiegen.

Weiter vorne knickte die Kaimauer nach rechts ab, dem Molenkopf zu. Hier lagen die großen Kutter, zweimal zwei. Ihre Bordwände sahen noch unverschrammt aus, jedenfalls aus der Entfernung, und die Flaggen waren unzerfranst und unverblichen. Alle Farbe Guntsiets schien sich hier konzentriert zu haben. Sie reckten die Hälse, und als sie das doppelte Heck des hinteren Zweierpäckchens erreicht hatten, griff Nanno wieder selbst in die Schubringe, so als hätte ihn wieder das Jagdfieber gepackt. Was auch der Fall war.

Zuversicht hieß das Schiff, das direkt am Kai lag, ein brandneuer, knapp zwanzig Meter langer, modern ausgerüsteter Kutter, leuchtend rot lackiert. Ein weiß gemalter Keil unten am Bug, genau oberhalb der Wasserlinie, sollte eine schäumende Welle andeuten und von kaum gebändigter Kraft zeugen.

Was nicht ganz gelang, da von der weißen Farbschicht dicke Placken fehlten. Und von dem Rot direkt dahinter auch. Rotbraune, stumpfe Grundierung war darunter zu erkennen. Und noch fast kein Rost.

„Siehst du da irgendwo Beulen?“ flüsterte Sina.

„Nein.“ Auch Nanno sprach ganz leise. „Es müssen ja auch nicht unbedingt welche da sein. Kommt drauf an, wie dick der Stahl ist. Das müssen die Fachleute klären. Interessant wäre nur, ob die Farbe auch auf der anderen Seite fehlt.“ Aber die Gangway war für ihn unüberwindlich. Wieder so eine Grenze.

„Ich geh mal gucken“, sagte Sina. Als er sich umdrehte, war sie schon hinter Kistenstapeln verschwunden. Er lauschte, hörte das Vibrieren der Gangwayholme, dann ihre Schritte auf dem Stahldeck, schnell und federleicht.

Das war sie auch schon auf dem Vorschiff, kletterte über den Wellenbrecher, beugte sich über die hohe Schanz. Nanno japste erschrocken, als er ihre Füße in der Luft strampeln sah. Dann tauchte ihr Gesicht wieder auf, ein heller Fleck in dunkler Plastikumrandung, der sich von rechts nach links bewegte und wieder zurück. Also wieder nichts, dachte er.

„Düvkater, ik will di helpen!" Das Gebrüll, das da so überraschend ertönte, ließ Sina erstarren. Die Stimme kam vom Kai, sie saß also in der Falle. Nanno riss den Rollstuhl herum und ließ ihn hinter den Kisten hervorschnellen. Ein dicker Mann mit glänzend grüner Jacke und glänzend rotem Gesicht schickte sich an, über die Gangway an Bord zu stürmen. Jetzt erstarrte er in der Bewegung, eine Hand am Geländer, einen Fuß auf der Bohle. Klar, dass er sich auf der Jagd nach Dieben wähnte. Und ein Rollstuhlfahrer passte da nicht ins Bild.

Na gut, dann fahren wir mal wieder die Mitleids-Schiene, dachte Nanno und rief: „Entschuldigen Sie bitte, dass meine Schwester auf Ihr Schiff gestiegen ist. Ich wollte nur ein Foto von ihr machen. Sie hat bestimmt nichts kaputt gemacht."

Der Dicke starrte ihn an, immer noch bewegungslos. Wenn er clever ist, dann fragt er gleich, wo ich denn wohl die Kamera habe, dachte Nanno. Vorsichtshalber schob er seine linke Hand unter die Schutzdecke, so, als bringe er dort etwas vor dem Regen in Sicherheit. Dabei lächelte er den Fischer an.

Der nahm jetzt die Hand vom Geländer und kam langsam auf ihn zu. In seinem Rücken huschte Sina an Land und blieb am Fuß der Gangway abwartend stehen. Nanno wog die Fluchtchancen ab: Im Prinzip nicht schlecht, wenn er nur erst an dem Dicken vorbei war. Er ließ ihn kommen. Zur Not hatte er ja noch den Stock, und völlig wehrlos fühlte er sich sowieso nicht.

Dann entspannte er sich. Der Fischer war keineswegs wütend, er war verlegen, und sein Bedauern war so groß und echt, dass Nanno sich augenblicklich schäbig vorkam. Der Mann tippte sich mit zwei

Fingern an den Kapuzenrand. „Nichts für ungut, ich wollte Sie ja nicht erschrecken“, sagte er. Auf Hochdeutsch. Dass Nanno gesagt hatte, seine Schwester sei „auf das Schiff gestiegen“, war Absicht gewesen und hatte gewirkt. Damit waren sie als Binnenländer ausgewiesen, also Urlauber, und die brachten Geld und waren heilig. Sina näherte sich langsam, und Nanno winkte sie verstohlen heran.

„Es ist ja nur, weil neuerdings so viel geklaut wird.“ Der dicke Fischer hatte sich jetzt warm geredet. „Dauernd wird hier irgendwelche Ausrüstung gestohlen. Elektronik vor allem. Oder es wird eingebrochen, und dann sind die Vorräte weg.“ Nicht zu vergessen der Schnaps, ergänzte Nanno im Stillen. Die Gefahr war vorüber, jetzt galt es nur noch, sich mit Anstand zu empfehlen. Ein bisschen aber musste er den Dicken schon noch reden lassen, sonst wurde er vielleicht doch noch sauer und merkte sich das Autokennzeichen.

„Man wundert sich ja, dass die nicht gleich die ganzen Schiffe mitnehmen.“ Das musste eigentlich das Schlusswort sein, eine Steigerung war wohl nicht mehr möglich. Oder? „Vorige Woche erst, in Emden, da haben sie ein Dreizehn-Meter-Schiff geklaut, am helllichten Tag, mitten aus dem Yachthafen. Das muss man sich mal vorstellen.“

„Am helllichten Tag?“ Nanno erinnerte sich an die Meldung in der Zeitung. Da hatte nicht dringestanden, wann der Diebstahl passiert war, und er hatte ganz automatisch an die Nacht gedacht.

„Ja, unglaublich, was?“ Der Guntsieter fühlte sich angespornt. „Da wird der Boelsen dumm geguckt haben. Einfach so, Leinen los und weg, und keiner hat’s gesehen.“

„Boelsens Schiff?“ Sina hatte ganz runde Augen. „Der Boelsen von der *Bowindra*?“

„Den kennen Sie?“ Der Fischer kniff seine Augen zusammen, bis sie fast zwischen den Wülsten seines gut isolierten Gesichts verschwanden: „Sind Sie denn doch von hier?“

„Nein, sind wir nicht“, sagte Nanno schnell. „Aber den Boelsen und seine Firma, die kennt man ja in ganz Deutschland.“

Jetzt strahlte der Fischer. „Ja, das ist wohl wahr. Der macht Ostfriesland bekannt. Da sind wir mal technisch ganz vorneweg, was?“ Dann verschwand das strahlende Lächeln ebenso schnell, wie es gekommen war: „Er muss nur aufpassen, dass er uns mit den Dingern die Touristen nicht verscheucht. Da hat er ja auch schon Ärger gekriegt."

„Ach, so ein paar Windmühlen stören uns nicht", sagte Nanno, ganz wohlwollender Tourist: „Außerdem müssen die Anlagen, die er baut, ja nicht alle hier aufgestellt werden. Die kann man doch woanders aufbauen, oder?" Was vor der eigenen Haustür störte, das störte vor der Tür des Nachbarn schließlich noch lange nicht. Höchstens den Nachbarn.

„Da haben Sie Recht." Der Fischer nickte beifällig. „Eigentlich will ihm ja auch keiner was Böses hier. Er versteht ja auch was von seinen Sachen." Das Nicken verstärkte sich, verkündete Anerkennung. „Und mit seinem Schiff kann er auch prima umgehen. Will man nur hoffen, dass er das wiederkriegt."

„Na, ein Schiff dieser Größe wird man doch wohl wiederfinden", sagte Sina. „Dreizehn Meter, das ist ja schon was."

Der Dicke nickte: „Für 'ne Lustyacht ja. Eigentlich wollt' er ja lieber segeln, hieß es mal, aber mit seiner *Aeolus* hat er immer Kunden und Geschäftsfreunde auf der Ems rumkutschiert, das mochte er eben auch nicht missen. Nicht mehr ganz neu, aber 'n schnelles Schiff. Zwei Kämper-Diesel drin, Sechszylinder, da sitzt was dahinter. Und nicht kaputtzukriegen."

„Genau wie Ihr Schiff." Nanno hielt den Augenblick für gekommen: „Dann wollen wir mal sehen, dass wir aus dem Regen rauskommen. Denn man tschüß, und gute Fahrt weiterhin."

Sie drehten sich noch zweimal um; beim ersten Mal stand der Dicke an der Gangway und winkte ihnen nach, beim zweiten Mal war er verschwunden. „Was habe ich doch für ein schlaues Brüderchen", sagte Sina. „Nett, dass du mich mal eben adoptiert hast."

„Aber nur, weil der böse Onkel kam", sagte Nanno. „Interessante Verwandtschaft übrigens. Und was jetzt?"

„Trockenlegen", sagte Sina und schüttelte sich. „Und dann ab zu Papa Stahnke."

39

Wie sich wenig später herausstellte, war die *Aeolus* fast genau zur selben Stunde nördlich der niederländischen Insel Terschelling seetriftig gesichtet worden, und als sich der alarmierte Stahnke wegen der gestohlen Yacht mit der Emder Wasserschutzpolizei in Verbindung setzte, hatte die schon Nachricht aus den Niederlanden erhalten und die Bergung eingeleitet. Vierundzwanzig Stunden später wurde die Motoryacht in die Nesserlander Schleuse geschleppt. Nanno und Sina, von Stahnke benachrichtigt, sahen von der Schleusenbrücke aus zu.

Die *Aeolus* war ein Schiff, das Vertrauen einflößte. Massig, ohne plump zu wirken, mit gerundeten Formen und dennoch elegantem, scharf geschnittenem Bug, der die steilen, vom böigen Nordwestwind geformten Wellen sauber zerteilte. Die weißen Aufbauten und der dunkelblaue Rumpf waren im Winterlager frisch lackiert worden und glänzten. Nur vorne nicht, dort, wo der ansonsten sanfte Schwung des Stevens einen leichten Knick aufwies, gut einen halben Meter oberhalb der Wasserlinie. Dort war die Farbe gesplittert, abgeschabt und zerkratzt. Auf beiden Seiten.

„Kein Zweifel", sagte der Hauptkommissar. Sie saßen zu dritt in einem Büro im Gebäude der Wasserschutzpolizei am Binnenhafen, gleich hinter dem Schöpfwerk, und tranken Automatenkaffee aus Plastikbechern. Der Raum wurde offenbar als Abstellkammer für ausrangierte Büromöbel genutzt, und so herrschte an Sitzgelegenheiten kein Mangel.

Unten am Polizeisteg war die Spurensicherung über die *Aeolus* hergefallen, aber Stahnke wartete die Ergebnisse gar nicht ab: „Das Schiff ist die Tatwaffe, die *Aeolus* hat die *Alberta* versenkt. Das war mir schon klar, als ich die Fotos gesehen habe." Die Niederländer hatten auf seine Bitte hin *Aeolus*' Bug fotografiert und die Bilder nach Leer gemailt. Mit den Ausdrucken in der Hand war Stahnke zu Boelsen in die Firma gefahren. Dreißig Minuten später war aus dem angesehen Firmenchef ein angehender Untersuchungshäftling geworden.

Womit Stahnke immerhin einen von zwei Mordverdächtigen unter Verschluss hatte. Toni Mensing nämlich war nicht wieder bei seinem Laden aufgetaucht. Seine Frau konnte ihn nicht gewarnt haben, denn die beiden Polizisten, die Stahnke als Wache zurückgelassen hatte, waren ihr bis zum späten Abend nicht von der Seite gewichen. Möglicherweise hatte ihm einer der Kunden Bescheid gegeben, oder er hatte das zivile Polizeifahrzeug erkannt. In diesen Dingen war er schließlich nicht unerfahren. Seither wurde das Geschäft von außen unter Beobachtung gehalten, und Toni Mensing und sein alter Lieferwagen waren zur Fahndung ausgeschrieben.

„Er wird irgendwo in der Szene untergetaucht sein, bei Castor-Gegnern oder Autonomen", sagte Stahnke, der auf die Hilfe des Zufalls hoffte, allerdings nicht allzu sehr. Umso eiliger hatte er es gehabt, Boelsen festzusetzen.

„Er hat kein Alibi", berichtete Stahnke, „was in diesem Fall besonders bemerkenswert ist, weil es sich hier ja um einen relativ großen Zeitraum handelt. Er sagt, er sei morgens ganz früh mit dem Auto losgefahren, um Baustellen zu inspizieren, in Südniedersachsen. Und zwar ausgerechnet solche, auf denen gerade nicht gearbeitet wurde."

„Was soll denn das für einen Sinn haben?", unterbrach Sina.

„Angeblich macht er das immer so, um in aller Ruhe die Installationen zu überprüfen. Bestätigt hat uns das bis jetzt noch keiner. Jedenfalls behauptet er, den ganzen Tag herumgedüst zu sein, ohne einen Menschen zu treffen. Zurückgekommen sein will er tief in der Nacht." Stahnke lehnte sich zurück, und seine hochgezogenen Augenbrauen ließen ahnen, dass er den Braten schon in der Pfanne wähnte.

„Aber das ist doch überhaupt nicht möglich, einen ganzen Tag mit dem Auto unterwegs zu sein, ohne mit irgendwem Kontakt zu haben", sagte Nanno. „Er muss getankt haben, er wird etwas gegessen haben. Was ist mit Quittungen?"

Stahnke grinste. „Die Quittungen habe er weggeworfen, weil er Reisespesen immer pauschal abrechne, sagt er. Ziemlich unglaubwürdig. Wo er gegessen hat, weiß er angeblich nicht mehr. Getankt hat er zweimal, beide Male bei einer freien Tankstelle, und da kann er sich auch nur ungefähr erinnern, wo das gewesen sein könnte. Das wird gerade überprüft. In zwei, drei Tagen werden die Recherchen erledigt sein. Ich könnte wetten, dass nichts dabei herauskommt."

„Eins ist mir noch nicht klar", sagte Sina. „Nehmen wir mal an, Boelsen hat gewusst, an welchem Tag Iwwerks auslaufen würde. Er ist zum Jarssumer Hafen gefahren, zur *Alberta* gegangen, hat den Motorraum aufgebrochen und das Peilrohr abgesägt. Dann hat er vor der Schleuse auf Iwwerks gelauert, hat die *Alberta* vorbeifahren lassen und ist mit der *Aeolus* hinterher. Als sie dann manövrierunfähig war, hat er sie gerammt und versenkt. Richtig?"

„Vermutlich", sagte Stahnke. „Abgesehen davon, dass der Motorraum nicht aufgebrochen wurde, sondern unverschlossen war. Manche Leute glauben eben noch an das Gute im Menschen."

„Na schön", sagte Sina, „trotzdem verstehe ich nicht, warum er das Risiko eingegangen ist, *Albertas* Motor beziehungsweise Tank zu sabotieren. Erstens hätte er dabei beobachtet werden können, zweitens hat er auf diese Weise Spuren hinterlassen, und drittens wäre es doch gar nicht nötig gewesen. Sein Schiff ist schnell und stark genug, er hätte die *Alberta* auch so erwischt."

„Doppel genäht hält besser." Stahnke zuckte die Achseln. „Mörder handeln nicht immer logisch. Vielleicht war er sich über die Kräfteverhältnisse ja auch gar nicht so ganz im Klaren."

„Der Mann ist Ingenieur", warf Nanno ein.

Sina war noch nicht fertig. „Und dann ist mir nicht klar, wie es nach dem Rammstoß weitergegangen ist. Wie ist Boelsen an Land gekommen? Hätte er die *Aeolus* irgendwo ans Ufer gefahren und sie dann treiben lassen, wäre sie bestimmt im Watt auf Grund gelaufen und schneller gefunden worden. Und wenn er das Schiff schon beseitigen wollte, warum hat er es dann nicht gleich versenkt?"

„Teil eins ist einfach zu beantworten", sagte Stahnke. „Hinten in den Davits der *Aeolus* hat früher ein Beiboot gehangen, ein Schlauchboot mit Außenborder. Boelsen hat sein Schiff also gut frei von

Land gesteuert, bis er sicher sein konnte, dass der Ebbstrom es durch das Seegatt zwischen den Inseln hinaus in die Nordsee ziehen würde. Dann ist er ins Schlauchboot gestiegen, an einer einsamen Stelle an Land gegangen, hat die Luft aus dem Boot gelassen und es irgendwo versteckt."

„Und wie ist er nach Hause gekommen?" fragte Nanno.

„Vielleicht hatte er dort ein Fahrzeug deponiert, vielleicht ist er ins nächste Dorf gegangen und hat sich ein Taxi gerufen – wer weiß. Das Schlauchboot und den Motor hat er dann später abgeholt. Das ist alles zu schaffen."

Er deutete mit dem Zeigefinger auf Sina: „Und nun zum zweiten Teil Ihrer Frage. Warum hat er sein Schiff nicht versenkt? Als Eigner weiß er natürlich, wie das geht, wo die Seeventile sitzen. Ich meine aber, Boelsen musste davon ausgehen, dass die *Alberta* nach der Kollision sinken würde. Und dann hätte man natürlich unter Wasser nach ihr gesucht. Die Chance, dass man dabei auch die *Aeolus* gefunden hätte, wäre recht groß gewesen, und offene Seeventile hätten den Tatverdacht gegen den Eigner vergrößert."

„Mehr als ein treibendes Schiff?"

„Allerdings, denn das könnte auch auf einen Zufall hindeuten. Angenommen, irgendwelche Rabauken klauen ein Schiff, fahren damit herum, rammen ein anderes Schiff und versenken es, erschrecken sich zu Tode, steigen ins Beiboot und machen, dass sie wegkommen. Klingt doch ganz plausibel, oder? So könnte es schließlich auch gewesen sein."

„Und trotzdem sind Sie überzeugt, dass es anders war", sagte Nanno. „Was macht Sie so sicher?"

„Das Motiv", sagte Stahnke. „Natürlich auch das nicht vorhandene Alibi. In erster Linie aber das Motiv. Iwwerks ist Teilhaber von Boelsen und Kornemann, er weiß von dem Betrug, den die *Bowindra* begangen hat, er kündigt seinen Rückzug aus dem Geschäft an und wird verdächtigt, den Schwindel aufdecken zu wollen. Ein glasklares Motiv."

„Das auch auf Kornemann passen würde", sagte Sina.

Stahnke guckte leicht irritiert: „Aber es ist Boelsens Schiff."

„Es kommt nicht darauf an, was einer besitzt, sondern wozu er

Zugang hat“, dozierte Nanno. „Zitat eines bekannten Kriminalisten. Nehmen Sie's mir nicht übel, könnte nicht auch Kornemann Zugang zum Schiff gehabt haben? Schließlich wurden auf der *Aeolus* auch Geschäftsfreunde bewirtet, wie wir wissen.“

Stahnke nahm nicht übel, Stahnke lächelte nachsichtig. „Gut aufgepasst. Und glauben Sie mir, ich habe Boelsen danach gefragt. Wäre eine gute Chance für ihn gewesen, sich zu entlasten. Aber er hat nein gesagt. Nur er allein habe die Schlüssel, sonst niemand. Zweimal habe ich nachgefragt, und jedes Mal hat er nein gesagt. So nachdrücklich, dass es schon wieder komisch war.“

Schweigend tranken sie ihre Becher leer. Nanno schaute in die Runde, musterte die an den Wänden aufgestapelten Möbel und die verschossenen Tapeten mit den hellen, viereckigen Flecken. Ein vergessener Gustav Heinemann blickte sie mit schwarzweißer bundespräsidialer Miene von der Stirnwand her an.

Dann sagte Stahnke: „Einen Knackpunkt gibt es noch, einen ganz entscheidenden. Den haben Sie beide noch gar nicht genannt.“

„Nämlich?“ fragte Nanno.

„Die Patentschrift.“ Stahnke bückte sich nach seiner Aktentasche, zog das bekannte braune Kuvert heraus und legte es auf den Tisch. „Ich habe sie gleich mitgebracht, wo ich schon mal bei der *Bowindra* war. Ihr mysteriöser Anrufer sagt, sie sei gefälscht oder ungültig oder was auch immer, jedenfalls nicht koscher. Noch ist das nicht bewiesen, und daran hängt schließlich das ganze schöne Mordmotiv.“ Er knüllte seinen Becher zusammen. „Wieder mal eine Sache für die Spezialisten. Aber ich habe mich entschieden, Ihrem Anrufer zu glauben.“

„Und warum auf einmal?“

„Weil ich bei diesem Ferry Meinders war“, sagte Stahnke. „Er hat mir eine Menge erzählt, und wenn ich erst wieder ein bisschen mehr Zeit habe, wird Kornemann sehr viel Ärger bekommen. In diesem Punkt hat der große Unbekannte also die Wahrheit gesagt. Deswegen glaube ich ihm auch in dem anderen Punkt. Bis auf weiteres.“

„Dann sollten wir uns vielleicht doch um diese Autobahn-Affäre kümmern“, sagte Sina.

„Können Sie gerne machen." Stahnke kippte die Papiertüte aus. Wieder rutschten CD-Hüllen und gebündelte Zeichnungen und Texte auf die Tischplatte. „Vorläufig interessiert mich das hier aber sehr viel mehr. Wo steckt der Wurm?" Hilflos wühlte er in den Unterlagen herum, als müsste er mit Kinderhänden ein Spiel Rommeekarten mischen.

Nanno sah Blätter, Bilder, Sätze und Zahlen vor seinen Augen vorbeihuschen. Das da musste die Antragsbeschreibung sein: „ ... Ringgenerator mit Direktantrieb ... gleichmäßige Energieabgabe bei extrem niedriger Rotationszahl ... dadurch viel geringere Geräuschemission als üblich ..." Da stand „18 UpM", schwarz und akkurat, und doch stach es ihm ins Auge wie grelles Pink. Warum? „UpM", na und?

Und das da waren die Aufrisszeichnungen. Exakte, saubere Strichführung, technische Daten mit der Schablone gemalt. Nannos Hand schnellte vor und nagelte das Blatt auf den Tisch. „Ihr wisst, was UpM heißt?" fragte er.

„Umdrehungen pro Minute", antwortete Stahnke.

Er starrte Nanno an wie sonst nur samstags die Ziehung der Lottozahlen: „Warum?"

„Hier steht 29 UpM", sagte Nanno und zeigte auf die Zeichnung. „Und in der Antragsbeschreibung steht 18 UpM. Außerdem steht da, dass der gesicherte Gleichlauf bei langsamen Touren ein wesentlicher Bestandteil der Innovation ist. Oder so ähnlich. Auf jeden Fall passt das nicht so recht zusammen."

Stahnke hatte das zweite Blatt gefunden und hielt es neben die Zeichnung. „Hier 18 UpM, da 29 UpM", murmelte er. „Gibt's ja vielleicht 'ne Erklärung für ... hier hinten scheint ja alles ganz logisch ..."

Plötzlich riss er den Kopf hoch, schaute erst Nanno an, dann Sina und danach wieder Nanno: „Wisst ihr, was das ist? In der Kunst gibt es einen Namen dafür." Er schnippte mit den Fingern: „Collage. Das ist eine Collage. Der Antrag und die Konstruktionszeichnung gehören überhaupt nicht zusammen. Es handelt sich hier um zwei verschiedene Anlagen, die sich aber wiederum so ähnlich sind, dass man den Unterschied weder auf den ersten noch auf den zweiten Blick bemerkt." Er schlug mit der flachen Hand auf die Papiere: „Glückwunsch, Herr Taddigs!"

„Und was bedeutet das nun?", fragte Sina.

„Dass die neue Anlage gar nicht patentiert worden ist. Vermutlich, weil es für wesentliche Bestandteile schon anderweitig Patentschutz gibt. Entweder ist der Antrag abgelehnt worden, oder aber die Herren haben diesen Antrag überhaupt nicht gestellt. Aber die B 9-181 haben sie trotzdem gebaut. Und damit haben sie eine ziemlich stinkige Leiche im Keller."

Sina nickte. „Womit Boelsens Motiv wohl außer Zweifel stünde."

„Allerdings", sagte Stahnke. Er blickte Nanno an. Der mit gerunzelter Stirn ins Leere starrte: „Nicht überzeugt?"

„Schwer zu sagen." Nanno rollte die Schultern, in denen ein dumpfer Schmerz nistete: Muskelkater oder Zugluft bei Nässe? „Indizien sind immer interpretierbar", sagte er. „Mensing und Boelsen, alles spricht gegen die beiden, das sehe ich auch so. Aber es gefällt mir nicht."

„Das steht Ihnen frei", sagte Stahnke und erhob sich, offenkundig erleichtert, dass es keine weiteren Einwände gab. „Ich habe mir früher auch immer gewünscht, dass der Fiese am Ende als Mörder entlarvt wird. Habe ich aber aufgegeben. Man ärgert sich auch so schon genug."

Nanno nickte stumm. Seine Gedanken waren längst wieder woanders.

40

Sie tranken Tee, zappten sich durch die Fernsehkanäle und warteten darauf, dass das Telefon anschlug. Der Tee war gut, die Programme waren vorwiegend schlecht, und das Telefon blieb stumm. Nanno hatte sich auf dem Bett ausgestreckt, Sina saß neben ihm in einem Lehnstuhl, den sie auf seinen Vorschlag hin aus dem Wohnzimmer herbeigeschafft hatte. Nähe war zwischen ihnen schon beinahe selbstverständlich, ihr Verhältnis hatte den Zustand familiärer Intimität erreicht. Wirklich wie Brüderchen und Schwesterchen, dachte Nanno. Fast.

„Kommt einer nach Ostfriesland und will nach Leer", sagte Sina. „Sieht aber kein Hinweisschild, nur zwei Ostfriesen, die an der Straße stehen."

„Kann das sein, dass du Anstalten machst, mir einen Ostfriesenwitz zu erzählen?", fragte Nanno, ohne sich aufzurichten. „Ausgerechnet du, ausgerechnet mir? Nestbeschmutzung ist das, übelste Nestbeschmutzung." Er räkelte sich wohlig.

„Quark, der ist echt gut", sagte sie. „Auch wenn ich ihn aus der Kinowerbung kenne. Ein ostfriesischer Witz außerdem, kein Ostfriesenwitz. Das ist wie mit jüdischen Witzen und Judenwitzen. Kannst du auch nicht vergleichen."

„Na gut", sagte er. „Wenn er gut ist."

„Der Fremde geht also auf die beiden Ostfriesen zu und fragt, wo es nach Leer geht. Keine Antwort. Beide bleiben stumm."

„Er hat ja auch nicht Moin gesagt."

„Dann hat er eben Guten Tag gesagt oder Guten Morgen. Jedenfalls glaubt er, die haben ihn nicht verstanden, und wiederholt seine Frage auf Englisch. Wieder keine Antwort."

Viele Menschen empfinden es als einen Angriff, wenn man sie mit etwas konfrontiert, wovon sie nichts wissen, dachte Nanno. Die Ostfriesen machen da keine Ausnahme. Weiß Gott nicht.

„Er versucht es noch mal, diesmal auf Französisch. Wieder keine

Antwort. Da gibt er es auf, steigt in sein Auto und fährt weg. Kaum ist er außer Sicht, da sagt der eine Ostfriese zum anderen: Hast du gehört? Der konnte zwei Fremdsprachen. Antwortet der andere: Ja. Und was hat es ihm genützt?"

„Klasse Witz", sagte Nanno.

„Dann könntest du vielleicht mal lachen."

„Ich lache doch, ganz bestimmt."

Sie griff wieder zur Fernbedienung. Das gezappte Gezappel auf dem Bildschirm hatte etwas Beruhigendes, fast schon Einschläferndes. Er schlief nicht ein, gab aber seinen Gedanken die Zügel frei, und die tollten umher und schnupperten an diesem und jenem, an allem, was ihr Interesse weckte. Und schon waren sie wieder bei Mensing und Boelsen.

Wo mochte Toni jetzt stecken? Nanno glaubte nicht, dass Mensing für ein Leben im abgetauchten Zustand geschaffen war. Vielleicht hatte er den Ducato abgestoßen, sich einen unauffälligen Gebrauchtwagen gekauft und war bei irgendwelchen Freunden untergekrochen. Aber damit hatte es sich auch. Wenn er nicht in den nächsten ein, zwei Wochen gefasst wurde, dann würde er sich stellen. Ob er nun der Täter war oder nicht. Wie kam er eigentlich dazu, daran zu zweifeln? Tonis Flucht war doch so gut wie ein Geständnis. Andererseits war es natürlich keine Flucht, er war einfach nicht gekommen, als man mit ihm gerechnet hatte. Na schön, aber das war Tage her, und er war immer noch weg. Inzwischen war es wohl doch eine Flucht. Und Boelsen? Er stellte sich vor, wie der jetzt in seiner Zelle saß. Das hieß, sitzen würde er bestimmt nicht, sondern unruhig auf und ab laufen und sich die Haare raufen. Ideen im Kopf, Projekte in Planung, jede Menge Arbeit zu erledigen, und dann eingesperrt. Zum Verrücktwerden.

Ob er durchdrehte? Würde nicht zu ihm passen, jedenfalls nicht zu seiner Erscheinung. Wahrscheinlich schritt er gerade gemessen auf und ab, immer in derselben Spur, vier Schritte hin, Wendung nach links, vier Schritte her, wieder Wendung nach links, und so weiter. Vielleicht dachte er auch gerade an seine Frau. Auch eine beeindruckende Erscheinung.

„Darf Boelsens Frau eigentlich zu ihm?", fragte er.

„Darf sie sicher", sagte Sina. „Ich bezweifle allerdings, dass sie das möchte. Die leben schon seit Jahren getrennt. Sie wohnt inzwischen in Augsburg."

„Aber sie besucht ihn hin und wieder?"

„Bestimmt nicht. Jedenfalls, wenn das stimmt, was meine Mutter so erzählt. Und die hat in diesen Dingen immer Recht."

„Wer war denn dann die Frau, mit der ich ihn kürzlich gesehen habe?"

„Frauen soll's ja mehr als eine geben", sagte Sina. Sie legte die Fernbedienung weg, zog die Beine unter den Po und stemmte beide Ellbogen auf die Sessellehne: „Wie sah sie denn aus?"

„Groß, schlank, blond, irgendwie aristokratisch. Sehr hell gekleidet. Eindrucksvoll."

Sina runzelte die Stirn. Sie bückte sich nach ihrer Handtasche, die neben dem Sessel auf dem Boden stand, und holte eine Art Lederrolle heraus, die sich als Portemonnaie entpuppte, das mit Papieren, Zetteln, Magnetkarten, Quittungen und allen möglichen anderen Dingen voll gestopft war. Vermutlich war auch ein bisschen Geld darin. Sina stöberte darin herum und förderte dann ein paar Fotos zutage, die zerknickt und an den Rändern und Ecken stark abgestoßen waren. Auf dem einen, das sie schnell nach unten blätterte, erkannte Nanno sich zu seiner Überraschung selbst. Das andere zeigte die blonde Frau.

Sofort war ihm klar, um wen es sich handelte. Schön, sie war auf dem anderen Gymnasium gewesen und ein paar Klassen unter ihm, trotzdem hätte er sich auch gleich an sie erinnern können. „Melanie Mensing", sagte er. „Also doch."

„Eigentlich überrascht mich das nicht mehr", sagte sie. „Demnach hätte Toni also wirklich ein sehr handfestes Motiv gehabt. Was mich wirklich wundert, ist die Tatsache, dass die beiden am helllichten Tag durch die Mühlenstraße spaziert sind. Das ist schon nicht mehr leichtsinnig, das ist provokant."

„Aber Toni und Melanie haben sich doch immer in ihrem Laden abgelöst", sagte Nanno. „Wenn sie frei hatte, dann hatte er Dienst. Da konnte sie doch ziemlich sicher sein."

„Trotzdem. Boelsen ist mehr als nur stadtbekannt, Melanie stammt aus Leer und hat hier auch noch viele Bekannte. Da muss sie doch einfach damit rechnen, dass irgendjemand Toni etwas steckt."

„Vielleicht ist sie ja nur leichtsinnig."

Sina schüttelte energisch den Kopf. „Die nicht. Melanie mag in praktischen Dingen nicht die Fitteste sein, aber sie überlässt nichts dem Zufall. Diese Erklärung scheidet aus."

„Das würde ja bedeuten, sie wollte, dass Toni von ihrer Affäre erfährt. Eine Herausforderung. Aber wozu?"

„Es gibt noch eine andere Erklärung", sagte Sina. „Dass sie nichts verstecken musste, weil es nichts zu verstecken gab. Weil Toni nämlich Bescheid wusste."

Nanno pfiff spöttisch und schräg: „Soso, ein Höriger also, der sich alles gefallen lässt und trotzdem kuscht? Den Eindruck hatte ich nach deinen bisherigen Erzählungen eigentlich nicht. Aber du wirst es schon wissen, Schwesterchen."

Sie boxte ihn in die Rippen. „Red' keinen Stuss. Du kennst die beiden eben nicht so wie ich. Wenn die von etwas überzeugt sind, dann tun die alles dafür. Richtige Glaubenskrieger. Und die führen einen Krieg im Moment, glaub mir. Da ist jedes Mittel recht."

Wieder pfiff er, aber diesmal durch die Zähne. Leise, anerkennend und besorgt. „Die Windräder. Du meinst, die beiden ..."

„Klare Sache für mich", sagte Sina. „Eigentlich von dem Augenblick an, als ich Melanie zum ersten Mal nach all den Jahren wieder gesehen habe, neulich in der Turnhalle. Und als ich Toni dann etwas später im *Taraxacum* getroffen habe, hat er sich fast verplappert. Vielleicht nicht allein, aber die beiden stecken auf alle Fälle hinter den Sabotageakten."

„Demnach wäre Boelsen ihr direkter Gegner", sagte Nanno. „Kollaboration mit dem Feind?"

„Eher Spionage", sagte Sina.

Er schwieg betroffen. War das denkbar, Liebe zu heucheln und mit jemandem ins Bett zu gehen, nur um an Informationen zu kommen? Natürlich war das denkbar, Beispiele dafür gab es genug, die Geschichte wimmelte nur so davon. Aber dass ein richtiger, wirklicher Mensch so etwas machte, einer, der in derselben Umgebung und zur selben Zeit aufgewachsen war wie er selbst ... Und dann wehte ihm noch ein ganz anderer Gedanke durch den Kopf.

„Weißt du, was das bedeuten würde?", fragte er.

„Ja", sagte Sina. „Tonis Motiv wäre futsch."

Sekundenlang sahen sie sich nur an. Nanno brach das Schweigen: „Verflucht noch mal."

„Was?"

„Ich hatte so ein Gefühl, dass es nicht Toni war, der auf Boelsen geschossen hat. Jetzt glaube ich, dass ich da richtig liege. Und ich habe auch so ein Gefühl, dass es nicht Boelsen war, der die *Aeolus* gesteuert hat, als sie die *Alberta* rammte. Dieses Gefühl sollte ich nicht ignorieren. Verflucht noch mal. Das passt überhaupt nicht zu Boelsen."

„Weiß schon", sagte Sina, „du denkst, das passt zu Kornemann."

„Allerdings." Nanno hatte sich aufgerichtet, sprach jetzt eindringlich, beschwörend: „Das ist nicht nur so eine fixe Idee. Die Motivlage ist bei beiden die gleiche; das Tatwerkzeug gehört zwar Boelsen, aber ich wette, Kornemann hatte Zugang zum Schiff. Ganz bestimmt, allein schon wegen der Fahrten mit den Kunden. Da gibt es allerhand vorzubereiten, das wäre doch für Boelsen viel zu umständlich, wenn das alles immer nur über ihn persönlich laufen würde. Ich wette, Kornemann hat die Schlüssel, er kann das Schiff fahren, und er hat es auch gefahren. Denk an Stahnkes Lehrsatz."

„Und warum sagt Boelsen das dann nicht?" Sina klang nicht überzeugt. „Er steht immerhin unter Mordverdacht, da gibt es keine Rücksichtnahmen auf Geschäftspartner mehr."

„Ich weiß es nicht. Vielleicht ist er sich über seine Lage ja noch gar nicht im Klaren. Wenn du das abgesägte Peilrohr außer Acht lässt, dann könnte die Tat ja immer noch als Unfall gewertet werden. Fahrlässige Tötung möglicherweise. Auf der anderen Seite steht diese Betrugs-Geschichte. Noch weiß Boelsen nicht, was wir wissen, und glaubt vielleicht, Kornemann hat etwas gegen ihn in der Hand, das ihn tiefer reinreißen würde als eine fahrlässige Tötung."

„Schön, mag sein. Aber noch gibt es nicht den kleinsten Hinweis auf Kornemann, ich meine, keine faktischen." Sina räkelte sich in ihrem Sessel und begann wieder mit der Fernbedienung zu spielen. „Die *Aeolus* ist doch gerade erst untersucht worden. Vielleicht hat

der Erkennungsdienst ja irgendeinen Hinweis gefunden."
„Wer weiß, wonach die gesucht haben. Nach Kornemanns Fingerabdrücken bestimmt nicht." Nanno schaute auf die Uhr: halb zehn. „Weißt du was? Ich rufe Stahnke an."
„Na, der wird begeistert sein."
Schon vor dem zweiten Klingeln nahm der Hauptkommissar ab: „Ja?"
„Taddigs hier. Tut mir leid, dass ich störe. Haben Sie schon irgendwelche Resultate von der Untersuchung der Yacht?"
„Keine konkreten." Stahnke klang nicht verärgert, aber auch nicht gerade hellwach. Eher so, als habe er sich nach getanem Tagewerk schon ein paar Fläschchen Bier vor dem Fernseher gegönnt. „Die Kollegen haben Dutzende von Fingerabdrücken abgenommen, viele von Boelsen, aber auch viele andere. Nur da, wo's drauf ankommt, am Ruder, an Gas- und Schalthebel, überhaupt an den Armaturen, da war alles blank. Sauber abgewischt."
„Und sonst?"
„Was heißt das, und sonst? Keine Zigarettenkippen, keine benutzten Gläser, kein dreckiges Geschirr. Auch keine alten Präser. Und keine Visitenkarte von Kornemann."
Ohne Vorwarnung lachte er schallend. „Ich kenne Ihr Hobby doch mittlerweile. Glauben Sie mir, wenn es Hinweise gäbe, ich würde sie bestimmt nicht verstecken. Aber es gibt keine."
Nanno fragte: „Die kriminaltechnische Untersuchung ist abgeschlossen, sagen Sie?"
„Ist sie, ja."
„Dann könnte man vielleicht mal an Bord gehen und gucken. Ich meine, Sina könnte. Oder?"
Stahnke zögerte. Dann: „Warum nicht. Wenn Sie wollen, können Sie sich die Schlüssel morgen beim Wasserschutz abholen. Ich bringe sie vor Dienstbeginn zur Wache."
„Dann haben Sie die Schlüssel jetzt bei sich?"
„Ja. Und?"
„Wie wär's denn, wenn wir – sagen wir in einer halben Stunde?"
Stahnke stöhnte. „O Gott, Kinder, macht bloß keinen Blödsinn. Gut, meinetwegen. Aber morgen früh wird Bericht erstattet, klar?"

„Bis gleich." Nanno legte schnell auf. „Sina, könntest du mir wohl meine Hose rüberreichen?"

Sie hievte sich aus dem Sessel. „Klar, Brüderchen."

41

Das Seitendeck der *Aeolus* lag direkt vor seinen Füßen, nur eine Spanne weit von den Stegplanken entfernt und keine zehn Zentimeter höher. Und trotzdem unerreichbar. Die Relingpforte war zu schmal für seinen Rollstuhl, das Laufdeck ebenfalls, dabei war es für Yacht-Verhältnisse schon ungewöhnlich geräumig. Nanno stand da wie geparkt und starrte finster auf die halb offene Seitentür des Steuerhauses. Drinnen tanzte ein Lichtkegel und verschwand in der Vorderkajüte.

Unbewohnte Motorboote riechen doch alle gleich, dachte Sina, während sie sich an der Pantry vorbei nach vorne tastete. Ein bisschen nach Diesel, ein bisschen stockig, ziemlich feucht. Sicher, ganz so intensiv wie auf der *Arcturus*, dem Kutter ihres Freundes Marian, war der Geruch wohl nicht, aber das war ja auch das mindeste, was man von einer Millionärs-Schaukel wie dieser erwarten konnte.

Überall schimmerte ihr Teakholz entgegen und sie strich ehrfürchtig mit der Hand über die gerundeten Kanten der Sitzgruppe. Poliertes Vollholz, so glatt, dass ihre eigene Haut dagegen wie Sandpapier wirkte. Das Kajütdach war mit einem cremefarbenen, weichen Material ausgekleidet und unter ihren Schuhen spürte sie einen weichen Teppich. Sie hörte das Wasser glucksen, ein Geräusch, das ihr ebenso vertraut war wie dieser Geruch.

Sie öffnete die Schränke, einen nach dem anderen, und leuchtete hinein. Selbst hier, hinter der Fassade, gab es nur edle, sauber lackierte Hölzer. Die Wäschefächer waren leer, kein Wunder so früh im Jahr. An einer Kleiderstange hingen drei Regenjacken. Warum drei? Sie schaute in die Kragen hinein: alle drei Größe XL. Vermutlich für Gäste, entschied sie.

Die Toilette. Klo mit Elektropumpe, versenkbares Waschbecken, sogar eine Dusche, sehr geräumig. Das Glucksen des Wassers war hier deutlicher zu hören. Sie inspizierte die Ablagen mit den integrierten Zahnputzbechern: innen staubig. Ein rissiges Stück Seife, ein feuchtes Handtuch. Sonst nichts, was auf die kürzliche Anwesenheit auf Sauberkeit bedachter Menschen hingedeutet hätte, nicht einmal eine vergessene Zahnbürste. Sie klappte die Tür wieder zu. Im Vorschiff gab es zwei Kammern mit je einem Doppelbett, unbezogen. Sie hob die Matratzen an, schaute in die Spinde, griff hinein und tastete die Winkel ab. Da war etwas! Vorsichtig hebelte sie den Gegenstand mit den Fingernägeln aus der Nische, holte ihn hervor, musste lachen: ein blauer Kugelschreiber mit *Bowindra*-Aufdruck. Nicht sehr aufschlussreich. Trotzdem, besonders gründlich war die Spurensicherung offenbar nicht gewesen.

Sie ging zurück zum Mittelschiff, kletterte die Stufen hoch zum lang gestreckten Steuerstand, der gleichzeitig Salon war. An der hinteren, teakvertäfelten Wand rahmten zwei dick gepolsterte Ecksofas den Niedergang zur Achterkajüte ein. Sie ließ den Lichtkegel ihrer Taschenlampe kreisen.

„Schon was gefunden?“, hörte sie Nanno draußen leise rufen. Sie steckte den Kopf durch den Türspalt: „Geduld. Achtern war ich noch nicht.“

Die Achterkajüte übertraf alles bisher Gesehene. Teak und Messing überall, Polstersofas unter den Bullaugen, Heizung, separates Klo, in der Mitte des Raumes ein Doppelbett, das jedem Landhaus zur Ehre gereicht hätte. Bezogen, stellte Sina fest. Und benutzt. Sie riss die nur flüchtig geordneten Decken auseinander, leuchtete die Laken ab. Ihre Ohren brannten. Nur keine falsche Scham, dachte sie. Aha. Wie heißt das noch in der einschlägigen Literatur: Sportflecken?

Oberhalb der seitlichen Sofas gab es kleine Spinde mit Schiebetüren. Einer enthielt frische Handtücher, die anderen waren leer.

Nicht sehr ergiebig. Sina seufzte und ließ sich auf eins der Sofas fallen, einen Arm auf das Rückenpolster gestützt.

Es gab ein kratzendes Geräusch. Sie starrte auf den Ärmel ihrer Goretex-Jacke, bewegte den Arm hin und her. Nichts. Sie stand wieder auf, setzte sich noch einmal hin, genauso schwungvoll wie vorher. Wieder das Kratzen.

Vorsichtig zog sie am Rückenpolster, leuchtete in den Spalt. Alles klar, dachte sie. Die Polster waren mit Klettband befestigt, damit sie bei Seegang nicht umkippten und man sie trotzdem zum Lüften herausnehmen konnte. Wenn man sich darauf abstützte, wurde das Polster etwas zusammengedrückt, und das Klettband kam zum Vorschein. Kein Problem für glattes Goretex, dachte Sina. Nur gut, dass sie keinen Wollpullover …

Sie leuchtete noch einmal in die Ritze. Da waren Fusseln. Wolle, wie es aussah. Naturbelassene Wolle, grauweiß.

Ein scharfes Geräusch ließ sie hochschrecken. Nanno hatte mit einem Schlüssel an die Reling geklopft, das vereinbarte Warnzeichen. Sie hastete nach oben: „Kommt jemand?"

„Nein. Aber etwas anderes kommt mir komisch vor. Leuchte mal hierhin." Er zeigte nach unten, vor seine Füße. Sina leuchtete in den klaffend schwarzen Spalt zwischen Steg und Schiff.

„Was soll da sein?"

„Guck mal", sagte Nanno. „Deck und Steg liegen genau auf einer Höhe. Ich könnte schwören, dass das Schiff gerade noch höher lag."

„Wir sind hier im Binnenhafen, da gibt's jedenfalls keine Ebbe", überlegte Sina laut. „Aber es gibt zwei Schleusen und ein Schöpfwerk. Vielleicht wurde ja der Wasserstand im Hafen gesenkt."

„Möglich", sagte Nanno, „aber unwahrscheinlich."

Sie lauschten dem Glucksen des Wassers zwischen Bordwand und Böschung. Ein leises Singen war zu hören, das Geräusch einer fernen Schiffsschraube, das ein bisschen an das Zirpen einer Wasserleitung erinnerte. Unglaublich, wie weit das Wasser Geräusche trug.

Sie schauten sich um. Nirgendwo auf dem Wasser war eine Bewegung zu erkennen. Es war windstill und die einzigen kleinen Wellen, die den glatten Wasserspiegel kräuselten und den Widerschein vereinzelter Lampen zu Schlangentänzen verzerrten, schienen von der *Aeolus* auszugehen.

Deren Deck lag jetzt sogar deutlich unterhalb des Stegniveaus.

Nanno räusperte sich: „Sag mal, mit der Yacht ist doch alles in Ordnung, oder?“

„Glaubst du etwa, ich hätte was kaputtgemacht?“

Er antwortete nicht. Sie wandte sich ab, stieg durch die Seitentür, ging durch den Salon zum vorderen Niedergang, leuchtete in die Kajüte hinein. Da war die Pantry, dort der Esstisch, darunter der blaue Teppich. Alles in Ordnung.

Sie wollte sich schon abwenden, da glaubte sie am vorderen Rand des Lichtkegels eine Bewegung zu sehen. Als ob sich die Bodenbretter gerührt hätten. Noch einmal hob sie die Lampe. Vor ihren Augen wurde der Teppich schwarz.

Sie schluckte hart, und ehe sie noch „Wasser“ schreien konnte, rumorte es im Toilettenraum. Erst ein kurzes Klacken, dann ein Zischen. Etwas schien zu brechen, und Sekundenbruchteile später platzte die Klotür auf. Ein schenkeldicker Wasserstrahl stand plötzlich waagerecht im Raum, verschwand tosend unter dem Esstisch und kam als schäumende Flutwelle zurück. Sina hörte Nanno schreien, konnte aber nichts verstehen, so laut war es auf einmal. Sie wandte sich ab, wehrte sich gegen die aufwallende Angst, sich plötzlich wie in einem Alptraum nur noch zeitlupenhaft bewegen zu können, stieg über die Süllkante des Steuerstands, hastete an Land, stolperte dabei über die vorderste Stegplanke, die schon wieder ein Stück höher über das Deck hinausragte.

„Du hattest Recht“, sagte sie zu Nanno. „Das Schiff sinkt.“ Ihre mühsam beherrschte Stimme ließ den Satz grotesk klingen.

Das Brechen und Brausen war jetzt auch aus dem Achterschiff zu hören. Rechts und links von ihnen knarrte es. „Die Festmacher“, sagte Sina. „Schnell ein paar Schritte zurück, sonst sehen wir alt aus, wenn die brechen. Den Rückschlag hält kein Knochen aus.“

Sie gingen und rollten rückwärts, über die schlüpfrigen Planken und die Gummimatten bis auf die knirschende Schlacke der Uferkante. Von hier aus waren schon nur noch die Aufbauten der Yacht zu sehen, über denen der stämmige Mast mit seinen verschiedenen

Antennen und dem klobigen Radar-Kasten thronte.

„Da muss tonnenweise Wasser im Rumpf sein", sagte Sina.

„Und jetzt geht's erst richtig los." Sie standen und starrten wie gebannt. Wir sollten Hilfe holen, dachte Nanno. Aber dafür ist es zu spät. Bleiben wir bei ihr, bis zum Ende.

Ein harter Schlag ließ den Steg erbeben, so sehr, dass es auch an Land noch zu spüren war. Ein zweiter folgte. Bug- und Heckleine hatten die eisernen Poller, an denen sie festgemacht waren, aus den Planken gerissen. Unter der Nachwirkung des Rucks begann *Aeolus*' Rumpf, jetzt nur noch durch eine Springleine mit dem Steg verbunden, zu rollen. Erst vom Ufer weg, dann wieder zurück, schwerfällige Bewegungen, die von einem wie unterirdisch klingenden Rauschen begleitet waren. Die zweite Rollbewegung schien nicht mehr aufhören zu wollen. Das Dach des Steuerstandes senkte sich ihnen entgegen, knallte gegen die Stegkante, kappte die Spring. Scheiben splitterten, der Mast knickte krachend, Wasser gurgelte, Luft pfiff infernalisch durch irgendwelche Ritzen. *Aeolus*, der Herr der Winde, sank. Bei Windstille und weniger als einen Meter vom Ufer entfernt.

42

Sobald es ging, verließen sie *Aeolus*' Ruhestätte, die sicher nicht seine letzte bleiben würde, und überließen den graugesichtigen Stahnke den rotierenden Blaulichtern. Der Hauptkommissar hatte schon im ersten Bierschlummer gelegen; als sie ihm die Bootschlüssel zurückgegeben hatten, war er noch nicht wach genug gewesen, um etwas anderes zu tun als sie zu nehmen.

„So was Sinnloses", schimpfte Sina. Die Versenkung der Yacht regte sie weit mehr auf als die Zerstörung einer Windkraftanlage, ja fast noch mehr als der Schuss auf Boelsen. „Nur um etwas gebrauchtes Bettzeug einzuweichen. Kompletter Schwachsinn."

„Wenn ich dir weit genug gefolgt bin", sagte Nanno, „dann weisen die Spuren, die du gefunden hast, auf Melanie hin. Richtig? Aber nachdem wir jetzt sowieso wissen, dass sie und Boelsen ein Verhältnis hatten oder haben, ist das ja auch nicht mehr weiter erstaunlich. So ein schönes, großes Boot ist doch ein angesagtes Liebesnest."

„Stimmt", sagte Sina und dachte an Marians *Arcturus*. „Und zu so einem Nest haben gewöhnlich beide Nistpartner den Schlüssel. Glaub es mir, das ist so. Boelsen gibt das natürlich nicht ohne weiteres preis, also hat er auch Stahnke nichts davon erzählt. Das macht Sinn."

„Und jetzt kommt Melanie her und versenkt das Schiff?" Nanno schüttelte den Kopf, während er seinen Wagen auf die Autobahn Richtung Leer lenkte. „Boelsen lässt es nach einem Mord treiben, und Melanie versenkt es, um ein paar Schäferstündchen zu vertuschen? Kann ich mir nicht vorstellen."

„Sie hat eben ein ganz anderes Verhältnis zu Schiffen. Nämlich gar keins. Für sie ist ein Schiff eine technische Anlage. Bootsbesitzer sehen das anders. Irrational. Für sie ist ein Schiff fast schon etwas Lebendiges."

Nanno grinste. „Freundinnen von Bootsbesitzern scheint das ganz ähnlich zu gehen."

„Stimmt", sagte Sina. „Mir hat das richtig wehgetan gerade, genauso, als wäre vor unseren Augen ein Hund überfahren worden. Und als ich die *Alberta* im Kran hängen sah, ist es mir genauso gegangen. Melanie würde das nicht verstehen. Für die ist ein Schiff doch nur ein schwimmendes Auto."

„Ich kenne da Autobesitzer ..." sagte Nanno. „Aber lassen wir das. Mich überzeugt das nicht. Außerdem glaube ich nicht, dass Melanie überhaupt dazu in der Lage war, die *Aeolus* so fachgerecht auf Grund zu setzen, nach allem, was ich bisher über sie gehört habe. Viel Zeit war ja nicht zwischen dem Abschluss der polizeilichen Untersuchung und unserer Ankunft. Und das Ganze am Steg der Wasserschutzpolizei, überleg mal!"

„An einem dunklen und verlassenen Steg", sagte Sina. „Aber in dem anderen Punkt hast du wohl recht. Sie wird Hilfe gehabt haben."

„Na prima", sagte Nanno. Er hatte nicht den Eindruck, dass diese Spekulationen zu irgendetwas führten.

Der Rest des Heimwegs verlief einsilbig, und es war schon ein Uhr nachts durch, als das dunkle Haus des alten Kapitäns endlich erreicht war. Nanno parkte so, dass Sina ihren Wagen bequem vorbeifahren konnte, aber sie begleitete ihn zur hinteren Eingangstür und hinein. Wieder spürte er das Kribbeln im Nacken.

Das Telefon jaulte.

Er nahm ab. „Taddigs."

„Hör zu, mein Junge. Diesmal muss es schnell gehen."

Nanno war nicht wirklich überrascht, die Stimme zu hören. Nicht, dass er tatsächlich damit gerechnet hatte, aber in dieser Nacht war einfach schon zu viel passiert, als dass er noch bereit gewesen wäre, sich zu wundern.

Aber das tat er dann doch. Dafür sorgte der nächste Satz.

„Bist du angezogen?"

„Was soll denn das jetzt?", brauste er auf.

„Ja oder nein?"

„Ja, verdammt."

„Dann schwing dich ins Auto, so schnell du kannst, und komm nach Steenfelde. Zum Windpark. Da gibt's was zu sehen. Aber du musst dich beeilen."

Im Hörer wurde es still; der andere hatte aufgelegt. Vielmehr ausgeschaltet; das Sirren im Hintergrund machte sich erst durch sein Verschwinden richtig bemerkbar. „Diesmal war es ein Handy", sagte Nanno. „Oder ein Autotelefon. Schätze, wenn er mich nach Steenfelde haben will, dann ist er auch dort." Er fasste das Gespräch für Sina zusammen.

„Du willst doch wohl nicht ernsthaft da hin", sagte sie. „Da fährst du ihm ja direkt in die Arme."

„Ich glaube nicht, dass ich von ihm etwas zu befürchten habe."

„Du kennst ihn nicht, also weißt du es nicht."

„Trotzdem." Er griff nach ihrer Hand, drückte sie: „Und du?"

„Du fährst allein", sagte sie.

43

Hundertfünfundsiebzigtausend Kilowattstunden Strom hatten diese fünfzehn Anlagen einmal an einem einzigen stark windigen Tag ins Netz eingespeist. Kein Wunder, dass sie so stolz aussehen, dachte Nanno, der sich an den Zeitungsbericht erinnert und die Windrad-Gruppe von der Bundesstraße zwischen Leer und Papenburg aus sofort erkannt hatte. Die Nacht war mondlos und der Himmel bewölkt, aber es gab genügend Streulicht, um die Riesen mit ihren langsam rotierenden Propellern rechter Hand auszumachen.

Er bog von der Bundesstraße ab, parkte in der Mündung der ersten Querstraße, die mehr ein Querweg war, unter hohen, dunklen Bäumen, machte seinen Rollstuhl fahrbereit und stemmte sich hinein. So weit, so gut. Und jetzt? Zum Haupttor, entschied er. Wenn es überhaupt eins gab, und wo immer das auch sein mochte. Er zog seine Radler-Handschuhe an und gab kräftig Schub. Die schmalen Reifen begannen auf dem feuchten Asphalt zu singen.

Die Straße war eine Allee, schmal und schnurgerade, wellig und mit rissigem, stellenweise zu riesigen Spinnennetzen gesprungenem Belag, aber trotzdem gut befahrbar. Rhythmisch warf er den Oberkörper nach vorn, rhythmisch stießen die Arme nach unten, wie die Kolben eines Motors. Fast wie beim Rennen, dachte er. Ein paar Wettkämpfe hatte er schon mitgemacht, versuchsweise, und obwohl er gegen die schlanken Dreiräder der Spezialisten chancenlos gewesen war, hatte er doch nicht schlecht ausgesehen.

Dies ist die Zielgerade, dachte er in sein eigenes Keuchen hinein, ich liege in Führung, und da vorne ist das rotweiße Band. Ich werde gewinnen.

Er hielt an, zog die Taschenlampe aus der Seitentasche seines Rollstuhls und ließ sie kurz aufblitzen. Das Rotweiße da vor ihm war eine Schranke. Schranke statt Haupttor? Und das daneben: ein Pförtnerhäuschen? Er pirschte sich näher heran. Da, eine rot umrandete Bake mit schwarzem Diagonalstrich. Eine Bahnschranke war das. Eine geschlossene.

Der Bahndamm war recht steil, aber zu schaffen. Links stand ein gelber Kasten auf einem Pfosten, eine Rufanlage, um die Schranke vom nächsten Stellwerk aus öffnen zu lassen. Sollte er sie benutzen? Würde irgendjemand das tun, der sich hier nachts zu schaffen machte? Nanno hatte das deutliche Gefühl, hier falsch zu sein. Aber da vorne drehten sich die Rotoren.

Er legte seine Hände auf das runde Metall der Schranke. Sie war hoch genug, und unten drunter gab es kein Gitter. Er lauschte einen Moment, dann bückte er sich und zog sich unter dem rotweißen Rohr hindurch. Den Anflug von Panik beim Queren der Schienen konnte er nicht unterdrücken, aber dann war er drüben, bückte sich ein zweites Mal, atmete auf und ließ sich auf der anderen Seite des Bahndamms hinunterrollen, dass ihm der Fahrtwind nur so um die Ohren brauste.

Je näher er den Windrädern kam, desto weiter strebten ihre turmhohen Säulen auseinander. Aus der Ferne hatte dieser Windpark wie eine dicht zusammengedrängte, zappelnde Anlagen-Herde im Pferch ausgesehen. Jetzt, da er sich mitten zwischen den Maschinen bewegte, konnte er sehen, wie vereinzelt sie in Wirklichkeit standen. Es gab keine Einfriedung, nur die üblichen flachen Gräben und Elektrodrähte um die Wiesen und Weiden, auf denen sich die Anlagen befanden. Kleine Hindernisse, gerade ausreichend, um Nutztiere drinnen zu halten. Und Leute wie ihn draußen.

Da war eine Kreuzung, sogar beschildert: Fehnstraße und Mörtestraße trafen sich hier, um gleich wieder auseinander zu streben. Es gab also noch andere Zufahrten zu diesem Gelände. Die Fehnstraße, auf der er fuhr, war immer noch schmal, gerade, holprig und von Bäumen umsäumt. Zügig rollte er weiter.

Das Auto sah er erst, als er schon fast daran vorbei war. Ein dunkelgrüner Ford-Kombi, groß und alt. Er stoppte, zögerte, fuhr dann ein paar Meter zurück und knipste die Lampe an: Der Wagen war leer. Emder Nummernschild. Nie zuvor gesehen. Das Auto des unbekannten Anrufers? Oder hatte es mit dem zu tun, was es hier angeblich zu sehen gab?

Langsam rollte er weiter, spähte nach rechts und links, musterte die trägen Rotoren. Ein leises Surren und Fauchen lag in der Luft. Laut genug, um Schritte zu übertönen? Unwillkürlich wurde er wieder schneller.

An der linken Seite stand ein Weidetor offen. Der letzte Taschenlampen-Blitz war schon wieder ein paar Minuten her und seine Augen hatten sich so gut an das Zwielicht gewöhnt, dass er die Spuren von Fahrzeugen, Tieren und Menschen in der matschigen Zufahrt erkennen konnte. Dort, wo das leicht hängende vordere Ende des Tores einen Achtelkreis über den Boden beschrieben hatte, schimmerte der planierte Matsch. Dieses Weidetor mochte reparaturbedürftig sein, aber vor höchstens einer halben Stunde war es noch geschlossen gewesen.

Es knallte, trocken und mit halb unterdrücktem Echo, so, als würde jemand ein festes Stück Blech auf einen Amboss werfen und mit der flachen Hand draufschlagen, damit es nicht wieder hochfederte. Ein merkwürdiger Schuss, dachte Nanno. Aber eindeutig ein Schuss. Von der Weide her, deren Tor offen stand. Er starrte ins Halbdunkel, wo sein Blick hilflos hängen blieb wie ein Arm im Jackenfutter. Nichts war zu erkennen, nichts außer einer Reihe Rotoren, die langsam und bedächtig die Luft zersichelten. Wie eine Schnitter-Kolonne beim Ernte-Einsatz in einem alten Heimatfilm.

Einer der Schnitter machte plötzlich Pause.

Nanno hielt den Atem an. Sie hatten es also wieder getan. Mein Gott, wie fanatisch muss man sein, um es gerade jetzt noch einmal zu machen, dachte er. Die ganze Polizei ist aufgescheucht wie ein Ameisenhaufen an Silvester, und sie haben nichts anderes zu tun, als ihren dritten Propeller zu erlegen. Ein Wunder, dass sie die Dinger nicht auf Brettchen schrauben und als Trophäen an die Wand hängen.

Dann stellte er fest, dass dieser dritte Propeller gar nicht erlegt war, jedenfalls nicht so gründlich wie die ersten beiden. Er fiel nicht zu Boden, er stand einfach nur still. Schaden genug, dachte er. Nur nicht so spektakulär.

Dann hörte er Schritte auf sich zukommen, leichte Schritte, die sich schnell näherten. Zwei Lichtflecken tauchten auf, tanzten über den Matsch, verschwanden wieder. Er griff nach seiner eigenen

Taschenlampe, und als die beiden Gestalten den weichen Boden der Zufahrt erreicht hatten, knipste er die Lampe an.

Melanie Mensing trug ihre rote Steppjacke offen über einem ihrer grauweißen Wollpullover, ein rotbuntes Seidentuch um den Hals und den Ausdruck milden Erstaunens im Gesicht. Schuhe und Hosenbeine waren mit Dreck bespritzt, ein Umstand, der ihre Schönheit nur noch unterstrich.

Nanno schwenkte den Lichtkegel nach rechts. Natürlich, Toni Mensing. Beim Untertauchen getrennt, beim Zuschlagen vereint. Er trug ein Bündel unter dem Arm, aus dem so etwas wie ein Gewehrkolben ragte, und sein Gesicht war schreckverzerrt.

„Stehen bleiben“, sagte Nanno.

Sein Plan – genau genommen war es eher der Keim eines Plans, aus der Situation erwachsen und vom Adrenalin gedüngt – sah vor, die beiden auf Distanz zu halten. Im nächsten Augenblick aber wurde er selbst von zwei starken Stablampen aus dem Schutz der Dunkelheit gerissen und geblendet. Ich hätte sagen sollen: Lampen fallen lassen, dachte er, aber dafür war es jetzt ein bisschen spät.

„Er ist allein“, hörte er Tonis Stimme sagen. Sekunden später standen die beiden neben ihm, Toni rechts, Melanie links, Scheiße, dachte er.

„Wer schickt dich, die Polizei oder Kornemann?“, fragte Melanie. Sie schaute von hoch oben auf ihn herab und er spürte die Ausstrahlung ihres erhitzten, vibrierenden Körpers. Sie war ebenso schön wie bedrohlich.

„Niemand“, sagte er. Und das war schon wieder ein Fehler.

„Was willst du dann hier?“, fragte Toni. „Was hast du uns nachzuschnüffeln?“ Dabei packte er ihn an der Schulter und rüttelte ihn. Nanno hätte die Hand leicht abschütteln können, die Kraft und die Technik dazu besaß er, aber er verzichtete darauf. Wenigstens einen Trumpf wollte er sich aufsparen.

„Ich wollte sehen, wie ihr es macht“, sagte er. „Obwohl ich’s ja im Prinzip schon weiß. Aber live ist eben live. Nur schade, dass es heute Nacht so dunkel ist.“

Auf seiner linken Schulter lag jetzt Melanies Hand, ganz leicht. Kühle Fingerspitzen berührten seinen Hals. „Okay, du bist ein Cooler“, sagte sie. „Aber lass die Faxen. Wir wissen genau, dass ihr mit der Polizei zusammenarbeitet, mit diesem Stahnke, du und Sina. Wo ist sie überhaupt?“

„Muss jeden Moment kommen“, sagte er.

Toni lachte.

„Sicher“, sagte Melanie Mensing. „Aber bis sie kommt, hätte ich gern gewusst, auf welcher Seite du stehst.“ Ihre Hand lag jetzt schwerer auf seiner Schulter.

Den Toni hau ich mit einem Schlag weg, dachte Nanno. Ellbogen ins Gemächt und fertig, er steht genau in Positur. Aber was ist mit ihr? Sie ist so aufmerksam. Kann sein, dass sie mir bei der ersten Bewegung an die Kehle geht.

„Jedenfalls nicht auf Kornemanns“, sagte er. „Und die Windräder sind mir egal. Räumt ab, so viel ihr wollt. Mich würde nur interessieren, was ihr eigentlich gegen Schiffe habt.“

Fast wäre Toni Mensing in die Höhe gesprungen, so zuckte er zusammen; Nanno fühlte es deutlich. Also doch. Aber warum hatten sie die *Aeolus* versenkt? Nur als Ablenkungsmanöver? Dafür war die Aktion aber reichlich riskant und anspruchsvoll gewesen.

„Was weißt du?“, sagte Melanie.

Eine einfache Frage, ruhig, fast freundlich ausgesprochen, und doch fröstelte Nanno plötzlich wie von einem eisigen Windstoß.

„Dass ihr es zusammen gemacht habt“, sagte er. Anscheinend lag Sina mit ihren Spekulationen ja doch richtig. Melanie hatte Hilfe gehabt, Hilfe von Toni. Gemeinsam hatten sie der *Aeolus* den Todesstoß versetzt.

„Und woher weißt du das?“ Was für eine wohltönende, überlegene Stimme sie doch hat, dachte Nanno. Aber zur Chefin möchte ich sie nicht haben. Sie ist ein bisschen zu überzeugt von sich. Wenn solche Leute Macht bekommen, werden sie richtig gefährlich.

„Ihr habt Spuren hinterlassen“, sagte er. „Sina hat sie gefunden. Sie war noch an Bord, kurz bevor das Schiff sank.“

„Was hatte die denn auf der *Alberta* zu tun?“ Toni Mensings Stimme schnappte fast über vor Empörung, und eine halbe Sekunde lang glaubte Nanno, sich verhört zu haben.

Aber das hatte er nicht.

Alberta, nicht *Aeolus*. Kein Zweifel.

Auf einmal schien ein Rädchen ins andere zu greifen, und da lag die Lösung vor ihm, glasklar, schmerzhaft zwangsläufig und trotzdem so phantastisch. Melanie Mensing, die da so sanft auf ihn herabIächelte, hatte ein Verhältnis mit Boelsen, und sie hatte einen Mann, der Boelsen hasste und ihr Tun trotzdem billigte, aus Liebe und aus einer Seelenverwandtschaft heraus, die wohl nur die beiden bis in die letzte Verästelung hinein ausdeuten konnten. Ob sie mit Boelsen schlief, um an Informationen über die besten Objekte und Zeitpunkte für ihre Windrad-Anschläge zu kommen, oder ob letzteres nur ein Nebeneffekt war – jedenfalls hatte sie Zugang zu einem Schiff, groß, stark und schnell genug, um Iwwerks auf der Ems zu verfolgen, einzuholen und zu töten. Bestimmt hatte sie sich mit der *Aeolus* ausgekannt, und wenn sie sie nicht ganz beherrschte, so hatte sie immer noch den aktionserfahrenen Toni zur Unterstützung. Und den beherrschte sie ganz.

„Eins wüsste ich noch gern", sagte Nanno, Tonis Frage ignorierend, und schaute hoch in Melanies Augen: „Warum habt ihr das getan?"

Sie beugte sich zu ihm herunter, lächelnd, stützte ihre linke Hand auf die Armlehne seines Rollstuhls und umfasste mit der rechten von hinten seinen Hals. „Was wir hier machen, ist kein Spaß", sagte sie sanft. Eine Strähne ihres blonden Haares rutschte herab und pendelte gegen sein Ohr. Er spürte etwas im Nacken, dort, wo ihre Hand lag. Kein Kribbeln, sondern steife Angst.

Die nächsten Worte ahnte er voraus, und tatsächlich sagte sie: „Wir stehen im Krieg, in einem Krieg, der uns aufgezwungen worden ist. Wir haben mit friedlichen Mitteln gekämpft, im Rahmen der Legalität, systemimmanent, aber die andere Seite ist das System, also bringt uns das nicht weiter. Reformen sind Augenwischerei, Mitbestimmung ist Blödsinn, diese sogenannte Demokratie ist ein perverser Witz. Und darum ist jetzt Krieg, verstehst du? Wir kämpfen für eine gerechte Sache. Wir haben Mitstreiter und wir haben Gegner."

„Und was ist mit den Neutralen?", warf Nanno ein. Ich spreche, also bin ich, dachte er.

Sie schüttelte den Kopf, mit halb geschlossenen Augen, ganz herablassende Nachsicht, aber ihr Griff wurde eher noch fester. „Es gibt keine Neutralen", sagte sie. „Natürlich halten sich die meisten noch dafür, aber in ihren Verhaltensmustern liegt ihre Zugehörigkeit zur einen oder anderen Seite schon begründet. Das ist anders als früher. Keine Frage der Geburt mehr oder der Klassenzugehörigkeit. Eine Frage der Entscheidung, die jeder treffen kann."

Sie kam noch ein Stückchen näher. Er konnte ihren warmen Atem an seinem Ohr fühlen. „Mitstreiter sind gut", sagte sie, „Gegner sind schlimm. Aber am allerschlimmsten sind Verräter."

„Deswegen also?", fragte er.

Sie nickte, und ihre Haare streichelten ihn dabei: „Deswegen."

„Er hat uns belogen", sagte jetzt Toni Mensing, und seine hastigen, herausgepressten Worte rissen Nanno aus seiner Erstarrung. „Uns und seine eigenen Leute. Belogen und betrogen. Hat sich bei uns eingeschlichen, hat so getan, als würde er unsere Sache unterstützen. Dabei gehörte er zur anderen Seite, von Anfang an. War nur eine Frage der Zeit, wann er uns auffliegen lassen würde. Um uns so richtig in die Hand zu kriegen, hat er sogar seine eigene Windkraftanlage mit zerstört!"

Von Satz zu Satz war er lauter geworden, und Melanie Mensing nahm ihre Hand von Nannos Nacken, um Toni beruhigend zu berühren.

Was er sagt, klingt ganz anders als das, was sie sagt, dachte Nanno. Ehrlich ja, durchaus, aber irgendwie banal. Tonis Worte hatten sich allenfalls nach der Begründung für ein paar eingeworfene Fensterscheiben und eine Tracht Prügel angehört. Nicht dafür, einen Mann auszukundschaften, zu belauern, zu verfolgen, zu überrollen und zu töten.

Er schaute zu ihm hoch. „Und warum hast du auf Boelsen geschossen?", fragte er. „War das auch ein Verräter?"

„Habe ich nicht", sagte Toni Mensing. Er schüttelte den Kopf so heftig, dass seine Locken flogen. „Keine Ahnung, wer das war. Ich jedenfalls nicht. Bei Boelsen liegt der Fall doch völlig anders. Wir bekämpfen seine Produkte, aber nicht ihn persönlich. Und die Schrotflinte beweist gar nichts. Mit der habe ich nur auf Ratten geschossen."

Melanies Hand riss Nanno aus dem Staunen heraus. Sie lag wieder in seinem Nacken. „Ein Gegner ist ein Gegner“, sagte die sanfte Stimme dicht an seinem Ohr, „aber ein Verräter ist ein Feind. Das ist der Unterschied, den du verstehen musst.“

„Ich verstehe“, sagte Nanno. „Ein Feind ist, wer gegenüber seinen eigenen Leuten nicht mit offenen Karten spielt.“ Er schaute sie an, und der Druck an seinem Hals wurde stärker. Schnell fuhr er fort: „Also habt ihr nicht auf Boelsen geschossen, aber ihr habt Iwwerks über den Haufen gefahren und versenkt. Weil der eine ein Gegner ist und der andere ein Feind war. Und um ganz sicher zu gehen, habt ihr vorher noch den Motor seiner Tjalk lahm gelegt.“

„Quatsch“, sagte Toni. „Das Schiff fuhr doch.“

„Und vor ein paar Stunden habt ihr die *Aeolus* am Steg versenkt“, sagte Nanno.

„Blödsinn“, sagte Toni. Es klang erstaunt.

Ohne Vorwarnung gruben sich Melanies Finger rechts und links so fest in Nannos Halsmuskulatur, dass er vor Schmerz aufschrie. Mit ihrer linken Hand hielt sie ihm den Mund zu. „Ich weiß nicht, was du mit diesem Schwachsinn bezweckst“, sagte sie. „Aber du machst es uns leichter. Eins will ich dir noch sagen.“ Keine Freundlichkeit mehr in ihrer Stimme, aber immer noch diese Ruhe, diese unglaubliche, eisige Ruhe: „Polizisten sind Gegner. Aber ein Polizeispitzel ist ein Feind.“

Sie hob den Kopf und blickte sich suchend um. „Der Graben da wird reichen“, sagte sie dann. „Wenn sie ihn finden, wird es wie ein Unfall aussehen. Toni, schlag ihm den Kolben über den Kopf.“

„Nein“, sagte Toni Mensing.

„Du tust, was ich dir sage“, sagte Melanie Mensing.

„Nein“, sagte er.

Jetzt, dachte Nanno. Er packte mit der Rechten zu, riss Melanies Hand von seinem Mund und stieß gleichzeitig den linken Arm mit der geballten Faust senkrecht nach oben. Er traf sie im Winkel zwischen Hals und Kiefer, und als sie taumelte, verstärkte er den Zug an ihrem linken Arm, so dass sich ihr Halsgriff löste und sie vor ihm über seinen Rollstuhl fiel. Guter Schutz gegen Tritte von Toni, dachte er und wandte sich nach rechts, beide Fäuste erhoben, um den erwarteten Angriff anzuwehren.

Aber Toni Mensing stürzte sich nicht auf ihn, er taumelte selbst, als hätte ihn eine Würgeschlange an der Gurgel gepackt. Erst als er sich zu drehen begann, in dem Bemühen, dieses zappelnde Etwas in seinem Rücken zu packen und loszuwerden, kam Sina zum Vorschein, die beide Arme um seinen Hals geschlungen hatte und aus Leibeskräften zog.

„Sina", sagte Nanno. „Na endlich."

„Schluss jetzt", tönte eine Männerstimme aus dem Kernschatten der Allee. „Keiner rührt sich, klar? Und ich meine: keiner!"

Ein Schuss krachte. Sie erstarrten, alle fünf.

„Oh", sagte Stahnke.

44

Eine erstaunliche Frau", sagte Stahnke. Es war fast Mittag, der Steenfelder Windpark lag in ungewohntem Sonnenlicht, die Spurensicherung hatte ihre Arbeit längst abgeschlossen und die Vorbereitungen für die Reparatur waren in vollem Gange. Ein riesiger Sechs-Achsen-Mobilkran kämpfte sich laut brüllend durch die Kurve und den Schlamm der Weidezufahrt und spie dabei dichte, schwarze Wolken aus Dieselruß, die von einer leichten Brise wie Signal-Bällchen über die Wiese getrieben wurden. „Kornemann" stand in eckigen schwarzen Versalien auf dem Teleskopausleger, der noch kurz und dick in seinen Halterungen ruhte.

„Danke", sagte Sina.

Sie hatten sich hier verabredet, weil Stahnkes Terminplan randvoll war und keinen Raum ließ für ein ruhiges Besprechungsstündchen in einem gemütlichen Café. Die Tatortbesichtigung bei Tageslicht stand sowieso auf dem Programm des Hauptkommissars, und bei dem schönen Märzwetter war dieser Treffpunkt so gut wie jeder andere.

Stahnke blinzelte Sina zu. „Sie auch“, sagte er.

„Hoffentlich lassen Sie sich nicht einwickeln von der schönen Frau Mensing“, sagte Nanno. Er hatte die Schlammzone am Weidetor auf zwei ausgelegten Holzplanken überwunden. Die Wiese selbst war halbwegs trocken, holprig zwar, aber einigermaßen befahrbar. „Sie hat so etwas Betörendes, wie Kaa. Für uns Jungs sehr gefährlich.“

„Kaa?“ Stahnke runzelte die Stirn. „Wer soll ’n das nun wieder sein?“

„Eine Riesenschlange mit hypnotischen Augen. Lesen Sie mal das *Dschungelbuch.*“ Nanno wandte sich um zu Sina: „Sie hatte mich auch schon fast umschlungen, genau wie du nachher den Toni. Zum Glück noch nicht verschlungen. Aber viel fehlte nicht.“

„War nicht meine Schuld“, wehrte sie ab. „Du machst dir ja keine Vorstellung, was das für eine Arbeit war, den Herrn Hauptkommissar ans Telefon zu bekommen. Und als ich dann endlich hier war, habe ich erst am falschen Ende gesucht. Wenn du nicht geschrien hättest, hätte ich dich wahrscheinlich überhaupt nicht gefunden.“

„Dito“, sagte Stahnke. „Ich für mein Teil habe nicht nur alle Rekorde, sondern auch so gut wie alle Bestimmungen der Straßenverkehrsordnung gebrochen, als ich aus Emden hier hergerast bin. Insbesondere die Abschnitte über Höchstgeschwindigkeit auf Bundesstraßen und Alkohol am Steuer. Na immerhin, hat sich ja gelohnt.“

„Danke“, sagte Nanno. Stahnke winkte ab.

Der Kran hatte sich jetzt bis zur blockierten Windkraftanlage durchgekämpft und begonnen, Seitenstützen auszufahren, die entfernt an Spinnenbeine erinnerten. Dicke Bohlen wurden untergelegt, und aus den Stützen senkten sich hydraulische Stempel herab, die das ganze Fahrzeug anhoben und seine Standfestigkeit um ein Mehrfaches erhöhten. Jetzt begann sich der Teleskopausleger zu heben. Langsam wuchs er dem Rotor entgegen, von dem eine dün-

ne orangefarbene Leine herabbaumelte.
„Dumm ist nur, dass wir noch nicht fertig sind“, sagte Nanno.
Sina nickte.
„Sie glauben Toni Mensing?“, fragte Stahnke.
Diesmal nickten beide.
„Das liegt vor allem daran, *wie* er es gesagt hat“, erklärte Nanno. „Spontan, ohne zu zögern, und vor allem nach dem Mordgeständnis, als es eigentlich egal gewesen wäre. Außerdem passen die Taten nicht zueinander. Der Mord an Iwwerks war eine direkte Aktion, zielgerichtet, effektiv. Die anderen Taten wirken dagegen richtig inkonsequent. Halbe Sachen.“
„Sie immer mit Ihrem ‚zusammenpassen'“, knurrte Stahnke. „Was ist denn wohl an einem Schrotschuss auf einen Menschen inkonsequent, nur weil er danebengeht?“
„Dass die Tat nicht wiederholt wurde. Und vollendet“, sagte Nanno.
„Die Voraussetzungen könnten sich geändert haben“, wandte Stahnke ein. „Mensing bekommt mit, dass seine Frau mit Boelsen schläft, geht hin und schießt auf ihn, trifft aber nicht richtig. Dann sagt seine Frau, dass das alles nur für die gerechte Sache ist, er glaubt ihr und schießt nicht noch einmal. Und?“
„Auch nicht schlecht“, sagt Sina. „Aber ich habe Toni auch sagen hören, dass er es nicht war. Und das klang echt.“
„Wir werden sehen“, sagte Stahnke. „Auf jeden Fall haben wir die Schrotflinte, aus der ist geschossen worden, und Munition war auch im Haus. Mensing hatte ein Motiv, und er hatte die Waffe. Auf meiner Liste bleibt er die Nummer eins.“
„War es denn überhaupt Mensings Waffe, mit der auf Boelsen geschossen wurde?“ fragte Sina. „Das müsste sich doch feststellen lassen.“
„Leider nein“, sagte Stahnke. „Das geht nur bei Vollmantelgeschossen. Die bekommen von den Zügen im Lauf eine Markierung mit auf den Weg, so eine Art Strichcode, fast so gut zu identifizieren wie ein Fingerabdruck. Bei Schrotkugeln gibt es so was nicht.“
„Dann ist die Flinte also gar kein Beweis“, sagte Sina. „Davon gibt es hier bestimmt Hunderte. Jeder Jäger hat doch eine.“

„Aber Mensing ist eben kein Jäger“, antwortete Stahnke.

Das Schlagen von Autotüren lenkte ihre Aufmerksamkeit auf die Allee. Eine ganze Reihe größerer Personenwagen war dort vorgefahren.

Nanno erkannte Kornemanns Mercedes und am Ende der Kolonne den BMW seines blondierten Schattens Rademaker. Mitten zwischen den ausladenden Karossen nahm sich Boelsens Rapsöl-Golf vollkommen deplatziert aus. Richtig, Boelsen stand ja nicht mehr unter Verdacht. Das Geständnis seiner Geliebten hatte ihn aus der Untersuchungshaft befreit, die ihre Tat ihm eingebrockt hatte.

Mit offenen Mänteln, die sich im Wind bauschten, und einem vielköpfigen Gefolge wichtig dreinblickender Aktentaschenträger stapften Kornemann und Boelsen über die Wiese. Stahnke ging ihnen entgegen, Sina und Nanno folgten langsam. Der Hauptkommissar und sein Ex-Häftling schüttelten sich die Hände, lächelten verbindlich. Nichts Persönliches, natürlich. Pure Pflichterfüllung und geschäftsmäßiges Verständnis.

Eine tiefe Furche, die er unter dem verfilzten Weidegras nicht gleich gesehen hatte, hielt Nanno auf. Als er sich endlich durchgekämpft hatte und sich der Gruppe näherte, waren die Männer längst ins Gespräch vertieft. Niemand nahm von ihm Notiz, ebenso wenig wie von Sina, die halb verdeckt hinter Stahnke stand. Er blieb zwei Meter entfernt stehen und betrachtete die Herren von der Seite.

Mit Boelsen war eine Veränderung vorgegangen, fand er. Der Glaube an die Unaufhaltsamkeit seiner als wahr erkannten Ideen, dessen Widerschein früher aus seinem Blick geleuchtet hatte, war ihm offenbar abhanden gekommen. Er war auf Hindernisse und Gegenkräfte gestoßen, die ihm die Unbefangenheit des sicheren Siegers genommen hatten. Und er hatte erkennen müssen, dass auch er nicht mit allem durchkam.

„Die Unterlagen bräuchte ich so bald wie möglich zurück“, sagte er gerade. „Wenn es Ihnen möglich wäre …“

„Leider nicht“, unterbrach Stahnke. „Sie befinden sich im Moment auch gar nicht in meinen Händen. Es gibt da Unklarheiten, die von Fachleuten untersucht werden. Wir kommen zu gegebener Zeit auf Sie zu.“

Der alte, der frühere Boelsen hätte jetzt jungenhaft-erstaunt geguckt und nachgehakt, dachte Nanno. Der neue, ältere Boelsen nickte nur und schlug die Augen nieder.

„Wir können das auch gleich klären", sagte Kornemann. Er stand breitbeinig da, den Trenchcoat nach hinten gerafft, die Hände tief in den Hosentaschen, die Kraft seines Blickes ganz auf Stahnke konzentriert. Der hat sich kein bisschen verändert, fand Nanno. Warum auch.

„Es hat da ein paar Unstimmigkeiten gegeben mit unseren Freunden in den USA, wie Sie wissen", sagte Kornemann. „Davon wurde auch das Patentierungsverfahren unserer neuen B 9-181 etwas beeinträchtigt. Dabei ging es nicht nur um Millionensummen, dabei ging es auch um die Existenz der *Bowindra* selbst. Und damit um eine Menge Arbeitsplätze. Es war also unumgänglich, ein wenig zu improvisieren. Möglicherweise hat es dabei am nötigen Fingerspitzengefühl gefehlt." Bei diesen Worten schaute er Boelsen an, nahm aber gleich wieder Stahnke ins Visier. „Unsere Geschäftsführung hat sich etwas, nun, ungeschickt verhalten. Da wollen wir auch gar nicht drumherum reden. Viel wichtiger aber ist, dass das eigentliche Problem aus der Welt ist."

„Ach ja?", sagte Boelsen.

„Und das heißt?", fragte Stahnke.

„Wir haben uns mit der *Makon* geeinigt", sagte Kornemann.

„Davon wusste ich ja gar nichts." Boelsen versuchte, seinen Blick an Kornemanns Gesicht zu heften, schien aber immer wieder abzugleiten wie an einem unsichtbaren Kraftfeld. „Wann denn?"

„Als du – verhindert warst. Du kannst dir ja sicher vorstellen, dass es schnell gehen musste."

Er fertigt ihn ab wie ein lästiges Dummerchen, dachte Nanno. Was ist da los? Braucht er ihn nicht mehr?

„Die *Makon* gibt uns die Lizenzen für die umstrittenen Details unseres neuen Ringgenerators, und wir machen das USA-Geschäft zusammen", erläuterte Kornemann, jetzt wieder in Richtung Stahnke. „Damit entfällt die Basis für unsere kleine Meinungsverschiedenheit. Und damit ist ja eigentlich auch das, was sich in den Unterlagen, die Sie beschlagnahmt haben, möglicherweise an Fehlern findet, gegenstandslos geworden. Es würde mich wirklich freuen, wenn Sie sich dieser Auffassung anschließen könnten."

Und wenn nicht, dann wird es Boelsen ausbaden müssen, dachte Nanno. Vom Vordenker zum Watschenmann. Erstaunliche Karriere.

„Du hast die Zeit ja gut genutzt", sagte Boelsen. Jetzt endlich hatte er seinen Blick stabilisiert, aber Kornemann hielt lächelnd stand.

„Sogar noch besser, als du glaubst. Die *Makon* steigt bei uns ein. Übernimmt Iwwerks' Anteile. Genial, nicht?

Boelsen schnappte nach Luft. „Du hättest mich fragen müssen", sagte er, mit so leiser Stimme, dass eine Windböe seine Worte fast verwehte.

„Sicher", sagte Kornemann. „Aber was könntest du schon dagegen haben?"

Nein, er brauchte ihn wirklich nicht mehr, das war Nanno jetzt klar. Er hatte eine technologische Großmacht ins Boot genommen, die über genügend Mittel und eine eigene Entwicklungsabteilung verfügte. Boelsen mochte als Pionier einzigartig gewesen sein, jetzt war er überflüssig. Unter geschäftlichen Gesichtspunkten schon ein Fossil.

Kornemann servierte Boelsen ab – war das der Pol, um den sich die Bruchstücke der vielen, vielen Argumentationsketten, die sie in den letzten Tagen und Wochen schon geformt und wieder verworfen hatten, neu ordnen ließen? Möglicherweise. Mit Iwwerks als potentem Finanzier fest an seiner Seite und Boelsens Patenten im Tresor hätte Kornemann die *Bowindra* durchaus in eigene Regie nehmen können. So war die Lage, als der Schrotschuss fiel, der Boelsen nur knapp verfehlte. Danach musste dann Iwwerks seinen Ausstieg angekündigt haben, wodurch eine neue Situation entstand: Plötzlich war Boelsen wieder unverzichtbar und Iwwerks musste weg. Was die Mensings ja auch prompt besorgten, ohne zu ahnen, wem sie da in die Karten spielten.

Aber das abgesägte Peilrohr! Das musste es sein, das musste auf Kornemanns Konto gehen.

Nicht gerade eine todsichere Methode, aber nahe genug dran. Und jetzt würde sich wohl nicht mehr feststellen lassen, welche Schiffe sich an jenem Tag sonst noch auf der Ems herumgetrieben hatten.

Jetzt brauchte Kornemann auch nicht mehr gegen Boelsen vorzugehen. Die Kräfteverhältnisse in der *Bowindra* hatten sich so verändert, dass er seinen alten Kompagnon, auf den der neue Partner sowieso nicht gut zu sprechen war, ohne große Anstrengung kaltstellen konnte.

Das heißt, er kommt mit allem durch, dachte Nanno.

„Und Sie glauben, es war auch dieser Mensing, der damals auf mich geschossen hat?", fragte Boelsen gerade. Kornemann hatte sich halb abgewandt und sprach leise mit Rademaker, seinem Schatten und Zerrbild.

„Er bestreitet es", antwortete Stahnke. „Trotzdem ist er natürlich momentan der Hauptverdächtige. Auch für die Sabotage auf Iwwerks' Schiff. Und für die Versenkung der *Aeolus*, die er ebenfalls nicht begangen haben will."

„Hoffentlich überführen Sie den Burschen bald", schaltete sich jetzt Kornemann wieder ein. „Dass der lügt, ist doch sonnenklar. Typen wie der sind zu allem fähig." Seine Stimme hatte den überheblich-fordernden Unterton eines englischen Kolonialoffiziers. Vermutlich war das die Art, wie er mit Rademaker zu sprechen pflegte, dachte Nanno. Arschloch.

Stahnke reagierte auf diesen Ton, und zwar abweisend. „Sicher", sagte er knapp. „Ich muss jetzt wieder an meine Arbeit. Sie entschuldigen mich." Er drehte sich um, streifte Sinas Hand, grüßte knapp in Nannos Richtung und ging über die Wiese zur Straße. Die Blicke der anderen, die ihm folgten, blieben an dem Mann im Rollstuhl hängen.

Ich tu's, dachte der und sagte: „Der Mensing war es übrigens nicht." Er bemühte sich, Boelsen anzuschauen, aber es wollte ihm kaum gelingen; dauernd irrte sein Blick zu Kornemann ab. Der trat jetzt einen Schritt vor und baute sich direkt neben Boelsen auf.

„Wer dann?", fragte Boelsen.

„Ich weiß es", sagte Nanno.

„Sie?!" Das kam von Kornemann. Allein für die Verachtung, die aus diesem einen Wort sprach, hätte Nanno ihn hassen können.

„Seit wann denn?", fragte Sina, völlig fassungslos.

„Ja, dann sagen Sie es doch", drängte Boelsen mit ungläubig erhobener Stimme. Kornemann starrte Nanno nur an, die Augenbrauen über der wulstigen Nasenwurzel zusammengezogen.

„Noch nicht“, sagte Nanno. „Ich erwarte noch einen Hinweis, heute Abend. Aber das ist nur ein Detail, zur letzten Absicherung. Ich bin mir schon völlig sicher.“

„Junger Mann“, sagte Kornemann, „ich hoffe, Sie halten uns hier nicht zum Narren.“ Offene Drohung klang aus seinen Worten, aber das war in Ordnung, so durfte er klingen, das war man von ihm gewohnt. Die Frage war, wogegen sich die Drohung richtete – gegen die Vorspiegelung oder gegen das Wissen.

„Wie komme ich dazu“, antwortete Nanno. „Übrigens bin ich Ihnen zu Dank verpflichtet. Gerade Sie haben mir einen ganz wichtigen Hinweis zur Klärung dieser Sache geliefert.“

„Ich?“

„Ja, Sie.“ Er nickte nachdrücklich in Kornemanns Richtung. „Nochmals vielen Dank. So. Heute Abend weiß ich Bescheid, und morgen wissen Sie auch Bescheid. Bis dann, meine Herren.“ Er drehte den Rollstuhl herum und holperte ebenfalls zur Straße. Für seinen Abgang hätte er sich einen etwas glatteren Untergrund gewünscht.

45

Dreizehn, vierzehn, fünfzehn. Nichts. Nanno knallte den Telefonhörer hin. Wo war dieser Kerl? Seit sieben Uhr abends hatte er es versucht, jetzt war es schon fast zehn und Stahnke war einfach nicht aufzutreiben. Weder auf seiner Dienststelle noch beim Wasserschutz und auch nicht in seiner Pension.

Jetzt saß er schön dumm da, als selbsternannter Köder, und weit und breit weder Netz noch Harpune. „Nanno Taddigs, du bist vielleicht ein Idiot“, murmelte er. Das waren Sinas Worte. Und sie hatte Recht.

Er hatte sie angelogen. „Ich wollte ihn bloß ein bisschen ärgern“, hatte er gesagt. Weil er sie diesmal nicht dabeihaben wollte. Sie hatte ihm nicht geglaubt, natürlich nicht, hatte ihn einen Idioten geschimpft und war wütend weggefahren. Immerhin.

So um Mitternacht herum rechnete er mit ihm. Mit ihm selbst. Wenn, dann würde er es persönlich besorgen wollen. Er wusste, wo dieser Rollstuhlmann zu finden war, und er würde annehmen, dass niemand sonst im Haus war.

Das Telefon tönte. Sina? Stahnke? Oder der große Unbekannte? Er riss den Hörer hoch: „Taddigs.“

Schweigen. Und aufgelegt.

Er hatte Stahnke nicht zu früh informieren wollen, aus Angst, der würde ihm einen Strich durch die Rechnung machen, einen Streifenwagen schicken, ihn abholen lassen. Sieben Uhr ist früh genug, hatte er gedacht. Und nicht gleich sagen, worum es geht. Paar Andeutungen, Mund wässrig machen, herbestellen. Er hatte sich in den letzten Tagen daran gewöhnt, mit Stahnke zu planen wie mit einer rundlichen Schachfigur.

Nur hatte er nicht damit gerechnet, dass der Mann schlicht und einfach nicht zu erreichen war.

Nein, so hatte das keinen Zweck. Er musste abbrechen, in seinen Wagen steigen, wegfahren. Wohin? Er schaute zur Uhr: zehn nach zehn. Einfach in die Stadt fahren, in irgendein Restaurant. Oder ins Kino, Spätvorstellung.

Aber er durfte auf keinen Fall vor morgen früh zurückkommen. Das war das Problem. Denn wenn er kam, dann kam er vielleicht später. Oder er kam und wartete.

Oder er kam wieder. Nächste Nacht oder übernächste. Verfluchter Mist, was hatte er da bloß angerichtet! Er hatte ihm Angst machen wollen und jetzt hatte er selber Schiss. Und wie.

Er machte kein Licht im Flur, als er nach seiner Jacke angelte. Deshalb sah er den Schatten, draußen vor dem Türfenster. Kurz nur, dann huschte er beiseite, aber deutlich genug. Ein Lockenkopf. Der blonde Hai, dachte er und war kurz davor, hysterisch loszulachen.

Der Schatten kam nicht zurück. Nanno saß unbeweglich da, atmete flach, lauschte. Nichts, lange Zeit nichts. Er dachte an das Telefon. Zurück ins Schlafzimmer, Notruf. Die konnten in zehn Minuten da sein. Vielleicht.

Ein leises Knirschen ließ ihn zusammenzucken. Es kam aus dem Inneren des Hauses, von der Verbindungstür zur vorderen Wohnung, die Thoben seinerzeit verschlossen hatte, wie versprochen. Er ist also schon drin, dachte Nanno. In einer Minute ist er hier, höchstens zwei. Nichts wie raus.

Mit zitternden Fingern drehte er den Wohnungsschlüssel im Schloss, drückte die Klinke, zog die Tür zu sich heran, ganz vorsichtig, damit sie nicht gegen den Rollstuhl stieß. Hinter ihm klackte es metallisch, und er stellte sich einen Dietrich vor, der das Türschloss halb entriegelt hatte und dann abgerutscht war. Beim nächsten Mal konnte es klappen. Er schob sich durch die Türöffnung auf die Terrasse hinaus, griff über die Lehne zurück, um die Tür hinter sich zuzuziehen, kippelte, kämpfte um sein Gleichgewicht. Dann war es geschafft.

Er rollte über die Terrasse und bugsierte den Rollstuhl vorsichtig den kleinen Hang hinab, wie in jener Nacht, als er den alten Kapitän in seiner Halle belauscht hatte. Da musste er hin, nicht zu seinem Auto, das war bestimmt blockiert. Dort hinten konnte er sich verstecken. Der Boden war weicher als neulich, das würde es nicht leichter machen, aber so würde er wenigstens nicht beim Warten erfrieren. Noch war er froh, dass er die Jacke nicht angezogen hatte. Die Anstrengung ließ ihn schwitzen.

Langsam begann sich die Halle aus der Dunkelheit zu schälen. Er kniff die Augen zusammen, als ihm Schweißtropfen hineinliefen, und schüttelte den Kopf, um sie loszuwerden. Jetzt war die Halle schon deutlich zu erkennen. War er so schnell näher gekommen? Nein, das war es nicht. Es war der Mond. Der Wind hatte aufgefrischt, die fadenscheinige Wolkendecke bekam Löcher, und das war der Mond. Und hier war er, der kleine Krüppel, auf dem Präsentierteller. Jetzt fährst du ein Rennen um dein Leben, dachte Nanno.

Dann hatte er die Halle fast erreicht, war keine zwanzig Meter mehr vom Doppeltor entfernt, änderte die Fahrtrichtung, um hinter den halbrunden Wellblechbau zu kommen. Da stand er plötzlich vor ihm, wie aus dem Boden gewachsen, keuchend, ein Gewehr in der Hand. Verloren, dachte Nanno. Auch er keuchte, wischte sich den Schweiß mit dem Ärmel ab. Das war jetzt auch egal.

Kornemann hob das Gewehr, und Nanno hob den Kopf.

Das war nicht Kornemann.

Er ist zu groß, dachte Nanno. Die blonden Locken waren zu weit oben, und sie umrahmten nicht Kornemanns Gesicht, sondern das von Rademaker. Der kniff jetzt ein Auge zusammen; der Lauf seines Gewehrs wurde kürzer und kürzer.

Der Boden begann zu zittern. Ein urweltliches Brüllen tönte aus der Halle, ähnlich dem, das Nanno damals angelockt hatte, nur ungleich lauter, näher, stärker, bedrohlicher. Das Brüllen steigerte sich zu einem Donnern. Und dann zu einem Bersten.

Eine Woge aus gleißendem Licht schien die Hallenwand wegzuspülen. Das Doppeltor krachte zu Boden, wie von einem Riesen in den Hammrich getreten, so gewaltig, dass Nanno vom Luftdruck die Haare flatterten. Das, was da jetzt auf sie zukam, kannte er zwar, aber er erkannte es nicht wieder. Das riesenhafte LARC war rechts und links der Bugklappe mit ganzen Batterien von Scheinwerfern gespickt, die jedes Auge blendeten und so die Konturen des grauen Stahlriesen ins Unwirkliche verwischten und verzerrten. Die Masse dröhnte auf sie zu wie das Verhängnis selbst, und Nanno wurde klar, dass er schrie.

Auch Rademaker schien zu schreien, vielleicht hing auch nur sein Unterkiefer herunter, jedenfalls starrte er nach oben. Da stand ein Mann; jetzt, da das Monstrum bis auf wenige Meter herangekommen war und die Scheinwerfer über sie beide hinwegstrahlten, konnte man das erkennen. Ein kräftiger, kompakter Mann mit Schiffermütze. Der alte Kapitän, dachte Nanno. Aber nein, wer ist denn dann am Steuer? Irgendwer muss das Ding doch stoppen. Jetzt endlich dachte er an Flucht, aber seine Arme lagen kraftlos auf den Lehnen.

Das LARC stoppte. Das Donnern der vier Maschinen senkte sich zu einem drohenden Grollen, und die meisten der Scheinwerfer erloschen. Der Mann da oben war jetzt deutlich zu erkennen.

Eilert Iwwerks.

Rademaker ließ sein Gewehr fallen und sank auf die Knie.

Jetzt wurde die Szene von hinten erleuchtet, Nanno erkannte es am eigenen Schatten, der plötzlich vor ihm über das Gras wanderte und dann auf der Gestalt ruhte, die mit zuckenden Schultern in sich zusammengesackt war. Ein weiteres Scheinwerferpaar jagte den Schatten davon, ein drittes holte ihn zurück und reduzierte ihn auf einen schmalen schwarzen Kern. Blaulicht zuckte. Der stählerne Riese vor ihm begann röchelnd zu verstummen.

Dann stand Stahnke neben ihm, schaute auf ihn herab und sagte nichts.

„Verhaften Sie ihn", sagte Nanno und zeigte auf das heulende Häufchen Elend. „Mordversuch an Boelsen und an Iwwerks. Das sollte doch reichen."

„Ich verhafte ihn", sagte Stahnke. „Wegen Mordversuchs an Boelsen und an Iwwerks. Und wegen Mordes an Kornemann."

46

Als ich dann im Wasser trieb und die Schiffsmaschine näher kommen hörte, habe ich wirklich gedacht, es ist aus. Er kommt zurück und macht ganze Arbeit." Iwwerks hob beide Hände, um den Grillteller in Empfang zu nehmen, den die Bedienung ihm quer über den Tisch reichte. „Hätte nicht gedacht, dass ich noch jemals wieder so lecker essen würde. Aber dann war es ja gar nicht die *Aeolus*, sondern Thoben mit seiner schwimmenden Wahnsinnskiste. Und der hat mich dann rausgefischt und ins Leben zurückgeholt."

Sie saßen im *Dionysos* in der Leeraner Altstadt, rund um einen Tisch direkt an der Fensterfront zur Brunnenstraße, und tafelten auf Iwwerks' Kosten.

Stahnke hatte die Einladung zunächst nicht annehmen wollen, so sauer war er gewesen, aber dann war er doch erschienen, nicht ohne zu betonen, dass er seinen Bauernsalat selbst zu bezahlen gedenke. Iwwerks hatte genickt und der hübschen Bedienung zugezwinkert.

„Ich dachte ja erst, die Guntsieter hätte mich übergemangelt", fuhr Iwwerks fort, während er sich große Fleischstücke in den Mund stopfte. „Aber Thoben hatte die *Aeolus* erkannt, mit dem Nachtglas, als sie ihm entgegengekommen und für einen Moment aus der Nebelbank rausgerutscht war. Da haben wir natürlich gedacht, Boelsen und Kornemann wollten mich gemeinsam um die Ecke bringen. Deswegen haben wir euch ja auch die Tipps gegeben, wie ihr sie zu packen kriegen konntet."

„Und wo sind Sie nun die ganze Zeit gewesen?", fragte Sina.

Sie saß neben Nanno, hatte ihn aber bisher noch keines Wortes gewürdigt. Sie hatte nicht vor, seine Abschiebe-Aktion so bald zu verzeihen, und sie machte kein Geheimnis daraus. Das riesige Bifteki vor ihr auf dem Teller musste ihre Laune ausbaden. Es war dermaßen mit Knoblauch gespickt, dass es förmlich im Mund explodierte.

„Das ist der Vorteil, wenn man Hotelier ist", grinste Iwwerks. „Mir gehören ja etliche Ferienwohnungen hier in Ostfriesland, und im Winter stehen die meisten davon leer. In einer davon sind wir untergekrochen, sobald Thoben seinen schwimmenden Lastwagen wieder versteckt hatte. Übrigens in einer winzigen Scheune mitten im Wybelsumer Hammrich, bei einem alten Freund. Da hättet ihr das Ding nie im Leben vermutet."

„Wir mussten ja davon ausgehen, dass Iwwerks in höchster Gefahr war, falls bekannt werden würde, dass er den ersten Anschlag überlebt hatte. Tja, und bei mir war wohl auch ein bisschen Abenteuerlust dabei. Deswegen bin ich gleich mit in den Untergrund gegangen. Außerdem mussten wir uns mal dringend über eine Menge Sachen aussprechen." Thoben prostete Iwwerks zu. Sie stießen an und lachten.

Stahnke lachte nicht mit. „Irreführung der Behörden", sagte er. „Behinderung von polizeilichen Ermittlungen. Zurückhalten von Zeugenaussagen. Große Verarschung. Alles strafrelevante Tatbestände. Seien Sie froh, dass diese Affäre noch zu einem guten Ende gekommen ist. Wenn man davon überhaupt sprechen kann."

„Ich finde, wir haben die Behörden durchaus unterstützt", sagte Thoben. Vor ihm dampfte ein Auberginen-Auflauf, der anscheinend noch zu heiß zum Essen war. „Die Hinweise, die wir Nanno gegeben haben, waren doch recht nützlich, oder?"

„Sie hätten direkt mit mir zusammenarbeiten müssen", beharrte Stahnke. „So hatten wir erst sogar Sie in Verdacht. Alles verlorene Zeit."

Thoben schüttelte den Kopf. „Trotzdem. Wenn wir uns offenbart hätten, wären wir unseres Lebens nicht sicher gewesen, davon waren wir überzeugt. Zwischendurch sah es ja so aus, als wäre diese Sorge übertrieben gewesen, aber im Nachhinein bin ich doch froh, dass wir in Deckung geblieben sind."

„Sind Sie ja nicht", sagte Stahnke. „Sie haben rumgeschnüffelt, und zwar nicht aus edlen Motiven, sondern weil Sie sich rächen wollten. Glauben Sie nicht, dass ich die Hintergründe nicht kenne. Sie hätten sich doch bestimmt nicht so in die Sache reingehängt, wenn Sie nicht die Hoffnung gehabt hätten, Kornemann dabei eins auswischen zu können."

Thoben schüttelte den Kopf. „Iwwerks hätte ich so oder so aus dem Wasser gezogen", sagte er. „Das weitere hat sich dann ergeben, eins aus dem anderen."

„Das Rumhocken in der Wohnung ist uns schnell zu langweilig geworden", sagte Iwwerks. „Wir haben uns Mietwagen besorgt, auch über diesen Freund von Thoben, und sind ein bisschen auf die Pirsch gegangen. Ich natürlich vor allem nachts. Wir haben versucht, noch das eine oder andere gegen Kornemann und Boelsen in die Hand zu bekommen. Und konnten rechtzeitig zur Stelle sein, als der Nanno an den Kragen wollte."

„Und vorher ist uns diese Frau begegnet", sagte Thoben. „Melanie Mensing. Was für eine Frau!"

„Geschenkt", sagte Nanno. „Ich bin ihr nahe genug gekommen,

vielen Dank. Apropos: Als Sie beide mich nachts nach Steenfelde in den Windpark geschickt haben, da müssen Sie doch schon gewusst haben, dass der Mordanschlag auf ihr Konto ging. Woher eigentlich?"

„Gewusst nicht", sagte Thoben. „Mehr geahnt. Von ihrem Verhältnis mit Boelsen wussten wir. Dann haben wir festgestellt, dass sie sich auch mit Kornemann getroffen hat. Ich habe mir dann so ein Zweckbündnis vorgestellt. Zwei verfeindete Lager tun sich zusammen, um einen gemeinsamen Feind auszuschalten. So in der Art."

„Volksfront-Bündnis", warf Sina ein. „Könnte von Toni sein."

„Vielleicht war's aber auch etwas anderes", sagte Thoben.

„Was?" fragte Nanno: „Etwa noch ein Verhältnis?"

Thoben zuckte die Achseln. „Sicher nicht leicht vorstellbar", sagte er.

„Vielleicht doch", murmelte Sina. „Melanie hat sich ihre eigenen Regeln gemacht."

Draußen schob sich ein großer Lastwagen vorbei, viel zu groß für diese enge Altstadt-Straße. Sie konnten sehen, wie das Heck des Wagens ausschwenkte und erzitterte. Der Fahrer in seinem unsichtbaren Führerhaus jenseits der Hausecke begann zu rangieren, konnte aber keinen Raumgewinn verbuchen.

„Keine Chance", sagte Thoben.

„Du musst es ja wissen, du Landstraßen-Kapitän", sagte Iwwerks.

„Was haben Sie eigentlich damals draußen auf der Ems gemacht?", fragte Nanno. „Nur Dieselöl abgefackelt?"

„Nenn es so", sagte Thoben, „oder nenn es Nostalgie. Stimmt beides."

Ein knallbunt bemalter Bulli, auf dessen Flanke in krakeligen Buchstaben „Blues-Mobil" stand, versuchte direkt vor ihrem Fenster auszuparken, kam aber am Heck des Lasters nicht vorbei und blieb mitten auf der Straße stehen, ein Hinterrad noch in der Parkbucht, die rechte vordere Dachkante fast an der Ladefläche des Giganten. Just in diesem Moment setzte der Laster zurück, der Bulli erbebte und ging in die Knie, die Frontscheibe zergrieselte, das rechte Seitenfenster platzte heraus, die Tür sprang auf, der Seitenholm knickte ein und beulte das Dach herunter. Im Bruchteil einer Sekunde, so lange, wie der Lastwagenfahrer brauchte, um das Bremspedal zu finden, war der Bulli Schrott.

Das kümmerte den Bullifahrer anscheinend wenig. Er warf sich in seinem Sitz herum, riss einen schwarzen, länglichen Koffer aus der bedrohten Ecke der Rückbank und sprang damit aus dem Wagen. Dort klappte er den Koffer auf, nahm einen golden glänzenden Gegenstand heraus und begutachtete ihn.

„Ein Saxophon", sagte Nanno und nickte. Ein Musiker musste Prioritäten setzen, das verstand er gut.

Der Lkw-Fahrer verstand das nicht. Als er um die Ecke gehetzt kam, den zermalmten Bulli sah und daneben seinen Fahrer, der auf seinem Saxophon Tonleitern variierte, blieb er stehen wie angenagelt. Dann kippte er besinnungslos um.

Nachdem der Mann von der hübschen Serviererin versorgt worden war und sich die Aufregung gelegt hatte, fragte Nanno: „Und wie sind Sie am Ende auf Rademaker verfallen?"

„Wir haben ihn zunächst beobachtet, weil wir wussten, dass er Kornemanns Handlanger war", sagte Iwwerks. „Er hat eine krankhafte Geltungssucht und ein unberechenbares Temperament. Dass er auch auf eigene Faust gehandelt hat, wussten wir, nachdem er die *Aeolus* versenkt hat."

Sina und Nanno nickten. Das hatte ihnen Stahnke schon vergangene Nacht erzählt.

„Rademaker hat verzweifelt um Kornemanns Gunst gebuhlt und war eifersüchtig auf jeden, der näher an Kornemann dran war", schaltete Stahnke sich jetzt ein. „Daher der Schuss auf Boelsen. Die Anschläge auf Iwwerks' Schiff waren vorauseilende Wunscherfüllung. Erst die Farbe, das war einfach kindisch. Ein schönes Spielzeug kaputtmachen. Dann der Tank, das war Ernst. Er wusste, dass Kornemann auf Iwwerks sauer war, und wollte ihm gefällig sein." Er schüttelte den Kopf. „Was für eine Kreatur!"

„Hat er schon gestanden?", fragte Sina.

Stahnke nickte: „Alles, jede Einzelheit. Auch die Versenkung der *Aeolus*. Das sollte wieder ein Schlag gegen Boelsen sein. Seine Augen haben geglänzt, als er es mir erzählt hat. Ich glaube, er hat damit schon versucht, mir zu gefallen. Als Ersatz für Kornemann, von dem er sich verraten glaubte. Was den letztlich das Leben kostete."

„Rademakers Idol. Eine gefährliche Rolle, wenn man es so bedenkt", sagte Nanno.

Stahnkes Blick schien ihn beim Kragen zu packen. „Ironie steht Ihnen nicht zu in dieser Sache", sagte er kalt. „Ihnen nicht. Wenn Sie Ihr Spielchen nicht hinter meinem Rücken getrieben hätten, dann wäre die ganze Affäre ohne einen Toten abgegangen. ‚Danke für den Hinweis', ha! Damit haben Sie Rademaker überhaupt erst auf Kornemann gehetzt. Sie wollten einen Verbrecher reizen, und das ist Ihnen auch prächtig gelungen. Nur wussten Sie leider nicht, welchen."

Stahnke griff nach seinem halbvollen Bierglas und trank es aus. „Sie mögen Kornemann nicht gemocht haben. Aber Sie haben auch gestern Abend nicht in seiner Garage gestanden mit seiner heulenden Witwe, als er da gelegen hat, im besten Anzug, nur leider ohne Kopf. In einem See von Blut."

Er blickte sich suchend um. Iwwerks schob ihm sein eigenes Bierglas hin, Stahnke griff zu und leerte es. Dann stand er auf. „Ich kann Sie nicht belangen, und ich werde es auch nicht versuchen. Aber wenn Sie später mal an diese Geschichte zurückdenken und an all die Schuldigen, auf die wir zusammen gestoßen sind, dann vergessen Sie nicht, sich dabei mitzuzählen."

Stahnke ging und ließ eine schweigende Runde zurück. Nanno blickte auf seinen geleerten Teller und auf die Tischkante. Er hat Recht, dachte er.

Dann spürte er Sinas Hand auf seiner.

Peter Gerdes

geboren 1955 in Emden, lebt in Leer (Ostfriesland). Studium der Germanistik und Anglistik, anschließend als Journalist und Lehrer tätig. Literarische Anfänge Ende der 70er Jahre; schreibt seit 1995 vor allem Kriminalliteratur und betätigt sich als Herausgeber. Mitglied im Verband deutscher Schriftsteller (VS), Mitglied im *Syndikat*, Leiter der *Ostfriesischen Krimitage.*

Kriminalromane: „Ein anderes Blatt" (1997, NA 2008); „Thors Hammer" (1997, NA 2008)); „Ebbe und Blut" (1999, NA 2006); „Der Etappenmörder" (2001). „Fürchte die Dunkelheit" (2004); „Solo für Sopran" (2005), „Der Tod läuft mit" (2006), „Der siebte Schlüssel (2007).

Kriminalgeschichten: „Das Mordsschiff" (2000), „Stahnke und der Spökenkieker" (2003).

Anthologieherausgaben: „Zum Morden in den Norden" (1999); „Mordkompott. Kriminelles zwischen Klütje und Kluntje" (2000); „Mordlichter" (2001); „Abrechnung, bitte!" (2002); „Flossen hoch! Kriminelles zwischen Aal und Zander" (2003); „Flossen höher! Kriminelles zwischen Fisch und Pfanne" (2004, mit Heike Gerdes); „Fiese Friesen. Kriminelles zwischen Deich und Moor" (2005); „Inselkrimis. Kriminelles zwischen Strand und Düne" (2006).

Lyrik: Unter dem Wolkendach (1998).

Peter Gerdes
Der siebte Schlüssel
Ostfrieslandkrimi
Taschenbuch
978-3-934927-99-5
320 Seiten; 9,90 Euro

Peter Gerdes
Solo für Sopran
Inselkrimi
ISBN 3-934927-63-7
208 Seiten
9,90 Euro

Peter Gerdes
Fürchte die Dunkelheit
Kriminalroman
978-3-934927-60-5
272 Seiten
11,90 Euro

Peter Gerdes
Der Tod läuft mit
Ostfrieslandkrimi
Taschenbuch
978-3-934927-86-5
192 Seiten; 8,90 Euro

Peter Gerdes
Ein anderes Blatt/
Thors Hammer
Zwei Oldenburgkrimis
978-3-939689-11-4
ca 300 Seiten; 9,90 Euro

Peter Gerdes
Solo für Sopran
Inselkrimi
Hörbuch mit 3 CD
978-3-934927-81-0
9,90 Euro (empf. Preis)

Maeve Carels
Zur ewigen Erinnerung
OstFrieslandkrimi
978-3-939689-08-9
400 Seiten
9,90 Euro

Ulrike Barow
Endstation Baltrum
Inselkrimi
978-3-939689-09-6
400 Seiten
9,90 Euro

Sandra Lüpkes
Die Sanddornkönigin/
Der Brombeerpirat
Zwei Inselkrimis
978-3-939689-09-6
300 Seiten; 9,90 Euro

Ulrich Hefner
Der Tod kommt in
Schwarz-Lila
Inselkrimi
978-3-939689-04-1
392 Seiten; 9,90 Euro

Ulrich Hefner
Die Wiege
des Windes
OstFrieslandkrimi
978-3-934927-69-8
336 Seiten; 9,90 Euro

Ulrich Hefner
Das Haus in den
Dünen
OstFrieslandkrimi
978-3-939689-07-2
400 Seiten; 9,90 Euro